国家社科基金青年项目

"马克思主义早期传播对中国哲学社会科学的影响和作用研究"

（21CKS018）

『故都』新声

北京的左翼进步思想及其呈现形态
（1927—1937）

裴植 著

中国社会科学出版社

图书在版编目（CIP）数据

"故都"新声：北京的左翼进步思想及其呈现形态：1927—1937 / 裴植著 . -- 北京：中国社会科学出版社，2024.10. -- ISBN 978-7-5227-3855-0

Ⅰ . I206.6

中国国家版本馆 CIP 数据核字第 2024MV7577 号

出 版 人	赵剑英	
责任编辑	王丽媛	
责任校对	孙延青	
责任印制	张雪娇	

出　　版	中国社会科学出版社	
社　　址	北京鼓楼西大街甲 158 号	
邮　　编	100720	
网　　址	http://www.csspw.cn	
发 行 部	010 - 84083685	
门 市 部	010 - 84029450	
经　　销	新华书店及其他书店	

印　　刷	北京君升印刷有限公司	
装　　订	廊坊市广阳区广增装订厂	
版　　次	2024 年 10 月第 1 版	
印　　次	2024 年 10 月第 1 次印刷	

开　　本	650×960　1/16	
印　　张	16	
字　　数	223 千字	
定　　价	85.00 元	

凡购买中国社会科学出版社图书，如有质量问题请与本社营销中心联系调换
电话：010 - 84083683
版权所有　侵权必究

序　言

一

裴植博士送来他即将出版的著作《"故都"新声：北京的左翼进步思想及其呈现形态（1927—1937）》，请我作序，作为导师，学生有著作出版，自然很是高兴，借此机会写上一些文字，以为祝贺，更为学术交流。

裴植2013年进入北大马克思主义学院攻读马克思主义中国化研究专业博士学位。入学后，我要求他系统地研读马克思主义中国化方面的著作和史料，包括中共党史、中共思想史等方面的内容。他学习很勤奋，博一时我建议他去研究一下我过去一直想研究的一个问题——"《新民主主义论》在国统区如何传播"，他很认真地查阅资料，据此写出了一篇很扎实的文章，我推荐给了《中共党史研究》，该文发表后受到了一定的好评。在关于博士论文的选题上，我建议他研究一下十年内战时期马克思主义在一些具有代表性的城市的传播情况，他在经过一番资料收集后想以1930年代北平小报中关于"左翼"思想的传播作为论文选题，我觉得这个选题不错。2017年5月，他最终完成的博士论文《1928—1937年北平左翼思潮下的马克思主义生长：以报刊、青年、学校为中心的考察》顺利通过论文答辩，并获得博士学位。他的这篇论文在外审和答辩中都得到了很好的评价，2020年被评为全国高校马克思主义理论学科优秀博士论文，现在即将出版的这本著作就是以他的博士论文为基础的。

这本著作的确是目前马克思主义中国化研究成果中学术性较强的优秀论著，这本著作的优点主要表现在以下几个方面：角度新颖，视野开阔，资料翔实，表达流利。

角度新颖。现代性小报是清末明初时期出现的一种以娱乐性为主的报纸，类似于今天的时尚娱乐报纸和城市晚报，像当时的《良友》《上海画报》《北洋画报》《游戏报》《海涛》《海晶》《海星》《海光》《海声》，北平的《北平新报》《京报快刊》《平西报》《北辰报》，还有一些大报的文艺副刊等。民国时期的小报多数是一种民众生活消遣的报纸，与今天的大众时尚、网络新闻、社会百态很相似，它反映的其实是百姓的日常生活需求，也一定程度上反映出政治民意。小报肯定不是传播马克思主义的主体，甚至也不直接宣传马克思主义，但是它们往往通过批判现实、向往美好未来来表达对于社会主义的热爱、憧憬，通过考察小报的现实价值取向可以在某种程度上反映出人们对于社会主义、马克思主义的认可程度、接受取向，这样的研究角度无疑具有新颖性。

视野开阔。本书在着重考察北平小报传播马克思主义的同时，对于1930年代国统区的整体思想文化状况，尤其是对于当时北京教育界的思想文化状况、生活状况以及文化界对于大众化的追求作了详细的梳理和分析。通过这样的视野，就把1930年代北平青年学生信仰马克思主义、社会主义的社会背景和内在的动力阐述清楚了。

资料翔实。该书引用的北平小报就有30多种以上，引用的各种回忆录和著作在两百本（篇）以上，对于还原历史的真实提供了丰富的资料，使得文章的论点有充分的依据，大大增强了著作的学理基础。

表达流利。裴植的文字表达能力较强，叙事简要，逻辑清晰，在吸收学术界有关概念、术语的同时，不被概念所纠缠，能够做到让人明白晓畅，这样的文风乃为经世致用之文风。所以，这本书读起来不让人感觉费劲。

二

　　研究 1930 年代北平小报，主要目的是搞清楚马克思主义在当时国民党白色恐怖统治时期，中国的先进分子是如何宣传马克思主义的。由于研究著作叙述的集中性，使人感觉好像当时的小报甚至高校宣传马克思主义的空间不小，这纯粹是后人阅读史的聚光灯效应留给人们的观感。其实，当时的国民党政府对于"赤化"言论的控制、惩处非常严厉，明确规定文化教育机关以及载体要禁止共产主义思想及事迹的传播、报道。国民党当局于 1928 年 6 月开始建立新闻宣传审查制度，先后公布了具法律效力的《指导党报条例》《指导普通刊物条例》《审查刊物条例》，规定所有报刊均须绝对遵循国民党的主义与政策，服从国民党中央及地方党部的审查。1929 年，国民党中央颁布了《宣传品审查条例》和《出版条例原则》，1930 年颁布了《出版法》《日报登记办法》《出版法实行细则》和《宣传品审查标准》，不断强化新闻管制。1929 年 3 月 21 日，国民党确将"三民主义"立为"训政时期中华民国最高根本法"，"故总理之全部教义，实为本党根本大法；凡党员之一切思想言论行动及实际政治工作，悉当以之为规范而不可逾越"。1932 年起，国民党当局又将出版后审查制度改为出版前检查制度。国民党当局先后在上海、北平、天津、汉口等重要都市设立了新闻检查所，对于违检的报社、通讯社，经常予以忠告、警告、有期停刊、无期停刊的惩罚。1934 年，国民党当局又对图书杂志进行审查，规定"凡在中华民国境内之书局、社团或著作人所出版之图书杂志，应于付印前依据本办法，将稿本呈送中央宣传委员会图书杂志审查委员会申请审查"。为此，国民党当局在全国范围内设立了图书杂志审查委员会，在中央专门成立了新闻检查处，负责全国新闻检查工作。

　　了解了十年内战时期白色文化恐怖的残酷性，让我们对于马克思主义在那个时候在中国传播的艰难性就有了理性的认识，对于那些为了追求真理而不惜一切牺牲的先驱们有了更多的敬意。但是，我们不能过多甚至夸大这个时期马克思主义传播的成就，那样不仅不符合史实，也会产生不好的社会效果。比如，现在有的人在文章和著作中集中阐述在这十年间国统区的一些大学中开设马克思主义的课程，给人感觉似乎国民党政府还比较开明，竟然允许开设与他们的主义"离经叛道"的课程。真实的情况不是如此，国民党当局那时反共反马克思主义的确非常顽固，他们不会给马克思主义传播留下自由的空间。那时候具有进步思想的知识分子如陈启修、许德珩、李达、艾思奇、邹韬奋等人传播马克思主义主要采取了一些技巧，比如以学术研究为名，甚至以学术批评为名，开设一些与马克思主义有关的课程，如陈启修在北大开设了"马克思经济学说及其评判""马克思经济学说及其批评""马克思经济学说"等课程，这些课程中带有"评判""批评"之语，最多是一种客观的介绍；又如利用国民党新闻审查制度中的一些漏洞来宣传马克思主义，如邹韬奋的《生活》杂志就利用国民党当时事后追查的制度规定先发表了介绍社会主义的文章；再如改头换面地宣传马克思主义，如李达的《社会学大纲》、艾思奇的《大众哲学》就是在宣传马克思主义的历史唯物主义和辩证唯物主义，但在国统区不能公开使用马克思主义这个名词，所以用了一个看起来学术性较强的专业术语。这也可以说是这些马克思主义研究者、宣传者们的良苦用心。

但即使如此，马克思主义宣传的风险依然很大，邹韬奋主持的《生活》杂志因为宣传社会主义而被迫关闭。1932年12月，侯外庐因为与人合译《资本论》第一卷，就被国民党宪兵三团逮捕，其罪名则是"宣传与三民主义不相容的主义"。

三

近代以降，在严重的民族危亡和积贫积弱的现实困境的挑战下，中国开始了艰难的复兴之路。西学东渐可以说是这个艰难探索中最明显的思想发展和实践发展。从师夷长技到中体西用，从维新保皇到辛亥革命，从新文化运动到全盘西化，从国民革命到新民主主义革命，以至于1978年以来的改革开放事业，这些艰难复杂的思想和实践无不与西学东渐密切相关——学习外界、学习西方的思想文化、科技成果、制度文明，以达到复兴中华民族的目的。可是，在这段漫长且艰难的探索过程中，只有引进的马克思主义成功地实现了民族独立、人民富裕并正走向国家强大的目标，中国一步步地实现从站起来、富起来到强起来的梦想。马克思主义之所以能够在西学东渐的万花丛中脱颖而出、一花独艳，除了其独具特色的真理性内容之外，与其在实际的运用中有机地实现与中国实际的结合具有密切的关系，与这场历史实践的领导者——中国共产党在运用马克思主义指导中国革命和建设的实践中善于按照中国逻辑来思考问题、解决具体问题具有直接的关联。西学东渐中很多思想、学说之所以没有在中国生根发芽、开花结果，不是说它们的具体内容是谬误的，主要地是因为它们在中国的运用中忽视了中国逻辑。

所谓中国逻辑，就是以中国为主体的思维逻辑，思维的起点和终点必须是中国。中国固有的时间和空间所能被理解和实施的人类活动就是中国逻辑的核心和本质。从中国的实际出发，尊重中国国情，理解中国国情，在这个基础上开展我们的一切主观能动性活动就是遵从了中国逻辑的实践活动。

合乎中国逻辑，必须要合乎中国文化。文化是一个国家内在的社会基因，合乎中国逻辑就是要合乎中国文化的内在价值追求和表现形式，合乎中国文化载体的特点。

合乎中国逻辑，必须要合乎中国历史发展的特点。从广义上来看，历史就是文化。从狭义上看，历史就是一定的主体空间在时间上的展示。中国历史悠久绵长，中国历史具有独特的规律和趋向，中国历史深入中华民族的骨髓，历史在一定的意义上充当了中国人的宗教。所以，思考中国方案，必须要考虑到中国的历史特点。

合乎中国逻辑，必须合乎现实需要和可能。现实需要是中国逻辑的重要思维起点，也决定了中国逻辑的思维过程和思维终点，更直接影响到实践逻辑的进程和结果。

合乎中国逻辑，必须合乎中国人民的意愿。中国的主体是中国人民，中国逻辑所蕴含的思维和实践特点都具体表现在中国人民身上。离开了具体的人民，作为社会意义上的中国逻辑就成为一种不可证真也无法证伪的假想。

合乎中国逻辑，根本表现在合乎中国规律。中国规律是指中国历史和现实的社会发展过程所呈现出来的无可模仿、无可规避的客观结果，是指现有的人类知识体系下中国社会发展所呈现的发展取向。

实现中华民族伟大复兴的中国梦，必须遵从中国逻辑。在近代中华民族复兴的过程中，遵从中国逻辑关键是要遵从历史逻辑、理论逻辑、实践逻辑。近代中华民族复兴的历史逻辑就是：为了实现国家富强、民族振兴、人民幸福，近代中国进行了漫长而又艰苦卓绝的奋斗，最后才在中国共产党的领导下实现了站起来、富起来并且必将走向强起来的目标；近代中华民族复兴的理论逻辑就是：近代中国只是在马克思主义传入中国、并成功地与中国实际相结合而形成的中国化马克思主义的指导下，才越来越接近实现中华民族复兴的中国梦的目标；近代中华民族复兴的实践逻辑就是：中华人民共和国成立后 70 多年社会主义革命和建设的实践，尤其是改革开放以来的近四十多年的实践使我们成功地探索出了一条成功的中国特色社会主义革命和建设的发展道路。

四

现在全国马克思主义理论一级学科博士点有 109 家，每年硕博招生应该在 5000 人左右，这其中马克思主义中国化研究专业应该占三分之一左右。但是，马克思主义中国化研究的课程体系应该如何设置？这个学科的知识基础是什么？这个学科的学术传统是哪些？

二十年来，大家都在探讨，也取得了很大的成就。但是就知识体系和课程体系这块，还没有形成高度的共识。

我觉得，马克思主义中国化研究的基本取向是为中国共产党正确地制定路线、方针、政策提供学术支撑。就学科性质来说，它属于基础性研究极强的应用性学科。就它的知识基础来说，基本有四个方面：马克思主义理论；中国历史和政治；中国共产党历史；中国近现代史。有了这几个方面的知识基础，我们在马克思主义中国化研究上就打下了一个扎实的基础，就能在基本的问题上把握什么是马克思主义、什么是中国国情。当然，有了这个方面的基础，也不是说我们在马克思主义中国化问题上就一通百通、迎刃而解了，仍然需要我们学习借鉴各种知识、思想，尤其是面对新的实践、新的时代时，这种需要对于本学科的人们来说更为迫切和严重。

关于马克思主义中国化专业研究生课程设置，我也作过探索，认为需要开设以下核心课程：

1. 马克思主义中国化研究专业学术规范研究
2. 马克思主义中国化基础理论
3. 马克思主义中国化学术史研究
4. 西学东渐与马克思主义中国化
5. 马克思主义中国化文献研究
6. 马克思主义中国化发展史
7. 欧洲思想史讲程中的马克思主义
8. 马克思主义与20世纪中国人文社会科学
9. 海外中国马克思主义研究
10. 中共思想发展史
11. 中共重大历史问题研究
12. 中国现代化思想史

如果马克思主义中国化专业的研究生系统认真地学习了以上的课程，学深、学透了以上的课程，那么马克思主义中国化研究专业的知识体系也就自然形成，这个学科的特色就能形成，其了解和解释历史问题、解释和解决现实问题、展望未来问题的能力就会大大增强，其科学性就能得到充分的彰显。

程美东
2024 年 7 月 18 日星期四于北京回龙观

目　录

导　论　001
 第一节　论题的提出与研究对象界定　001
 第二节　研究思路　006
 第三节　研究现状综述　008
 第四节　学术检视：方法论问题　026

第一章　左翼进步思想兴起的背景分析　029
 第一节　左翼进步思想兴起的国际国内背景　031
 第二节　新兴社会科学的兴起与民众对其的接纳　050
 第三节　北京城市地位的变化与思想环境的转变　060

第二章　1930年代"北平小报"中的左翼思想表达　070
 第一节　小报价值的彰显与1930年代的北平小报　071
 第二节　左翼语境下的北平小报内容　080
 第三节　北平小报的左翼特征分析：与北平左联文章互为参照的考察　111

第三章　1930年代北平青年的左翼行为呈现　120
 第一节　民国学生的"精英"身份认知　121
 第二节　左翼社团的涌现与革命书写、革命实践的分途　132
 第三节　未受重视的领域：中学的左翼声音　154

第四章 北京高校左翼思想的复杂性存在   *167*
   第一节 政、学博弈下左翼思想的学术化变通   *168*
   第二节 高校马克思主义研究举隅：
         基于北大学人的介绍   *179*
   第三节 左翼思想复杂性存在的个案考察：
         以北京大学为例   *186*

第五章 对1927—1937年北京左翼思想的总体把握   *211*
   第一节 左翼进步思想得到了进一步传播   *212*
   第二节 党组织因势利导的效果逐渐显现   *215*
   第三节 知识青年开始确立追求进步、投身革命的
         思想指向   *221*

结　论   *225*

参考文献   *229*

导　论

第一节　论题的提出与研究对象界定

一　论题的提出

1938年11月,散文家何其芳在《我歌唱延安》中描绘道:"延安的城门成天开着,成天有从各个方向走过来的青年,背着行李,燃烧着希望,走进这城门。学习,歌唱,过着紧张的快活的日子。然后一群一群地,穿着军服,燃烧着热情,走散到各个方向去。"① 面对这样的文字,我们既被其所反映的情形感动,同时也不由得思考,缘何会在当时出现这样的情景?对此,学界从不同的角度作出过阐释,得出了中国共产党的知识分子政策对知识青年具有影响力和吸引力、知识青年认同中国共产党的奋斗目标、中国共产党的抗战政策符合民心以及国民党抗战不力等重要论断。应当讲,这些论断均十分重要且缺一不可。不过在允分肯定学界已有研究的同时,我们还应该进一步思考,假若仅从国共两党的视角来看待知识青年奔赴延安的事实,那么是否忽略了对主体(也即知识青年本身)的关注和考察?毕竟,知识青年以其奔赴延安的事实鲜明地昭示了他们对中国共产党和对中国共产党所宣扬的以马克思主义为内核的左翼进步思想的认同,而这一认同无疑在理解知识青年奔赴延安的历

---

① 何其芳:《我歌唱延安》,安徽教育出版社1997年版,第1页。

史事实当中具有举足轻重的地位。

因此，当我们把知识青年逐渐形成思想认同的历程纳入考察范围，就需要对其在奔赴延安之前所处的社会思想环境以及由此所发生的思想转变做出揭示。全面抗战爆发后知识青年奔赴延安者数量众多[①]，由此可以推断，在全面抗战爆发前，中国社会的思想环境（特别是知识青年的思想世界）确已发生了比较明显的转变，而这一转变无疑是以马克思主义为核心的左翼思想的渐趋扩展及至逐步得到认同为主流。对此，作为"一二·九知识分子"中的一员，韦君宜就在《答一个资产阶级家庭出身女孩子》的信中回忆了自己在20世纪二三十年代的经历："我在高中二年级时开始接触到进步思想，一个进步的国文教员（他是一个革命者）教我们读《铁流》《毁灭》《士敏土》，读鲁迅的杂文，这些书在我的眼前展示了一个崭新的世界。那个世界里，不论老年少年，大家都是那样有志气、有思想、有热情的。他们的理想多么美丽啊。"而当她面对自己自出生之时就习以为常的养尊处优生活时，她却觉悟道："当初步接触了马克思列宁主义之后，我知道了像这种生活将来一定得消灭，这个阶级一定得消灭，我应当自觉地离开它，决不跟它一起灭亡，应当自觉地为它挖掘坟墓。"[②] 因此可以说，思想上的转变是全面抗战爆发后知识青年选择奔赴延安的最重要前提和基础。

当这一结论摆在我们面前，作为研究者，我们应当以此为线索

[①] 关于奔赴延安的知识分子人数，胡乔木在《胡乔木回忆毛泽东》一书中有所提及，他说："会议讨论中，弼时同志专门就如何看待来延安的新知识分子问题作了发言。他说，抗战后到延安的知识分子总共四万余人。"（参见胡乔木《胡乔木回忆毛泽东》，人民出版社1994年版）另外，史学家刘大年在《我亲历的抗日战争与研究》一书中描述说："各天人数有多有少，顶多的时候兴许能到二百人……这些回答说明每天朝延安行进的知识分子人数可观，而且长达年把光景了。"（参见刘大年《我亲历的抗日战争与研究》，中央文献出版社2000年版）在《延安自然科学院史料》一书中，杨作材指出："像1938年夏秋之间奔赴延安的有志之士可以说是摩肩接踵，络绎不绝的。每天都有百八十人到达延安。"（参见《延安自然科学院史料》编辑委员会编《延安自然科学院史料》，中共党史资料出版社、北京工业学院出版社1986年版）

[②] 韦君宜：《答一个资产阶级家庭出身女孩子》，《韦君宜文集》第四卷，人民文学出版社2013年版，第32页。

展开回溯性的研究。其中，哪些人在传播左翼思想、他们传播左翼思想的原因是什么、左翼思想通过什么样的途径得到了传播、左翼思想的传播产生了怎样的效果等问题尤为值得关注。而本书也将围绕上述问题，以1927—1937年的北京为研究对象，"解剖麻雀"式地做一番考察。

二　研究对象界定

本书拟围绕"1927—1937年北京的左翼进步思想及其呈现形态"这一研究主题，从三个方面进行把握：一是对1927—1937年这十年的看待和审视；二是对北京城市命运的认识与理解；三是对左翼进步思想的分析和阐述。

首先，对1927—1937年这十年的看待和审视。对于1927—1937年这十年，历史上曾有所谓"黄金十年"的提法。其出处一般认为来自第二次世界大战期间担任盟军中国战区参谋长的魏德迈的演讲。据称，1951年9月19日，魏德迈在美国国会演讲时曾表示说："1927年至1937年之间，是许多在华很久的英美和各国侨民所公认的黄金十年。在这十年之中，交通进步了，经济稳定了，学校林立，教育推广，而其他方面，也多有大幅进步的建制。"[①] 魏德迈所言固然部分属实，不过，如果仅以此就作为"黄金十年"的论据，未免成分不足。作为外国人，且不论他对当时中国各地（特别是内陆省份）贫穷落后的情况是否了解，也未必知晓地方军阀割据对经济社会发展造成的影响，单论九一八事变后东北沦丧，《塘沽停战协定》《何梅协定》后华北地区被迫"自治"等事实，就足以令所谓的"黄金十年"暗淡无光。事实上，这十年间，由于国土不断沦丧，国人的民族主义情绪得到极大激发，在民族主义的影响下，抗日救国成为思想界的主旋律，主张抗日的政党则成为中国人民的希望所在。因此，由抗日而引发的民族主义思潮在很大程度上抵消了国民党强

---

① 相关表述参见叶兆言《南京传》，译林出版社2019年版，第479页；卢洁峰《"中山"符号》，广东人民出版社2011年版，第186页；等等。

推三民主义的努力，而马克思主义和左翼进步思想也乘着民族主义和爱国主义的"东风"在民众中间传播和普及开来。

基于上述事实，我们可以得出如下结论：1927—1937年这十年绝不是所谓的"黄金十年"，这十年是日本侵华野心进一步暴露、中国的民族危机不断加重、广大爱国人士积极寻求抗日救国之路的十年。马克思主义和左翼进步思想的传播与这十年间中国的遭遇密切相关，从一定意义上说，该思想传播过程本身就是中国有识之士积极探寻救国救民道路的生动反映。

其次，对北京城市命运的认识与理解。在本书中，会出现"北京""北平"的不同使用。我们知道，1928年6月20日，国民党政府改北京为北平。基于此，在本书中，当提及1928年6月20日后至1937年间关于北京的具体信息时，本书均使用"北平"来指称北京。当时间范围在1928年6月20日之前，以及从宏观的、非具体历史时段层面来指称北京时，本书均使用"北京"。

从历史上看，由"北京"到"北平"，一字之差，意义却大不同。首都地位的丧失对于当时几乎没有产业基础的北京来说，影响是致命的。国民党定都南京后，政府部门迁至南京，金融机构则南下上海，这座城市除了因学校较多而保留住了"文化城"的底蕴，其他昔日的荣光均不复存在。除此之外，1931年九一八事变的爆发与东北的沦陷，更使北平一夜之间成为国防"边塞"。可以想象，这座城市在短短几年内所发生的一系列变故，会对生活在这座城市的人们的思想产生多么大的震动。在当时北平出版的报刊上，悲观颓废成为舆论的主流，市民、学生厌世自杀的新闻几乎天天见诸报端。然而，知耻者近乎勇，穷则变、变则通，特别是对于求学于北平的众多青年学生来讲，其思想也因民族危机深重、家国凋敝待兴而日趋进步，特别是由于各派政治势力的此消彼长，国民党当局始终无法真正建立起对北平的有力管控。因此，在思想舆论方面，当时的北平实际上存在一定的自由空间。当这一有利条件与高校林立、知识分子众多的实际情况结合起来，无意中就为马克思主义和左翼进步思想的传播创造了有利条件。鉴于种种相对独特条件的存在，使北京成为研究左翼进步思想的理想场域，因此本书将对北京这座城市加以考察。

最后，对左翼进步思想的分析和阐述。"左翼""右翼"或者"左派""右派"虽然是法国大革命之后才出现的政治概念，但是作为不同的思想倾向，其实早已有之。本书所言的左翼进步思想，是指以马克思主义为思想内核，以帝国主义、封建主义及其在中国的代理人——国民党反动派为斗争对象，紧密依靠人民群众、以实现中国共产党领导的革命胜利为目标的思想。因此，左翼进步思想在思想理论层面与马克思主义有着密不可分的关联，在思想主体层面则紧紧地依靠中国共产党。

本书对左翼进步思想的考察，将从1930年代"北平小报"上的左翼思想表达、1930年代北平青年的左翼行为呈现和1927—1937年北平高校左翼思想的复杂性存在三个维度展开。小报是当时北平的一道特殊风景，其之所以特殊，一个重要原因在于它一身二任地成为北平大中学校学生、社会中下层人士和一般劳苦大众阐发思想和获取信息的平台。青年人血气方刚、追求进步，在当时的北平，只有小报敢于登载他们的革命言说。而北平多舛的命运又进一步促使北平知识界思想倾向的左转，小报在这一过程中就担当起反映中下层知识人士思想民意晴雨表的作用。基于此，对这一时期的代表性小报加以研究就具有独特的价值，因为在这些报纸的背后，一个反映北平知识人士思想世界的大幕正徐徐拉开。

如果说"北平小报"登载的进步文章主要呈现的是左翼进步思想的理论面向，那么北平青年所作出的左翼行为则揭示了他们在实践领域的尝试和探索。青年人血气方刚，既容易接受新鲜事物，也容易受到外部环境的影响。而1927—1937年的中国内乱频仍、外患不断，因而青年人在外部环境的影响下做出体现革命性的行为也就不难理解了。不过，对于青年人而言，革命的意义对他们来说终究是遥远和模糊的，而他们对革命的理解实际上也仅仅处于初步的、感性的阶段。因此，这些大多并非无产阶级出身的青年学子便以自己对革命的理解来阐释革命、宣传革命。在这一过程中，左翼社团的革命书写、中学当中的革命启蒙教学便开展起来。虽然受"左"倾环境的影响，此期的左翼实践刚开始存在一定程度的脱离群众、脱离实际等问题，但随着实践的深入展开，以及国民党统治不得人心、社会上思想进步的环境渐趋形成等有利因素促进，进步青年的左翼实践逐渐对一般学生和知识群众产生了积极影响，特别是在一二·九运动前后，党组织及时对爱国青年的"左"倾倾向予以纠正，知识青年的左翼实践最终转入正确的发展轨道上来。

可以说，在知识青年和中下层群众当中，左翼思想有着比较好的基础，但是在高校场域内，这一情况就要复杂许多。为了扑灭高校当中此起彼伏的爱国进步运动，国民党当局以"整饬学风"为由大力推行以三民主义为核心内容的党义教育，一时间三民主义在高校层面铺卷开来。对于各高校校长而言，他们虽然未必认可国民党的蛮横做法，但是在对待学生运动的态度上，校长们与国民党当局其实并无二致。所不同的是，对于在学术层面进行的马克思主义研究，学校当局大多会网开一面。因此，这一时期依然有诸多关于马克思主义的书籍和文章得以出版和发表。其中，北京大学和北大学人取得了较为突出的成就。当然，这一成就的取得其实颇为不易，因为如果我们对此期国民党对高校的思想控制做一番考察，就能感受到国民党当局对进步思想查禁的任性与蛮横。

第二节 研究思路

在当前中国近现代史、中共党史的研究中，我们常常关注到宏大叙事与细微分析的思路论争。无疑，宏大叙事以其大历史的视角阐明了历史发展的客观规律，揭示了社会发展进程中不以人的意志为转移的必然王国；细微分析则重在以小见大，特别是通过对一些与历史大趋势不一致的细节的挖掘，来展示整个历史进程的多样性与复杂性。应当说，历史研究之所以能够在挖掘真相的目标上渐趋深入，就是得益于宏大叙事与细微分析的相互配合。

对于研究马克思主义在中国传播和接受的过程而言，同样需要遵循宏大叙事与细微分析相结合的路径。总体上看，自马克思主义进入中国后，这一科学理论的鲜明特征是在中国的接受度越来越广、影响力越来越大。对这一特征的揭示，宏大叙事是殊为适合的方法。但是，马克思主义在中国的发展毕竟是与实际的革命斗争相伴相生的，在不同年代、不同人群、不同地域中有着不同的接受程度和表现形式。因此，在坚持并把握总论断、总特征的基础上下大力气去追索其中的细微差异和具体差别，把微观研究和宏观研究结合起来，才能够形成扎实、科学的研究成果，得出有说服力、信得过的研究结论。

因此，本书拟在既有宏观结论的指导下，对1927—1937年左翼思想在北京的发展做一细微分析。在细微分析的过程中，民众史观的视角是尤为应当注意的。张静如先生曾提出"精英史观和民众史观两个都讲全"[①]的党史学研究方法论，具有重要的指导意义。从目前的研究状况看，基于精英史观而进行的学术研究已经达到比较充分的程度，相比较而言，对于社会一般民众思想倾向的研究做得还不够充分。然而，"任何思想的广泛传播和任何思潮的形成，都必须经过一个由少数人到多数人参与的过程。马克思主义在中国传播及中国化、大众化、社会化的深入进行，并成为五四以后对中国社会产生深远影响的社会思潮，单凭少数几个精英的个体作用是不可能实现的，而必须通过众多精英与中下层人士的合力作用方能实现"[②]。因此，在进一步深化马克思主义在中国传播的研究时，我们就应当对一般民众传播和接受马克思主义的过程作出更多、更细致的分析。

---

① 张静如：《精英史观和民众史观两个都讲全》，《党史研究与教学》2010年第4期。
② 王磊、王跃：《深化马克思主义在中国早期传播研究的若干思考——基于精英与民众互动研究的视角》，《马克思主义与现实》2013年第1期。

第三节　研究现状综述

对于马克思主义和左翼思想在中国传播以及知识人士对进步思想接受的研究，始终是学术界颇为关注并常研常新的领域。近年来，对相关问题的研究逐渐呈现从精英向民众、从党内向党外延伸扩展的趋势。具体来说，从对传播主体的研究看，学者们在继续研究李大钊、陈独秀、瞿秋白、恽代英、蔡和森等早期共产主义先进分子在科学理论传播方面的贡献的同时，也开始重心下移，对一般知识人士（特别是知识青年）给予更多的关注，推出了诸多具有开创性的研究成果。从对传播领域和传播对象的研究看，学者们在继续关注中共党内对于马克思主义的传播、学习、接受的基础上，也开始关注社会层面的一般知识人士对于马克思主义的理解和掌握，同样也推出了一批具有创新性的研究成果。这一研究趋向表明，当前学界的研究对象更加多元、研究成果更加丰富，学术创新性也得到了进一步凸显。

一　对马克思主义及左翼思想传播的总体考察

李红岩对马克思主义思潮的兴起进行了考察，他提出了一个颇值得思考的问题——"革命失败，但作为革命基础的马克思主义理论反而风行起来，这个离奇现象是颇难解释的"[①]。事实上，这一问题也是研究 1930 年代马克思主义传播的代表性问题。阿里夫·德里克也曾指出："1927 年国民党右转，大肆镇压革命活动，反而增强了知识分子对于革命问题的兴趣，这在左派出版物的大量增长中清楚地表现出来。当对于革命急速失败的最初的震惊过去之后，中国知识分子一方面转向支持左派的思想运动诸如无产阶级文学运动，另一方面，更重要的是转向对于革命失败原因的探究。1927 年的诸

---

① 李红岩：《20 世纪 30 年代马克思主义思潮兴起之原因探析》，《文史哲》2008 年第 6 期。

多事件使得国民党和共产党都失去了权威性,却丝毫没有减弱那些曾经在1925—1927年之间使得革命生气勃勃并动员起广大青年知识分子对社会革命目标的热忱信奉。"① 围绕这一问题,学界展开了相关研究,推出了一系列具有代表性的研究成果。比如,张太原对1930年代的马克思主义思潮做了深入研究,发表了多篇颇具价值的学术文章。在《二十世纪三十年代的马克思主义思潮》一文中,作者认为马克思主义的宣传事实上已"'无孔不入':面向基层社会,力图使文化大众化;结合实际斗争,保持'政治的优位'"②。据此,作者得出两点结论:一是国民党控制言论的做法并不成功;二是"左"倾作为一种社会风气已防不胜防。就这一研究论题来说,在此之前学界已有为数不少的讨论,也曾得出相似的结论。不过,这篇文章的价值在于,作者把研究的关注点聚焦于知识分子,特别是把包括青年学生在内的社会中下层知识人士纳入考察范围,同时在行文过程中注意凸显青年学生与进步教师之间的思想互动,因此,这样的史实选择、事实铺开和行文叙述就做到了在无奇中有奇。不过,在充分肯定该文重要学术价值的同时,也需要指出,虽然作者在文中论及"文化大众化"运动时认为马克思主义的传播取得了一定效果,但是我们对此依然不能做过高估计:首先,当时中国人民的受教育程度和识字率都比较低,导致文盲大量存在,因此,广大的农民和城市中的底层民众事实上很难对马克思、列宁等人物以及马克思列宁主义有所了解;其次,即便在城市一般知识分子中间,对马克思主义的了解和研究也主要局限于思想界和教育界,尤其是高校层面,因此,当时北平、上海的知识分子和高等院校就成为学界研究的重点,从这篇文章的材料来源和行文论述中也能够看出这一特点。

郑大华、谭庆辉也对1930年代中国知识界的社会主义思潮做了

---

① [美] 阿里夫·德里克:《革命与历史:中国马克思主义历史学的起源,1919—1937》,翁贺凯译,江苏人民出版社2010年版,第37页。
② 张太原:《二十世纪三十年代的马克思主义思潮》,《中共党史研究》2011年第7期。

细致考察,揭示了社会主义思潮在这一时期中国知识界的流行。事实上,社会主义作为对资本主义制度的批判和对未来社会发展的美好构想,获得了当时诸多知识人士的好感。因此在当时,即便知识人士并不真正了解马克思主义的丰富内涵,但只要提及社会主义,知识分子中鲜有表达异议者。郑、谭二人在文中援引的两个征文活动——《东方杂志》"新年的梦想"和《申报月刊》"现代化问题的讨论"就相当明显地反映了当时知识人士渴望、憧憬社会主义的心绪。从学术价值层面看,笔者以为,这篇文章独具的价值在于,它揭示并系统阐释了此期社会主义的两个"显著特点",抑或是一定意义上的两点不足:一是浓厚的计划经济气息;二是缺少学理上的建树。[1] 就第一点来说,作者指出,"他们只看到计划经济在苏联取得的巨大成绩,淡化了苏联人民所作的长时间的准备,未能认识到苏联'一五计划'的成功实施实际上是长期的渐进过程";就第二点来说,文章认为,"30年代初知识界谈论和主张社会主义的人虽然不少,但真正像李大钊等人那样信仰社会主义的并不多,他们只是出于对资本主义经济危机的失望和对苏联'一五计划'成功的赞赏而谈论或主张社会主义,加上当时民族危机日益严重,挽救民族危亡是摆在中华民族面前的首要任务,因此,很少有人在此基础上思考社会主义的学理问题"[2]。应当讲,作者透辟地把握了1930年代社会主义思想传播的重要特点,而作者的研究也告诉我们,在充分肯定1930年代社会主义思想传播热潮的同时,我们也应该冷静客观地看待和分析在传播过程中所出现的不足和问题。而在《中国近代社会主义研究的几个问题》一文中,郑大华对1930年代的社会主义思潮做了更加深入的思考和更为全面的揭示。郑大华指出,"近代中国有两大最主要的社会思潮,一是民族主义,一是社会主义",对于中国的民族主义,作者认为,"无论阶级、政党、集团或个人,谁能高

---

[1] 郑大华、谭庆辉:《20世纪30年代初中国知识界的社会主义思潮》,《近代史研究》2008年第3期。

[2] 郑大华、谭庆辉:《20世纪30年代初中国知识界的社会主义思潮》,《近代史研究》2008年第3期。

举民族主义的旗帜，提出更有利于实现国家独立和民族解放的方针、路线和政策，并积极领导或投身于争取国家独立和民族解放的斗争，谁就能在错综复杂的政治博弈中占得先机，并最终取得政治斗争的胜利"①，以此为指导，作者论述说，"中国资本主义发展的不充分，不仅造成了资产阶级力量的弱小，同时也造成了无产阶级力量的相对不强大"，但是，"为什么以无产阶级作为阶级基础的马克思主义在中国能从小到大，从弱到强，最后取得了胜利呢？"这是因为"在民族危机日益深重的近代中国，摆在国人面前最急迫和最首要的任务不是争取个人的自由和个人的权利，而是谋求中华民族的解放和国家的独立与自由"，而"中国的马克思主义者则始终走的是与工农相结合的道路，既扣住了时代的主题，又抓住了变革社会的主要力量，因而最终成了历史的选择"②。笔者之所以将文章中的重要观点摘录于此，是因为作者对于民族主义的诠释，事实上揭示了中国社会主义思潮产生的最根本动因。因为如果没有这一因素的存在，单纯从人类具有追求正义与平等的天性、中国传统思想和文化中所具有的与社会主义相通的思想内容以及资本主义世界所出现的系统性的经济萧条，是无法有力解释为何社会主义思潮会在 1930 年代的中国蓬勃发展并得到知识群众广泛认可的。除此之外，《中国近代社会主义研究的几个问题》的另一贡献是，作者明确提出中国的社会主义有两条思想谱系："一条是中国共产党人以及在中国共产党领导下的左翼知识分子的社会主义思想及其实践，另一条则是以报刊编辑、大学教授为中坚的中国知识界的社会主义思想及其追求。"作者提出的两条思想谱系的划分具有重要的学术意义，因为作者敏锐地捕捉到了一个重要但一直以来未受到足够重视的群体，即文中所提出的"以报刊编辑、大学教授为中坚的中国知识界"。报刊编辑和大学教授是当时的知识精英，如果没有他们对马克思主义的学习、宣传和推广，那么马克思主义也是无法在国民党统治区域广泛传播开来的。

---

① 郑大华：《中国近代社会主义研究的几个问题》，《教学与研究》2010 年第 10 期。
② 郑大华：《中国近代社会主义研究的几个问题》，《教学与研究》2010 年第 10 期。

近年来，鉴于上述这种不够全面的研究现状，有学者就明确呼吁说："一些马克思主义史学史叙事把现代学术史上本来是一支很雄壮很庞大的唯物史观派学术力量写得越来越单薄，直至最后只剩下有数的几个人。'学术史叙事'的'革命史化'倾向，可能是这一现象产生的主要根源。而这一点今天看来应该纠正。"①

在这一观点的影响下，学术界对一些并不信仰马克思主义学者的马克思主义观展开了研究。比如，陈峰考察了 1930 年代冯友兰学术思想中的唯物史观取向。他认为，冯友兰所作的《秦汉的历史哲学》的讲演充分展示了他对唯物史观的理解。作者指出，由于这篇文章的马克思主义倾向，使其"触怒了国民党当局，遭到逮捕，经多方营救才化险为夷"②，而其于 1935 年 5 月发表的《中国近年研究史学之新趋势》以及 1936 年的《中国现代民族运动之总方向》也鲜明地体现出其思想中的马克思主义因素。尤学工梳理了顾颉刚对唯物史观态度的变化过程，揭示了在唯物史观蔚然成风的情况下，顾颉刚意欲以"分工合作论"来调和自己的学术立场与唯物史观之间的对立的思想历程。③ 李红岩在文章中对陶希圣的唯物史观作出了评价并得出了陶希圣"历史理论和方法论正是辩证唯物史观，但陶是一位孙文式的马克思主义者，亦即排除阶级斗争理论的改良主义的马克思主义者。这样的'马克思主义者'，当然算不上真正的马克思主义者"④ 的结论。应当明确的是，冯友兰、陶希圣等学者以及如他们一样的知识人士，在 1930 年代，无论其对马克思主义的研究多深、应用多么广泛，从本质上讲，都仅仅是把马克思主义视作一种学术研究的方法和一个解释问题的工具。与当时的马克思主义学者相比，他们或许在理论上并不落下风，甚至在理解上有可能更深刻、

---

① 王学典：《唯物史观派史学的学术重塑》，《历史研究》2007 年第 1 期。
② 陈峰：《20 世纪 30 年代冯友兰学术思想的唯物史观取向》，《史学月刊》2003 年第 1 期。
③ 尤学工：《论顾颉刚对唯物史观的态度》，《史学史研究》2013 年第 3 期。
④ 李红岩：《20 世纪 30 年代马克思主义思潮兴起之原因探析》，《文史哲》2008 年第 6 期。

更透彻，但是，从信仰层面看，他们是无法与马克思主义学人相比的。因此，我们在研究这些学人的马克思主义观时，就需要把握"度"的原则，也即是说，虽然不能从主观上刻意贬低这些学者的学术成就，但是，若对其做出过高的评价也是不客观的。

此外，也有学者把研究的关注点和重心"下移"，去考察一般知识人士的思想贡献。比如唐小兵基于当时的左翼期刊讨论了后五四时期的"社会科学"热与革命观念的知识建构。他通过对《中国青年》《读书杂志》《读书生活》等左翼期刊的考察，呈现了编辑、作者与读者群体围绕社会科学与自然科学、技术科学的优劣比较，社会科学与革命知识的观念构建以及社会科学与中国社会的出路，等等问题的讨论，从而揭示了当时所形成的超越五四多元启蒙的激进主义的社会改造理念。①

二　关于左翼青年与左翼文学的研究

可以确定的是，1930年代的中国社会在思想层面出现了诸多变化，其中，左翼思想的凸显是诸多变化中最令人瞩目的。在社会各阶层人群中，青年学生无疑是拥抱左翼思想的骨干，因此，近年来有不少研究将视角转向了当时的左翼青年。比如，许纪霖从信仰和组织两个层面考察了大革命和一二·九两代革命知识分子所具有的共同特征。在他看来，"除了外部条件，知识分子趋向革命还具有四种内在的精神气质：追求自由的个人英雄主义、革命加恋爱的浪漫主义、对底层民众同情与怜悯的民粹主义和痛恨外国列强的民族主义。而在各种主义与政党争夺青年的竞争之中，马克思主义与中国共产党之所以能够胜出，乃是其独特的信仰力和组织力，让革命知识分子获得了一种认知世界的方法、值得献身的信仰和团契生活的'家'"②。卢毅考察了新民主主义革命时期知识青年左翼化的倾向

---

① 参见唐小兵《后五四"社会科学"热与革命观念的知识建构——以民国时期左翼期刊为中心的讨论》，《史林》2022年第1期。
② 许纪霖：《信仰与组织——大革命和"一二·九"两代革命知识分子研究（1925—1935）》，《开放时代》2021年第1期。

及成因，认为，首先，"30年代初国际局势的此消彼长"① 导致了青年人思想发生了深刻变化——"由于世界性经济危机的爆发，西方国家深陷经济、政治、信仰危机的深渊，这更使近代中国的青年知识分子对资本主义丧失了信心"；其次，国民党在对日外交上的软弱是最令青年人不满之处，而这也间接将青年人推到了主张坚决抗日的中共一边，另外，国民党对青年人的不信任以及动辄对学生运动进行暴力镇压的蛮横做法，使国民党在青年人心目中的形象急转直下，从而主动把自己摆到了知识青年的对立面。易凤林则以"革命知识分子对国民革命和共产主义的回应"为题，通过研究得出了"革命知识分子通过自身的思考探索，对国民革命进行了积极的响应，确信了共产主义的革命指导性，呈现了一个群体的革命自觉性。他们渐次接受了共产党的国民革命话语体系，主动萌发了对共产主义信仰的追求。其内心世界虽然不同程度地存在着不切实际的革命浪漫思想等，但主要体现出共产党的政党化色彩和革命知识分子的革命主动性"② 的正确结论。

近年来，随着学科间交叉融合的加深，学界对于学术问题的研究渐渐突破了传统学科的界限壁垒，转向寻求借鉴其他学科的有益方法来对本学科所研究的论题进行阐释。这一趋势在探讨1930年代左翼思想的研究中也得到了体现。程凯考察了文艺青年在革命大势下被卷入实际斗争从而产生的思想转变。他指出，"匆忙开始的北伐急需大量青年的参与，这使得大批原有的'文学青年'短时间内变成了从事革命工作的'革命青年'。追求与行动有关的思想和理论'不假思索地变成了首先介入行动"③。但是，作者没有高估革命实践对提升革命的思想理论所起到的作用，他表示："实践本身往往不

---

① 卢毅：《试析民主革命时期青年知识分子的左翼化倾向及其成因》，《中共党史研究》2010年第6期。

② 易凤林：《一个群体的革命自觉：革命知识分子对国民革命和共产主义的回应》，《青海社会科学》2016年第5期。

③ 程凯：《1920年代末文学知识分子的思想困境与唯物史观文学论的兴起》，《文史哲》2007年第3期。

能代替对实践的思考,被外在赋予的行动甚至削弱了思想与行动间相互激发的主动性。本来,20年代中期的'国民革命'是以苏俄的革命理论为思想基础展开的,政治宣传工作的引入和普及使得这场革命不同于一般的政治革命而带有思想革命的性质。而大部分知识青年在革命中承担的就是新型的'思想工作'。他们多就职于各级政府、军队的政治部。在制定宣传大纲、宣传革命策略的过程中他们接触、消化了相应的革命理论。不过,这些理论并非以原理性、整体性的面貌出现,而是化成了便于应用的口号、策略;再加上领导阶层关于革命性质、途径不断发生的争论和分裂更使得这些口号、策略随时变化,甚至朝夕不同。"① 在作者看来,革命实践起到的一个直接作用是帮助青年学生怀疑甚至否定自己的阶级属性——"一方面觉得小资产阶级的身份是难以摆脱的,另一方面又认为小资产阶级是没有政治前途的。因此,如何从思想上超越小资产阶级的困境,彻底转化阶级立场和阶级身份,成为青年们的现实焦虑。况且,无论革命的左派还是右派,在1920年代末基本公认革命的目标是争取'非资本主义'前途,而非稳定现有的社会状况。所以,批判资本主义而具有社会主义倾向的思想具有普遍合法性"②。

从这个意义上说,以唯物史观为指导的文艺理论的发生和展开,实质上是由于文艺青年们在马克思主义阶级观念的影响下,对自己的阶级出身做出了否定性的认知,进而为达到"改造"自己的目的,转向追求唯物史观及其文学。但是,作者敏锐地注意到,"当这些面貌各不相同的理论传入中国时,中国自身的译介者似乎并不太在乎它们之间的差别。各种理论往往在不加说明的情况下被译介过来,相互差异甚至对立的理论文章不时会被并置在一起。这种对差异的忽略一方面是因为了解的不充分,但另一方面也和介绍者的根本态度相关:即,他们更多地把'唯物史观'笼统地看成是一种既成的

---

① 程凯:《1920年代末文学知识分子的思想困境与唯物史观文学论的兴起》,《文史哲》2007年第3期。
② 程凯:《1920年代末文学知识分子的思想困境与唯物史观文学论的兴起》,《文史哲》2007年第3期。

科学体系，一种正确的思想的标志。许多介绍者都把唯物史观视为社会问题、人生问题'彻头彻尾的解决方法'"①。因此，作者揭示了一个重要观点：虽然唯物史观在当时深受青年人的欢迎和喜爱，但事实上，他们接受和学习的不一定是唯物史观，某种程度上说，他们接触的可能只是打着唯物史观旗号的"伪唯物史观"。季剑青将"文学概论"课程与1930年代北平高校的左翼文学专业课程结合起来，挖掘出又一个鲜为人知的左翼领域。作者注意到，虽然高校管理层一般情况下并不认可将左翼文学纳入高校课堂，但青年学生有不一样的看法："1934年，北大国文系进行课程改革，以学生为主体的国文系系友会'曾草拟改善国文系课程计划书'，提出新增课程若干种，其中有文学概论、文艺批评、文艺心理、近代文艺思潮、新兴文学理论。这个计划自然不可能在系主任胡适那里通过，但足见在立场偏左翼的青年学生中间，对'文学概论'这一课程的期待是和对左翼文学知识的渴求联系在一起的。"②季剑青此文的亮点在于，揭示出了"文学概论"课程能否开设的决定性因素在于校方管理层和青年学生之间的政治博弈："一方面是学生中风行的左翼思潮，另一方面则是校长和教授的疑虑与控制，两者之间的力量对比，似乎决定了左翼文学课程在学校中的地位与命运。"③

所以，与同时期左翼思想在私立中国学院等高校得到比较广泛的传播相比，北大、清华左翼思想之不张，与时任北大校长蒋梦麟、清华校长罗家伦的治学理念和政治态度有一定的关系。需要指出，此篇文章颇具学术价值的同时，一些值得商榷之处也不能被忽视。比如作者将马克思主义能否在高校传播与高校的地位和学术声望联系在一起，并得出了学术声望低的高校更易于传播左翼思想的结论：

---

① 程凯：《1920年代末文学知识分子的思想困境与唯物史观文学论的兴起》，《文史哲》2007年第3期。

② 季剑青：《"文学概论"与1930年代北平大学中的左翼文学课程》，《文艺理论与批评》2008年第1期。

③ 季剑青：《"文学概论"与1930年代北平大学中的左翼文学课程》，《文艺理论与批评》2008年第1期。

"与北大、清华乃至师大相比，当时北平的另外一些学术声望较低的学校，学生则有着更大的活动空间，这其中包括中国大学、东北大学等校。这些学校的新文学及左翼文学课程的开设，多是出自学生的推动。"①

在笔者看来，目前对1930年代北平左翼思想考察比较详细，立论亦比较新颖的是马俊江的博士学位论文《二十世纪三十年代北平小报与故都革命文艺青年——以〈觉今日报·文艺地带〉为线索的历史考察》。此文的亮点在于，作者以小报这一长期未受重视且受关注较少的报刊媒介作为研究对象，将北平这座城市和左翼知识青年联系起来。虽然"小报历来声名不佳、文化层级不高，大众文化研究的兴起才使它为学人关注"②，但是在作者看来，对北平这座城市来说，"小报却是这座城市里文化'精英'们的重要精神空间，生产着'先锋'的'革命文学'，以之为精神园地而耕耘的则是革命文艺青年群体"③。这表明，小报的创办者以生活在北平的左翼知识青年为主体，而其阅读主体亦与办刊人有着相似的价值追求和兴趣指向。在两个主体的中间环节，则是革命文学的源源不断生产。因此，该文找到了一个合适的切入点：小报—左翼青年—左翼思想表达。小报文章因其迥异于大报的风格和相对游离于思想审查之外的自由空间，有了更多的个人思想表达，这无疑有助于挖掘知识青年最本真、最原初的思想动态；而在九一八事变后，北平小报办报风格的改变也使政治性更加突出、家国意识更加浓厚的小报群体成为研究左翼文学的理想素材。此外，马俊江在研究中发现，北平小报与左翼文学团体泡沫社有着千丝万缕的联系，而泡沫社又与北平左联关系甚密，因此，在某种程度上说，小报将北平的左翼人士凝聚

---

① 季剑青：《"文学概论"与1930年代北平大学中的左翼文学课程》，《文艺理论与批评》2008年第1期。
② 马俊江：《二十世纪三十年代北平小报与故都革命文艺青年——以〈觉今日报·文艺地带〉为线索的历史考察》，北京大学博士学位论文，2009年，第15页。
③ 马俊江：《二十世纪三十年代北平小报与故都革命文艺青年——以〈觉今日报·文艺地带〉为线索的历史考察》，北京大学博士学位论文，2009年，第15页。

了起来，并给他们提供了得以施展才华的舞台。与上海左联大多是专业文艺界人士相比，北平左联则以青年人和大、中学生为主，加之没有鲁迅这样的旗帜性人物到会主持，因此，北平左联事实上是比较松散的，但是，青年学生的加入也令左翼文学在学生中逐渐传播开来并使他们所在的学校也日益左翼化。因此，马俊江在文中考察了革命文学在中学校园的兴起，并揭示了大同中学、艺文中学、育英中学等校与左翼社团、左翼文学的不解之缘。应当说，北平小报之所以能与左翼文学结合并对青年学生产生影响，有诸多独具性因素，比如首都地位的丧失、九一八事变后北平危如累卵的严峻局势、北平学校林立学生众多的文化优位以及对政治比较敏感的城市性格等，种种因素的叠加才推导出这样一种不同于全国任何一个地方的左翼思想表达，而作者恰好敏锐地捕捉到了这些因素，并将这些因素加以反映和整合，由此完成了这篇具有一定建树和影响力的论文。

当文学界对左翼文学的研究已经达到比较高的水准、当学术界对中国共产党领导下的马克思主义传播也已梳理得比较清楚的时候，我们就需要开辟新的领域、思考新的问题了。从目前的研究状况看，研究马克思主义在中国的传播，自然少不了对过往报刊、文章以及当事人回忆录等史料的梳理、分析和考察，但是我们不禁要问，难道材料就仅限于此吗？另外，在当前比较依赖历史学、中共党史学的研究方法来进行相关研究的情况下，我们也不禁要问，难道思路和途径也只有这些吗？在笔者看来，答案并不是这样的。不论是研究所使用的材料还是所依托的方法，都可以更加开放、更加多元。前有研究已经表明，左翼文学是可以与马克思主义产生共鸣的，它不单单属于文学，也不单单属于历史，它对马克思主义理论的生长发展同样有所贡献。因此，基于这一认识，通过恰当地选择研究角度和研究对象，我们或许就可以揭示一个新的马克思主义传播的广阔天地。

三 关于高校左翼思想传播的考察

作为知识青年的聚集地，高校近年来成为学界关注的重点，不少研究也开始从对知识青年的思想考察转向把知识青年与其学习、生活的单位——高校结合起来进行考察。钱聪在《马克思主义在中国大学早期传播的历史考察及现实启示》的文章中就对高校的马克思主义传播进行了梳理。他认为，马克思主义在不同历史时期的传播内容是不同的，"在初期主要以剖析各派社会主义、阐述科学社会主义的基本原理，刊布学生运动的信息，总结学生运动的策略等为主。进入拓展时期，理论的传入则以阶级斗争的有关问题、被压迫民族联合起来进行世界革命的有关问题、建立革命联合统一战线等理论为主。在大革命失败后，近代中国大学对马克思主义理论的传播又以党组织的建立理论、苏维埃政权的建立等内容为主"①。刘若雯考察了北京高校校报的发展史②，虽然其文并未涉及左翼思想和马克思主义，但无疑各高校所办报纸也是新民主主义革命时期宣传左翼思想和马克思主义的一个重要阵地。不过实事求是地讲，这一阵地到目前为止还没有受到学术界的足够重视。以1930年代为例，仅在《清华周刊》《北大学生》《北京大学日刊》等校办刊物中，就有不少文章涉及马克思主义和左翼进步思想，因此，学术界在今后的研究中，不妨进一步重视高校校报中的左翼思想表达，从而更加全面地还原马克思主义在中国的传播过程。欧阳军喜从思想史的角度对一二·九运动进行了再研究认为，一二·九运动爆发的思想根源就在于民族主义与马克思主义——"在一二九运动爆发前，随着日本侵略的加深，自由主义在学生中的影响日渐降低，而民族主义和马克思主义的影响则日渐增强"③。同时，作者在文中也提到了高校

---

① 钱聪：《马克思主义在中国大学早期传播的历史考察及现实启示》，南京师范大学硕士学位论文，2014年。
② 刘若雯：《北京高校校报发展史研究》，北京林业大学硕士学位论文，2010年。
③ 欧阳军喜：《一二九运动再研究：一种思想史的考察》，《中共党史研究》2014年第2期。

校刊（特别是《清华周刊》）在运动中所发挥的作用。作者指出，"在一二九运动爆发前，中共就通过进步学生所掌握的学生刊物宣传马克思主义的民族解放斗争理论"。1935年10月出版的《清华周刊》中有一篇文章这样写道："中国是次殖民地的国家，其国难是次殖民地的国难，同时因科学的进步，时代的进展，决不容许国内半封建社会的存在，所以中国的出路就是殖民地反帝的战争，和反封建反资本主义的社会革命。"[1] 这则材料再次提醒我们，研究马克思主义在中国的传播，不能忽视高校；研究高校中的马克思主义传播，不能够忽视校刊。作者在文章中表达的另一个重要观点是，虽然"一二九运动的内容与方向都受到马克思主义，特别是列宁主义关于殖民地半殖民地民族解放运动理论的影响，但并不意味着所有参与一二九运动的学生都是马克思主义者"，指出，"事实上，除了极少数学生当时已参加了共产党或者思想左倾外，大多数同学纯粹是为挽救民族危机而参加运动的……即便是一些后来加入共产党的学生运动领袖，在当时也并不是自觉的马克思主义者"[2]。文章对这一事实的揭示殊为重要，因为它揭示了马克思主义是在现实的斗争中逐渐入脑入心的，它的传播和普及从来就不是一帆风顺的，作为后人，我们需要理解马克思主义在中国传播开来的必然性，而要理解这一必然性，就需要后人对历史作出真实的诠释。

高校党的建设史与高校左翼思想的传播有着密不可分的关联。以周良书为代表的学人在这一领域辛勤耕耘，推出了多部（篇）富有价值的研究成果。比如在《中共高校党建史（1921—1949）》一书中，周良书将1927—1937年的高校党建界定为"从中心到边缘"。这一界定一方面直观地反映了这十年间中共高校党建工作的基本特点，同时，结合前文所述内容，事实上也提出了一个问题：既然中共在此期的党建工作中进展相对不利，而马克思主义又是在这一时

---

[1] 欧阳军喜：《一二九运动再研究：一种思想史的考察》，《中共党史研究》2014年第2期。

[2] 欧阳军喜：《一二九运动再研究：一种思想史的考察》，《中共党史研究》2014年第2期。

期广泛传播开来的,那么,是谁主导了马克思主义的传播呢?对于这一问题,周良书指出,"在那个时候,不用说普通老百姓,就是对中小知识分子而言,马克思的《资本论》、剩余价值学说、辩证法、唯物史观等也不免过于深奥。所以当时可接受马克思主义的惟一社会群体,只能是依托高校的这批五四精英……如此而论,中国共产主义运动的第一站选择在高校似乎是不可避免的"①。周良书在书中认为,一二·九运动前,高校的党建工作事实上是处于停滞状态的,因为在国民党的政治高压下,学生中间普遍弥漫着畏惧、意志消沉等消极思想。因此,中共传播马克思主义的效果在这十年间(特别是在一二·九运动前)是相当微弱的。鉴于这一事实,马克思主义广泛传播的真正答案,或许就要到一般知识人士和青年学生的思想发展当中去找寻。严海建则撰文考察了一二·九运动前后中共党组织在北平私立中国学院的发展情况。作者通过细致地史料爬梳,揭示了"一二·九运动前后的私立中国学院是北平文化教育界进步力量聚集的大学。中共在中国学院师生中建立地下组织,积极领导学生的爱国救亡运动。校方对学生的爱国运动采取压制态度,引起学生的不满。在中共的领导下,进步学生发起驱逐总务长祁大鹏的运动,并争取到支持学生爱国运动的何其巩出任校长。中共利用何其巩西北军旧部的身份与冀察当局形成缓冲,从而拓展了校内学生运动的空间,同时也保护了进步师生。何其巩则利用校内师生的支持,抵制国民党势力的介入,稳固自身地位。中共的统一战线争取了最大多数的同盟,既使自身获得了更大发展空间,同时又促进了北方青年爱国救亡运动的发展"②。

四 对与左翼思想相关的爱国进步运动的考察

1927—1937年的十年是国内国际政治环境剧烈变动的十年。单

---

① 周良书:《1912年—1949年高校党建史研究的几个问题》,《北京党史》2006年第6期。

② 严海建:《统一战线与青年运动:一二·九运动前后中共在北平私立中国学院的发展》,《社会科学辑刊》2020年第6期。

就国内来说，国民党取得形式上的统一与"东北易帜"、九一八事变、一·二八事变、一二·九运动等大事件的发生无不深刻影响了国人的思想认知，对此，学界有着比较敏锐的把握。九一八事变后，北平一夜之间成为边塞，这一现实在北平知识人士中产生了巨大震动；而一二·九运动则标志着爱国青年思想上的深刻转变，这些事件虽与左翼思想和马克思主义的传播并无直接的关联，但是其影响足以撬动这座城市的思想氛围和观念认知，而左翼思想也借助这些事件扩展开来。因此，对它们的研究就成为学术界的一个焦点。近年来，一批相关研究成果也得以问世。

有学者将九一八事变后的学生运动与一二·九运动作了对比，揭示了九一八事变之后的学生运动未能持续的根本原因——"九一八学生运动，来势很猛，规模也很大，但是消失的也很快，没有能持久地发展，以带动起全国革命的高涨，而只成为革命低潮期中白区里的一道闪光。因此，九一八学生运动虽然短期内也曾轰轰烈烈，也是当时革命运动的一个方面军了，但是它没能像'一二九'那样影响广阔"[1]。究其原因，孙思白认为"当时党的领导机关正被第三次'左'倾路线所统治。'左'倾机会主义者看不到民族矛盾上升引起的客观条件的变化，对形势的分析作出错误的估计，他们提出'反对一切帝国主义、保卫苏联'的口号，从而脱离了群众的抗日要求，把中间派别看成是中国革命最危险的敌人，讥笑当时出现的'组织国防政府一致对日'的呼声是资产阶级的欺骗。因此，他们就不能以灵活的策略，去联合一切抗日的社会力量。与上述错误路线相一致，'左'倾机会主义者在白区的工作中醉心于'第一等的任务，是用最大的力量去展开城市工人的罢工斗争'，甚至要求群众准备武装起义。他们对当时兴起的学生运动不能给以应有的关怀和正确的指导，不是强调无条件的斗争，便是把他们只看作是工人罢工运动的配合，让他们自生自灭。在这种错误方针指导下，当时的学

---

[1] 孙思白：《"九一八"与"一二九"学生运动比较研究》，《历史研究》1985年第6期。

生运动遂没有走上健康发展的道路,而在国民党反动派的血腥镇压之下,迅速低落下去。所以,'九一八'的学生运动之所以没能发展壮大,其主要原因不在于客观条件成熟程度的不足,而在于主观指导方面的错误"①。

基于上述原因,相比于九一八事变来说,一二·九运动无疑受到了更多的关注。有学者认为,一二·九运动不仅仅是一场学生运动、政治运动,同时也是一场思想运动。从思想史的意义上说,一二·九运动与五四运动是近代中国思想发展的两个转折点,基于此,学界进行了深入的挖掘。与五四运动相比,一二·九运动距离革命胜利的时间相对更近,因而一些访谈、回忆录等便成为观察和了解这一历史事件的重要窗口。一二·九运动的发起人之一、曾任乌鲁木齐军区政委的谷景生便详细回忆了一二·九运动从思想准备到运动发起的情形,从而展现了运动爆发前北平党组织和左翼进步力量打下的思想基础:"中共北平市工作委员会已经成立,由王健(王学明)、彭涛、杨子英三人组成,王学明任书记,彭涛任宣传部部长。市工委决定由我担任北平左翼文化总同盟(简称文总)和北平左翼作家联盟(简称左联)的党团书记(即现在的党组书记)。文总是党在北平文化教育界外围组织的联合体,包括左翼作家、社会科学家、戏剧家、美术家、音乐家、世界语者、教育劳动者等同盟。我们从读书会中发现进步分子,吸收到左翼文化组织中来,再从这些成员中发展党团员。左联、社联、语联和教联,经过一段时间的发展,在许多大中学校都建立了组织。当时左联在各校的支部书记,师大是杨采,中大是鲁方明,燕大是王洪祺,清华有魏东明。朝阳大学、平大法商学院及一些中学和陕西会馆、河北会馆、四川会馆、山东会馆等都发展有左联成员,吸收了许多准备考学的进步青年。当时,我还担任了左翼作家联盟外围刊物《泡沫》社社长。《泡沫》社在北平伪市政府社会局登记,社址设在新鲜胡同 27 号吕奎龙家

---

① 孙思白:《"九一八"与"一二九"学生运动比较研究》,《历史研究》1985 年第 6 期。

里。因其父开始是冀东22县烟酒税务局局长,便于掩护,比较安全。《泡沫》这个刊物发表了许多进步文章,吸引了许多革命青年。不少受到《泡沫》影响的青年,后来成了知名作家。当时参加编辑和写稿的有北大的魏伯、清华的陈落、东大的白晓良、女子文理学院的张晋媛和艺文中学的吕奎龙,还有流亡学生刘曼生(现名谷牧),我介绍他参加左联一般成员,又发展他入党,让他参加《泡沫》的写稿。"① 自上述可见,谷景生是一二·九运动的重要领导者和参加人,但是,这一重要人物在一段时间内消失于党史的若干权威著作中,这一情况的发生显然是不客观、不正确的。鉴于此,张静如重新考察了谷景生与一二·九运动的关系,并对党史著作的疏忽提出了批评。他说:"中央党史研究室写本子时,应该更慎重一些,起草人应该多向某方面专家请教,尽可能写得更准确。因为一般读者很重视中央党史研究室写的本子,认为它是权威性的著作。中央党史研究室著的《中国共产党历史》第一卷,没有把一二·九运动中党的领导人写准确,只是他们在收集材料时没有做到位,而没有其他原因。所以,希望这本书再版时,应该做出准确修订。"② 姚依林也对一二·九运动的一些失真之处进行了澄清,他在其回忆文章中否认了斯诺夫人佩格认为的一二·九运动是由斯诺领导的结论。姚依林指出:"斯诺原来的夫人佩格,说斯诺领导了'一二·九'运动。不是那么回事。因为有整个华北的大形势,有我们党在组织和发动'一二·九'运动。这件事邓颖超同志后来曾找龚普生、陆璀和我谈过一次,向佩格作解释,我说情况不是如她所说的那样,她不了解情况。她那种讲法可能有理由,因为她以一个同情中国学生运动的面目出现,我们也经常与斯诺夫妇有联系,黄敬住过他们家,我也去过她家,吃过饭,经常谈的是有关中国革命和当时的形势。所以她也了解一些情况,但她并不知道我们党的情况。"③ 对于

---

① 谷景生:《回忆"一二九"运动与北平地下党》,《党的文献》2001年第2期。
② 张静如:《一二·九运动与谷景生》,《北京党史》2008年第1期。
③ 参见彭定安《姚依林谈一二·九运动——姚依林同志访问记录》,《炎黄春秋》2009年第8期。

一二·九的思想史意义,也有人士在访谈中予以阐释。丁东等在一篇采访中就表示说:"二十世纪以来,中国真正的学生运动有两次,第一次是五四,第二次就是'一二·九'……'一二·九'可以说是开始了中国共产党的一个新时代,大量青年知识分子走向延安,为她注入了新血液,特别是提高了她的文化水准和道义力量,因为青年的理想总是很诱人的。毛泽东也说过,'一二·九'为中国共产党准备了干部。不过,'一二·九'知识分子和五四知识分子并不相同,五四知识分子的思想来源比他们要复杂得多,因为五四的领袖是大学教授,而'一二·九'的领袖主要是青年学生。五四知识分子重视的是思想革命,而'一二·九'知识分子则倾向于暴力革命,这与他们深受俄国马列主义的影响有关系。参与'一二·九'运动较深的大学教授如张申府、杨秀峰都是有革命经历的。这也就是我们过去常说的,五四的启蒙,最后被救亡压倒了。"[①]

五 对国民党间接传播马克思主义的考察

近年来,国民党在客观上为马克思主义传播所起到的"推动"作用越来越受到学者们的关注。李红岩在文章中认为三民主义"意义不明,可左可右"的界限模糊了其与共产主义的差异,而以三民主义为指导思想的国民党又允许其党员在不违背党的纪律和三民主义的情况下信仰自由,这就更为马克思主义的扎根提供了土壤。张太原在其文章中专门考察了国民党主流报刊中的马克思主义,从而揭示了一个之前未曾了解的马克思主义传播"阵地"。张太原指出:"20世纪30年代,在国共斗争激烈的时期,国民党对马克思学说自然去之唯恐不尽,有不少人甚至因'马'字而生罪。但是,在国民党主办或控制的报刊上,马克思学说却常常不自觉地被提起或运用。唯物辩证法、社会形态的演讲及社会主义的趋势、中国反帝反封建的任务等这些本来属于共产党人的话语和理论时隐时现,甚至马

[①] 丁东、高增德、智效民、谢泳:《"一二·九"知识分子的历史命运》,《书屋》2013年第12期。

思、恩格斯的名字也并不是完全禁忌的。"① 张太原通过研究揭示了国民党主流舆论界事实上产生了"提倡发展资本主义,却仍然赞成社会主义;或者公然主张建设社会主义文化,却不认同中国的共产主义运动;张口闭口马克思,却极力反对共产党"的奇特景观,而这一奇景的直接反映便是"国民党的理论是何等的贫乏,而共产党的理论又是处于怎样的优势地位"②。张太原此文的最大亮点和重要意义在于,在全篇不涉及中共的情况下,从中共的对手——国民党的主流报刊中辑出了众多体现马克思主义的文章,其文视角新颖、史料运用得当,展示了作者敏锐的洞察力和深厚的研究功底。向伟则以《国民党视野中的马克思学说研究(1927—1937)》为题撰写了博士学位论文。在文中作者认为:"尽管国民党极欲禁绝马克思学说在中国传播,但最终未如所愿。其查禁的措施不可谓不严厉,最终依旧失败了,其原因自然很多。但从国民党自身来看,恐怕与其理论建构不足有密切关联。虽说其对马克思学说极力围剿,但这也仅为'破'除之道。原本孙中山创建了三民主义,然而国民党各派竞相演绎出不同的三民主义,导致理论混乱,让人无所适从,因此理论上'立'度不足,缺乏引领思潮的主流文化。更何况在国民党人的话语中,国民党人对共产主义的美好愿景从未否认过,有区别的只在于这样的思想缘何而来。所以在它无力承担理想社会建设时,其所作所为却无形中赋予了马克思学说发展的良机。"③

第四节 学术检视:方法论问题

对于本研究而言,笔者不揣浅陋将其定义为思想史的课题。那

---

① 张太原:《二十世纪三十年代国民党主流报刊上的马克思学说之运用》,《中共党史研究》2014年第2期。
② 张太原:《二十世纪三十年代国民党主流报刊上的马克思学说之运用》,《中共党史研究》2014年第2期。
③ 向伟:《国民党视野中的马克思学说研究(1927—1937)》,中共中央党校博士学位论文,2016年。

么,对于思想史研究的题目来说,其对研究方法的选择也应该以恰切揭示思想的演进历程为基准。基于此,结合本书所要研究的对象,笔者拟采取"内史—外史"研究法和"事件路径"的研究视角来解答本书所提出的问题。

哲学家拉卡托斯曾将科学史的研究方法分为"内史"与"外史"两类,事实上,学术研究走到今天,这一方法已经远远超出了科学史研究的使用范围。比如,何萍教授就运用此方法研究了马克思主义哲学的内史与外史书写问题,揭示了"实践和辩证法的批判精神与多元化的哲学传统和理论形态的相互作用及其所创造的历史,就是马克思主义哲学的内史",以及马克思主义哲学的外史书写"应该紧紧扣住以机器生产为标志的工业革命和资本主义生产方式及其变化","应该重点叙述马克思主义哲学与各民族文化传统之间的关系问题"[①]。这两点结论的得出过程正是运用"内史—外史"研究方法开展研究的生动体现。据此来说,所谓内史,即思想发展的内在理路——注重某种思想自身的内在演变,以及不同思想观念之间内在相通的逻辑体系;所谓外史,即思想与其所处时代相关要素的具体联系及相互作用,比如国际环境、国内政治、权力制约、文化倾向等。据此看,对于"1927—1937年北京的左翼进步思想及其呈现形态"这一论题而言,"内史—外史"研究方法是适用的,其根据既在于左翼思想的发展有其内在理路,又源于这十年间外部环境的急剧变化必然会对左翼思想的形成、发展产生重要影响。

与"内史—外史"研究方法有所不同,事件路径则可被视为一种研究取向。有学者认为,事件路径即是"把事件视为历史上社会结构的动态反映,试图挖掘出事件背后所隐藏的社会结构及其变迁,事件成了研究者透视历史的一种视角、一条路径"[②]。因此,与以往以事件分析为中心的研究模式相比,事件路径的特点在于"不再把

---

① 何萍:《马克思主义哲学的内史与外史的书写》,《马克思主义与现实》2010年第3期。

② 李里峰:《从"事件史"到"事件路径"的历史——兼论〈历史研究〉两组义和团研究论文》,《历史研究》2003年第4期。

历史事件视为自足的研究对象，在历时性的事件过程考察之外，将相对而言更具稳定性的共时性社会结构（这也正是年鉴学派所追求的长时段历史的主要内容）纳入研究视野，事件本身的重要性相对降低，其意义更多地在于对深层、隐蔽的社会历史真相的反映"。据此看，事件路径研究取向的优势在于，"既然事件被定位为一种研究视角、切入点，那么事件本身的范围也必定会极度扩展，在历史中发生过的一切事情，只要具有足够的可操作性，都可以作为事件被用于考察其背后的历史真实，而无须它自身具有多么深远的历史意义"[1]。具体到本书讨论的问题来说，由于所涉问题在其时间段内并不存在具有重要影响力的事件，就意味着此时段的事件呈现出一种碎片化的特点，显然，这并不是意图看到完整画面的人们所期待的。但庆幸的是，在笔者看来，每一个"碎片"的内部事实上都蕴含着与其他碎片共享的"基因"，而将这些"基因"串联起来就有可能将碎片拼接成一幅完整的图画，而事件路径的研究视角起到的便是这样的作用。

---

[1] 李里峰：《从"事件史"到"事件路径"的历史——兼论〈历史研究〉两组义和团研究论文》，《历史研究》2003年第4期。

第一章
左翼进步思想兴起的背景分析

1923年4月,在北京中国大学十周年纪念日期间,署名王惟英、何雨农的两位作者出于"做一种社会心理的研究"①的目的,制作了公民常识测验以调查民意。在测验中下列问题引起了我们的注意:

  2. 你最愿意做哪一种人?
  ……
  9. 你欢迎资本主义吗?
  10. 你赞成社会主义吗?

在"你最愿意做哪一种人"的回答中,希望成为大革命家的有888票,占到被调查总数的32%,而愿意做大政治家、大军阀家、大官的合计却只占全部样本的16%;在"你欢迎资本主义吗"的调查中,表示欢迎资本主义的有736票,而表示不欢迎资本主义的却有1991票;与此相应,在"你赞成社会主义吗"的调查中,表示赞成社会主义的有2096票,不赞成社会主义的仅654票,两者呈现近3∶1的比例。如果说仅凭此测验就来揣测彼时社会的思想状况尚有难以信服之感,而作者于测验前言之"事前严守秘密,并未走漏风声……不可不审慎从事"②的表示亦不足尽信的话,那么1923年12

---
① 王惟英、何雨农:《中大十年纪念公民常识测验》,《晨报副刊》1923年7月15日。
② 王惟英、何雨农:《中大十年纪念公民常识测验》,《晨报副刊》1923年7月15日。

月 17 日，在北京大学二十五周年纪念日期间，朱务善等人亦筹划了一次民意测验，而所得结果竟然与中国大学测验之精神高度趋同，这一取向就不得不令我们细细思考了。据作者介绍，此次测验"被试者二日共千零七人。事前绝守秘密，知者极少……当场先计被试者之各界人数——计学界七百五十二人（妇女只占四十七），记者十一人，军界九人，工界七人，政界十一人，警界二人，商界八人"①，而且朱务善指出，此次测验"多偏重于现在中国政治方面，于以见一般人对之观念如何，固非专为某一方面而发者，故诸问不敢稍含暗示之意，以存其真"②。在测验中，如下问题引起了我们的关注：在"俄国与美国，你以为谁是中国之友，为什么？"的问题中，有 497 票认为俄国是中国之友，占 59%，而认为美国是中国之友的只占 13%。认为俄国是中国之友的理由大致有"俄国是社会主义国家，以不侵略为原则"，"俄国为反帝国主义国家，中国正好与之联合，抵抗英美"，"因其为被压迫民族，与中国情形相同"（学界），"因为是社会主义国家，因有好军队"（军界），"因其主义不错，或因其能打倒国际帝国主义"（警界工界），"因为无阶级之分"（商界）③，等等；在第六问"你心目中，国内或世界大人物，是哪几位"中，世界人物"以列宁票数为最多，几占全数之半。以国别论，俄国占九人，共二百六十三票"④，国内大人物则以孙文、陈独秀、蔡元培位列三甲；在第八问"现在中国流行关于政治方面的各种主义，你相信哪一种"中，表示相信社会主义的为最多，占有 291 票，而与此相对的资本主义只有区区 4 票，虽然测验者不无提醒地指出，"此地之所谓社会主义，包括无政府主义、工团主义、基尔

---

① 朱务善：《本校二十五周年纪念日之〈民意测验〉》，《北京大学日刊》1924 年 3 月 4 日。
② 朱务善：《本校二十五周年纪念日之〈民意测验〉》，《北京大学日刊》1924 年 3 月 4 日。
③ 朱务善：《本校二十五周年纪念日之〈民意测验〉》，《北京大学日刊》1924 年 3 月 5 日。
④ 朱务善：《本校二十五周年纪念日之〈民意测验〉》，《北京大学日刊》1924 年 3 月 5 日。

特社会主义及马克思国际共产主义……等而言,闻者不可不知也"①,然而社会主义思潮已在中国一般知识人士中风靡开来却是不争的事实,基于此,朱务善也在此次测验的结论中表示说,国人此举乃"拥护其所深信之中国大人物,建设其理想中之社会主义国家……排美联俄,反抗国际帝国主义,使中华民族在政治上经济上完全独立"②。

当然,我们无意站在历史后人的角度称赞彼时的民众已然具备较高的政治觉悟,也无意深究其接受的社会主义是否科学,我们关注的是,这两则测验至少可以表明,在1923年前后的北京,这座千年古都的社会风气已经发生了明显的改变,革命、进步的思潮伴随十月革命的炮声逐渐开始影响北京的思想界,而当标记着"红色"的话语和符号在北京城内流淌时,作为后辈研究者的我们却需要拷问这一切究竟因何而来?毕竟,任何一种思潮都有其特定的发生土壤,而作为在当时社会上迅速传播并且被予以较高评价的左翼思想,其地位的确定无疑需要更多主客观条件的支撑,由此,本章将携带这一问题展开探察,以求揭示北京思想界"渐红"背后真实的动因。

第一节　左翼进步思想兴起的国际国内背景

毫无疑问,民国以来,作为北洋政府时期的首都和国民党建政后的重要城市,北京(南京国民政府成立后改北京为北平)既对全国的政治、经济、思想、文化产生了重要影响,也无时无刻不在受着来自国内甚至国际社会各方思潮的"关照"。因此,我们探究左翼思想在北京的生长,就不能忽视外部因素给予其各方面的影响。从历史后馈性的角度看,当时国人对资本主义幻想的破灭,苏联社会

---

① 朱务善:《本校二十五周年纪念日之〈民意测验〉》,《北京大学日刊》1924年3月6日。
② 朱务善:《本校二十五周年纪念日之〈民意测验〉》,《北京大学日刊》1924年3月7日。

主义建设取得巨大成功以及国内灾荒频繁、民不聊生三重因素是20世纪二三十年代左翼进步思想日渐兴起的重要客观原因。

一 "大萧条"与资本主义幻象的破灭

前文述及，1923年由中国大学和北京大学有识之士发起的民意测验已经表明，在西方世界风靡一时的资本主义在中国人心中却鲜有好感，特别是经历了第一次世界大战和1929年经济危机后，资本主义在制度层面推广于中国的可能性已经荡然无存，但是对于"资本主义"本身而言，其在中国的厄运没有就此停止。在思想理念和价值符号层面，"资本主义"一词也迅速走向贬义——国人相信，正如马克思对资本的描述一样，"资本来到世间，从头到脚，每个毛孔都滴着血和肮脏的东西"①，那么建立在资本之上的资本主义，当然更是万恶的源泉，因此有时人就反映说，"一知半解之徒，一听到'资本主义'四字，好像听到'混账王八蛋'一样"②。资本主义迅速坠落成为千夫所指，知识人士亦开始在理论层面揭示其没落的必然规律。有人认为，资本主义已走过其最好的光景步入了衰落的阶段，在其殒命期，资本主义的作用表现为"或者衰老自灭，或者变质恶化，反而阻害社会之进步与发达"③，该作者指出，资本主义陨落的根本原因在于"（1）资本主义自由竞争的机能退化，（2）私有财产制度变质，（3）资本家自身的社会机能丧失，（4）资本的生产机能反社会化等"④。亦有人士指出，"资本主义的没落，也是有他的路线的，一种不可避免的，必然的沉陷"⑤。在其看来，资本主义没落的必然性可归结为五个矛盾——"第一个矛盾是出产额的激增，而国际的市场反形狭小，以致过剩。而起了经济上的恐慌。第二个

---

① 《马克思恩格斯选集》（第二卷），人民出版社2012年版，第297页。
② 林民：《资本主义社会的研究》，《新生命》第12期，1930年。
③ 沈茹秋：《殒命期的资本主义》，《晓光周刊》第13期，1928年。
④ 沈茹秋：《殒命期的资本主义》，《晓光周刊》第13期，1928年。
⑤ 王沉：《资本主义没落的必然性及今后中国的出路》，《人民周报》第49期，1932年。

矛盾是各国间的冲突，越加尖锐化。第三个矛盾是劳动阶级向资本家的打击，像罢工与怠业。第四个矛盾是购买力的薄弱，资本家的商品，囤积起来，无人过问。第五个矛盾是殖民地和弱小民族的反叛，似乎有冲出资本主义的牢笼，像印度，是很明显的，就是中国，近年来也有很伟大的进展"①。

可见，上述二人均不约而同认为资本主义的没落是必然的规律，但细究其根据可以发现，两者的思考路径其实并不相同。前者侧重对资本主义制度存在的问题进行解构，以揭示其在制度层面不可调和的因素，而后者则更加突出殖民扩张和国际环境对资本主义机制产生的负面影响。应当讲，上述二人对资本主义行将崩溃的分析均有合理一面，但又并不全面，而笔者之所以挑出这两种分析，原因在于它们是关于资本主义的讨论中较有代表性的两种观点——前者试图从学理层面对资本主义予以解剖，而后者则更多地关注从中国实际和国际反帝反殖民斗争的角度看待资本主义的崩溃。当然，不论哪一种观点，事实上都显示出左翼进步思想、政治环境对中国知识人士产生的巨大影响，对于第一种观点，笔者拟留待下文予以详述，而对于从国际反帝反殖民斗争角度引出的观点来说，它显然是与当时的中国实际和时代特点直接相连的。比如，《福建公教周刊》曾刊发一篇题为《实现基督之和平》的文章，从题目看，此文并无新奇，然而题目之前的两行文字却十分引人注意："纪念五一节不忘劳资联系起来，打倒贪欲无厌的万恶资本主义。"② 如果打开文章浏览内容，则更令人惊异，文中写道："为何有这五一节？肯定说一句：是野心资本主义者所激成。如果没有这野心的资本主义者，从中弄权，贪得无厌，牛马人生，剥削了社会的无产份子，光穷饥寒，不能安定生活，使资本家与劳动者形成阶级对立，亦何致于发生这五一的故事"，而在文章最后，该文作者甚至号召"纪念五一节，不

---

① 于沉：《资本主义没落的必然性及今后中国的出路》，《人民周报》第49期，1932年。
② 《实现基督之和平》，《福建公教周刊》第9卷第6期，1937年。

忘劳资联系起来，打倒贪欲无厌的万恶资本主义，实现基利斯督之和平！"①。很难想象，充满革命精神的话语竟出自基督徒的笔下，颇为吊诡的是，近代以来，基督教已成为西方列强侵略中国的重要帮凶之一，然其中国信徒却公开呼吁劳资联合以打倒资本主义，这就不禁令人深长思之了。当然，从文末"实现基利斯督之和平"的表示看，基督徒们或许没有认识到他们所信奉的宗教与资本主义密不可分的关联，因此，其之所以做出这般激进的表述，很大程度上是得益于整个社会环境的日益革命化。事实上，这一推测并非没有根据。在一本期刊的"读书讨论"栏目中，就有读者向编辑表示，"近来世界经济不景气已到了最严重的阶段，谁都在归咎于这是资本主义社会制度的结果，在报章杂志都发着道资本主义崩溃的议论"②，而在一篇探讨妇女地位的文章中，作者就对妇女界喊话说"在欧美的环境，应当努力奋斗，促进产业的社会化；使资本主义的经济制度早点崩溃。但中国是个产业落后的国家……就应当赶快觉悟起来，去参加国民革命的工作"③。

毫无疑问，资本主义的衰落不仅有实践层面（即第一次世界大战和1929年经济危机）的切身感受，同时也有理论层面对资本主义终将灭亡的科学预判，而这一预判自然与马克思的学说联系在一起。因此，时人探讨资本主义的衰落消亡，不论其是否正确理解了马克思主义，至少，他们都无法绕开马克思主义及其社会主义构想。有人认为：

> 在这世界的大潮流中，未踏上资本主义的弱小民族国家，其社会国家经济程度……依着马克思所说："一个社会组织，当一切生产力在他里面尚有可以发展的余地以前，是决不会颠覆的；又新的比较高级的生产关系，当其本身上的物质的存立条

---

① 《实现基督之和平》，《福建公教周刊》第9卷第6期，1937年。
② 《什么是资本主义?》，《新人周刊》第2卷第3期，1935年。
③ 《资本主义制度下的妇女地位》，《革命的妇女周报》第8期，1927年。

件，在旧社会胎里，尚未成熟以前，也决不会实现"，故欲即实现社会主义，系事实上所难能。①

虽然作者比照马克思的这番论见得出了"实现社会主义，系事实上所难能"的结论，但没有影响其对社会主义的向往和追求，作者认为，帝国主义对包括中国在内的国家中弱小民族的压迫，使民族革命与社会主义运动联合起来，使"资本主义的货物不能推销，工商业就会停顿，失业工人更增多，又成经济的大恐慌，更足以促资本主义的寿命减少，社会主义的生命诞生"。基于此，其乐观认为，"不论资本主义的国家，或未有资本的弱小民族，无论时间之迟早，必会实现社会主义的，资本主义制度之下，世界不能无恐慌，就不能保资本主义之长命，即不能阻止社会主义之诞生，换句说，必要达到社会主义，世界的恐慌，才可以消灭"②。但值得注意的是，在当时的社会思想界，并非所有人都像上述作者一般乐观，不少人士虽相信资本主义衰亡与社会主义兴起的趋势不可逆转，但是，对于这一转折点何时到来其实心里并没有底，从某种意义上说，马克思这段关于社会发展更替的经典表述是一重要原因。基于此，有人试图从理论层面对马克思的这段话进行重新解释，以期消除人们心中对资本主义制度和社会主义构想的不确定因素。该人士指出：

> 虽然如此，仍然有许多人以为根据马克思主义，在经济史进程中，资本主义社会经济的一阶段一定不能减短的，因为不如是，则物质条件不成熟，而社会主义也并不能跳级达到的。这种理论简直把马克思的唯物史观作机械的解释，危险实大！诚然，马克思曾说："物质的生产力发展到一定阶段，才发生与这阶段适应的生产关系；这生产关系底总和就是法制上及政治上的上层建筑所依以立的基础。"意思是社会经济的进程是一定

---

① 梁仲衡：《世界恐慌与资本主义之末路》，《桂潮》第4期，1932年。
② 梁仲衡：《世界恐慌与资本主义之末路》，《桂潮》第4期，1932年。

的；但是他同时又主张全部人类历史都是一部阶级斗争史，所以离开阶级斗争来解释唯物史观，便成机械论；离开人类底意志来观察人类底进化，就要成为不可思议。进化与革命实在互为表里。自然的进化少不得革命的行动；革命的行动也要在物质条件成立过程中促进进化的速度。进化与革命的关系假使不如是，则为什么（一）主张经济定命论的马克思同时主张阶级斗争？（二）马克思时代欧洲的产业还未十分发达，他便极力提倡社会主义运动？（三）若说产业已十分的发达，八九十年后的今日还不见资本主义经济的消灭？所以用巨大的人力，促进客观条件的成熟——支配经济事实，转移经济趋势，改造经济制度是一件与经济定命论没有冲突而可能的事情。①

从上述引文可以探知，彼时知识人士之所以热情讴歌社会主义、热切期盼社会主义，其原因无不在于他们对资本主义心存的芥蒂和担忧，而这种担忧甚至逐渐蔓延成为一股社会风潮，影响着每一位知识群众。在1932年11月1日《东方杂志》发起的"新年的梦想"征集活动中，"资本主义"就成为知识人士痛加批判的对象。比如，燕京大学教授滕白也在其第六条梦想中提出希望说"无资本主义侵掠小民"②；《读书》杂志特约撰述人严云峰批判资本主义经济说："在农村方面土地将有新的集中，资本主义的农业总有多少部分，适应于此种集中的需要；结果，不仅不足以解决农村的人口过剩问题，反而增加农村人民失业的趋势"③；北平中法大学教授曾觉之看到了资本主义生产的弊端，指出"大家觉悟工业制度与资本主义的弊害，乃从事于农村的建设，节制资本，调和生产与消费，使无过剩不及

---

① 卢子岑：《资本主义乎？社会主义乎？》，《南大经济》第3卷第1期，1934年。
② 《新年的梦想·燕京大学教授滕白也》，《东方杂志》第30卷第1号（1933年1月1日）。
③ 《新年的梦想·读书杂志特约撰述人严云峰》，《东方杂志》第30卷第1号（1933年1月1日）。

之弊"①。

在众多批判声音中,也有人士试图中肯、客观地分析资本主义。比如,署名林民的作者呼吁说:"我们不是提倡资本主义,我们是要唤醒一般民众,使其知道资本主义本身的功过。我们不由好不好方面,批评资本主义,我们要由能不能方面,观察资本主义。我们不是因为资本主义不好,乃是因为在帝国主义夹攻之下,资本主义不能完全实现。"因此,他分析指出:"资本主义本身没有绝对的好,也没有绝对的坏。凡能合乎社会要求者都是好,不合于社会要求者,都是坏。当资本主义方才发生的时候,他不但在经济上,贡献了绝大的功用,而且在政治上,又打破封建的割据形势,而成立中央集权的国家;在思想上,更一扫从前守旧的风气,使个性能够自由发展。这些功用,我们是不宜无视的。其后因为资本主义由竞争而转化为独占,于是才生出种种弊害。所以资本主义在未达到独占以前,是有益于社会的,是很好的制度。"②

然而,对于1920—1930年代的中国知识界和社会大众来说,上述稍显客观的分析毕竟不多,伴随着资本主义形象在世界范围内的持续走低和中国人对帝国主义深恶痛绝的情感,价值层面的资本主义已然被贴上了贪婪、暴利、压迫等贬义标签,从而在近代中国陷入了无法翻身的境地。无疑,这样的思想环境有助于左翼思想的迅速"上位"。虽然我们知道左翼思想在北平和全国的铺开还有其他诸多因素的支撑,但国人对资本主义幻想的破灭无疑是其重要的前提。

二 "苏联模式"给予国人的良好印象

与资本主义在西方世界陷于困境形成鲜明对照的则是社会主义苏联在经济建设上取得的突出成就,而这一鲜明对比自然被当时的国人看得真切。有时人就艳羡地评论说:"当此世界经济恐慌日趋深

---

① 《新年的梦想·北平中法大学教授曾觉之》,《东方杂志》第30卷第1号(1933年1月1日)。
② 林民:《资本主义社会的研究》,《新生命》第3卷第12期,1930年。

入，资本主义体系内外矛盾日益紧张之时，而苏俄不但未被经济恐慌所波及，而且国民经济反达于空前的繁荣，第一届五年计划竟能于四年内完成。关于这一点，值得急迫希图政治清明、经济复兴、民生充裕的每一个国民，加以极大注意的。"① 事实也确实如此。20世纪二三十年代，苏联已成为中国知识人群谈论最多、受关注度最高的国家之一，有学者研究指出，"对30年代初《东方杂志》、《独立评论》、《申报月刊》、《读书杂志》、《大公报》等33种刊物的不完全统计，有100多人在这些刊物上发表过200多篇谈论苏联（尤其是苏联的'一五计划'）和社会主义的文章，其中不包括大量的译文"②，甚至，此期的胡适也对苏联的社会主义赞赏有加，他在一篇谈论五四运动的文章中就称赞说："难道在社会主义的国家里就可以不用充分发展个人的才能了吗？难道社会主义的国家里就用不着有独立自由思想的个人了吗？难道当时辛苦奋斗创立社会主义共产主义的志士仁人都是资本主义社会的奴才吗？我们试看苏俄现在怎样用种种方法来提倡个人的努力（参看《独立》第129号西滢的《苏俄的青年》，和蒋廷黻的《苏俄的英雄》），就可以明白这种人生观不是资本主义社会所独有的了。"③

当苏联的成就日益为国人所知时，国人对苏联的关注自然也就与日俱增，因此，在20世纪二三十年代的中国知识界，便出现了诸多谈论苏联的文章和书籍，从而形成了特定条件下的"苏联印象"。对于身处落后中国的人们来说，苏联给其最震撼之处无疑是社会主义制度下迅速改变的社会面貌和快速发展的社会经济，因此，揭示苏联的建设成就、研究苏联的发展方式便成为此期国人关注苏联的最直接动因。有人士就评论道，"苏俄在今日之所以引起吾人之注意

---

① 志远：《苏俄第二届五年计划之鸟瞰》，《东方杂志》第30卷第1号（1933年1月1日）。

② 郑大华、谭庆辉：《20世纪30年代初中国知识界的社会主义思潮》，《近代史研究》2008年第3期。

③ 欧阳哲生编：《胡适文集11·胡适时论集》，北京大学出版社1998年版，第536页。

者,当考其重要原因有二:……自实行计划经济后,苏俄于近数年来进步之神速,世界各资本主义国家,无有出其右者。不论在政治经济方面,或学术文化方面,殊有惊人之发展"①;也有消息人士报道说,"近年来东西各国实业巨擘、学术专家、政界名流以及新闻记者、教育家、文学家和工人代表团等等,前往苏俄考察者,回国后大都对苏俄表示同情之美感,有的甚至替他大事鼓吹,以为苏俄成功之秘诀,在于他的社会经济制度,因为这个制度是有计划的、有组织的,他与制造恐慌、产生失业贫困、酝酿冲突战争的资本主义截然不同"②。对于相信耳听为虚、眼见为实的中国人来说,了解苏联最直接、最有效的方式自然是亲身前往苏联考察一番,在这方面,亦有中国的知识人士做出了努力。据学者介绍,"为了更深入地了解苏联和苏联的'一五计划',还有人到苏联进行实地考察,并将他们的所见、所闻和所感写成旅行游记或随笔,其中较为著名的有胡愈之的《莫斯科印象记》、曹谷冰的《苏俄视察记》、蒋廷黻的《欧游随笔》、丁文江的《苏俄旅行记》等"③。比如,曹谷冰就在其《苏俄视察记》中揭示了欧美人对苏俄观念的变化,指出:"还有一点愿向读者报告一下,就是欧美人对于俄国的观念,现在和两三年以前,也根本不同了。记得俄国五年计划最初发表的时候,德国有一位克莱末尔博士,他是俄国经济研究会的会长,他见了五年计划的全文,便说'这样大的一个计划,如果能够在五十年内实现,那也就很可观了,现在要想五年完成,岂不等于乌托邦吗?'同时欧美各国政治家经济家的观察,也和克莱末尔没有什么差别……哪里知道俄国把这个计划确立以后,便着手进行,等到一九二九年下半年,已经有许多工厂建筑起来了,那时才惊异地说:俄国人真会打地基筑墙,我们便看着他的成绩,别再小视他了……原来说他不成功不能成功

---

① 姚家椿:《近世苏俄经济建设概况》,《安徽大学月刊》第1卷第3期,1933年。
② 志远:《苏俄第二届五年计划之鸟瞰》,《东方杂志》第30卷第1号(1933年1月1日)。
③ 郑人华、谭庆辉:《20世纪30年代初中国知识界的社会主义思潮》,《近代史研究》2008年第3期。

的人，到了这个时候，便不说话了，各国的政治家经济家实业家，更不约而同的前去考察，各国报纸也都继续不断地把俄国建设情况记载起来。现在呢？凡是往俄国去过的人，多半相信俄国的建设，真要成功了。"① 胡愈之则考察了苏联为发展生产而开展的社会主义生产竞赛。他说："在革命初期生产力的减退，工农业的衰颓，成为普遍的现象。后来经过数年的宣传训练，劳动者开始明了他们是为公共的利益也是为自身的利益而劳动，一切生产增加，唯一的享受者为劳动者自身，不象在资本主义国家内，增加的生产都装入资本家的口袋，而于劳动者全无利益。因此增加工厂生产率，减低产品成本，在苏维埃国家，乃以工人自己的志愿、工人自己的努力来企图。为社会全体增加生产，视为工人最大的荣誉……一切的生产竞赛，都是由工人自动发起，自动决定标准，自动订定契约。这工人直接动员，为增加生产而斗争，是五年计划时期苏维埃经济的一个特征。"② 应当看到，彼时国人之所以重视苏联，除苏联取得的成就确实令人称赞外，更重要之处在于他们希望从苏联的发展模式当中找寻到中国未来的变革之道。从这个意义上说，中国人对社会主义制度的追求、对苏联发展模式的移植，其思想动因却是基于中国自身的考量，因此，虽然此期的国人多有谈论苏联之作，但是从本质上讲，他们在脑海中思考的是中国的情形。比如，署名卜道明的作者就在《俄国十月革命与中国新文化》的文章中围绕"苏联解决民族问题的经验"、"落后民族之非资本主义的发展"和"民众力量的组织与运用"③ 三个方面阐释了苏联经验之于中国问题的借鉴意义。在阐释第一个方面时，作者依据苏联"以民族主义为形式，以社会主义为内容"的民族文化政策提出了中国的民族文化应当"充实其合于时代要求的民族革命的内容"，并且"以民族主义为形式"，以

---

① 曹谷冰：《苏俄视察记》，湖南人民出版社 1984 年版，第 163—164 页。
② 胡愈之：《莫斯科印象记》，湖南人民出版社 1984 年版，第 51—53 页。
③ 卜道明：《俄国十月革命与中国新文化》，《中苏文化杂志》第 1 卷第 6 期，1936 年。

"反帝反封建"① 为内容；在对"落后民族之非资本主义的发展"的阐释中，作者则高度评价说"这种经验是空前的。这种非资本主义的发展道路及其实际设施和条件，对于我们现代工业落后的半殖民地的中国经济建设，足以借鉴之处甚多"②；在对第三方面的理解中，作者则从苏联的建设中领悟到了民众的力量和将民众组织起来的重要作用。

当然，在苏联诸多值得学习借鉴的经验中，最令国人为之心动的非统制经济和五年计划莫属。所谓统制经济，在20世纪二三十年代的话语中亦可等同于计划经济。在当时的人们看来，苏联之所以在成立后短短十余年时间取得突飞猛进的发展，关键便是采用了统制经济和五年计划。与此相对，在苏联发展统制经济期间，奉行自由经济的欧美国家却陷入了经济危机的泥潭。这一对比更使国人坚信唯有统制经济才是短期内提高国家实力的灵丹妙药。有时人便在报刊上发表评论称，"到现在，社会主义国家的苏联除外，整个的世界，都卷入经济恐慌的漩涡中，资产阶级和资产阶级的御用学者，皆显现着手忙脚乱……最后他们看见了苏联五年计划之成功，由嘲笑而惊奇，由惊奇而重视，终于由重视而仿效，像发现了新大陆一般，这就是现在风行全世界资本主义国家间的所谓时髦的统制经济了"③。然而，对于西方国家也准备效仿统制经济的打算，中国知识人士却并不看好。有人指出，"他们眼看苏联计划经济收获了伟大的成功……于是也想'东施效颦'，把苏联计划化的方法移植到资本主义经济中去，但是他们抄人家的旧方，却只抄一半，因为他们抄袭了生产经营的方法，却故意抛弃了以社会主义制度代替资本主义制

---

① 卜道明：《俄国十月革命与中国新文化》，《中苏文化杂志》第1卷第6期，1936年。
② 卜道明：《俄国十月革命与中国新文化》，《中苏文化杂志》第1卷第6期，1936年。
③ 寒松：《统制经济与计划经济》，《生活》（上海，1925年创刊）第8卷第46期，1933年。

度的一个前提"①，"资本主义下的统制经济，是将生产手段统制而不公有，一切政治的经济的管理，仍然是资本家，因为这样，资本主义社会的经济恐慌，才并不会因了统制而见减小"②。

虽然在知识人士看来，统制经济和五年计划有诸多美好，但其能否运用于中国在知识分子中间产生了分歧。署名伍忠道的作者从改变农业积贫积弱状况、恢复农业发展的角度出发，积极支持在农业领域施行统制经济，他说："由上述的现象观之，则非对中国农村加以彻底的改造不可。而这改造之建设的过程，则只有实行社会主义的统制方法才可以很快的办到。因为实行社会主义的统制方法，一方面可以有计划地推进工业生产之迅速发展，以吸收农村过剩的人口；一方面可以积极开垦荒地，禁种鸦片，使耕地增加，而同时以科学的技术实行集体耕作的方法，促成生产增多，并且使农业与工业平衡发展起来……然而，还有一点更重要的，便是近年中国灾荒之愈演愈烈，非借社会主义之统制方法的改造，不能解决。"③ 然而，其他知识人士在围绕其他领域的讨论中，却对统制经济在中国推广的前景不抱乐观态度。时任教于北大经济系的卢郁文在一篇演讲中就指出，"有什么方法，才能行统制经济哩？第一必须有一个统一的计划之机关……现在看看中国的情形怎么样？宋子文到了外国借了棉麦借款五千万美金……于是各省纷纷请分借款。以前不顾人民的省政府，都想起人民来了……汪部长说借款不过两万万，各省要求的数，竟到了二十万万……必定有一个机关决定先后疾徐再行"，"有统一的机关，还要有统一通盘的计划。有了统一的机关，未必就有通盘的计划，但是看看中国的步法是如何的。宋子文借了款，但是到现在还不知是怎样用，天下那有这种滑稽的事！……因为事前没有计划"，"实行统制经济的第三个要素就是要有统制的力量……有了统一的机

---

① 启琴：《评统制经济运动》，《申报月刊》第 2 卷第 10 号（1933 年 1 月 1 日）。
② 寒松：《统制经济与计划经济》，《生活》（上海，1925 年创刊）第 8 卷第 46 期，1933 年。
③ 伍忠道：《统制经济与中国农业》，《读书杂志》第 3 卷第 7 期，1933 年。

关，有了统一通盘的计划，有了统制的力量，三个要素俱备之后才能行统制经济，缺一都是不行的"，然而，以此观照彼时的中国，在卢郁文看来，"私人事业尚不能发达美国那么大的势力，国家的事业远不及苏俄。从什么地方统制起，真是难说"①。也有人士认为中国内忧外患的现实情况是统制经济无法施行的重要原因，署名启琴的作者指出，"我们当然希望中国能实行统制经济，以内促本国实业的发达，外御帝国主义的经济侵略，不过中国目下政治既尚未上轨道，经济又不能自主，欲收获统制经济的效果恐怕更是难而又难"②。

三 国内经济社会失序与民众的怨言

对于左翼进步思想在中国的普及来说，不论是资本主义幻象在国人心中彻底破灭还是社会主义苏联引起国人的极大关注，其实质都是外部国际因素给予中国的作用，但我们知道，一种思想能否在中国立足，从根本上说还是这一思想是否符合中国实际以及能否以其思想、学说改变中国尚需改进的现实。从这个意义上说，马克思主义之所以能在中国传播开来，其实也是与20世纪二三十年代中国积贫积弱、内忧外患的现实局面紧密相连的。

当然，对于笔者所要研究的1927—1937年这十年间的社会经济状况，学术界却有着不太一致的意见。有人认为，这十年的经济社会毕竟相较以往取得了长足发展，而思想文化领域亦涌现出诸多名家、迸发出久违的活力，因此在一些人士眼中，这十年被称作"黄金十年"，甚至到了1980年代，"还有人说，八十年代不如三十年代"③。但是，如果我们冷静客观地考察彼时知识群体对国家和时代整体状况的认识和看法，便可真切感知当时所面临的严重问题和严峻挑战，也正是由于这些问题和挑战的存在，不能不使我们作出这样一个判断：所谓"黄金十年"的评价显然属于盲人摸象般的以偏概全。在

---

① 卢郁文演讲，冯承尧、王德仁笔记：《统制经济问题》，《交通经济汇刊》第4卷第4期，1933年。
② 启琴：《评统制经济运动》，《申报月刊》第2卷第10号（1933年1月1日）。
③ 参见《胡乔木文集》第三卷，人民出版社1994年版，第389页。

当时，中国社会所面临的严重问题，至少包括以下三个方面。

1. 民族危机深重

毛泽东曾经指出："帝国主义和中华民族的矛盾，封建主义和人民大众的矛盾，这些就是近代中国社会的主要的矛盾。而帝国主义和中华民族的矛盾，乃是各种矛盾中的最主要的矛盾。"① 此言既是亲身经历这段历史的智者所得出的科学论断，也是1930年代的中国人真实的所见所感。1932年11月1日，《东方杂志》曾向全国各界人士发出"新年的梦想"征文通知。此次征文拟定了两个题目："（一）先生梦想中的未来中国是怎样（请描写一个轮廓或叙述未来中国的一方面）？（二）先生个人生活中有什么梦想（这梦想当然不一定是能实现的）？"虽然这两个题目与帝国主义并无关联，但从反馈结果看，有众多人士深感忧虑地表达了对本国命运操纵在帝国主义国家手中的担心。当时，侵略中国野心最大的国家无疑是日本，因此日本便成为人们重点关注和讨论的对象。比如，岭南大学教授谢扶雅指出："眼看日本在很快的几年中要把东北完全变成朝鲜第二，而帝国主义高度的欲火却决不能就此低熄；……以山东为起点的黄河流域，将急转直下地化为第二东北，而此时欧局纠纷中之英美法意亦尚无奈日本何"②；时任交通部总务科长的龚德柏揭露了日本的险恶用心，痛斥道："余以为中国一切内政外交上之困难，十九由于日本之侵略政策。惟其有日本之侵略，故中国内部每至将统一之际，日本必设法以破坏之；中国外交每至将成功之际，日本必设法以阻挠之"③；行政院参事李圣五在他的"梦想"中认为，日本对中国的侵略并不是一个突发事件，而是有着长远的计划和预谋，为此他提醒国人说："未来怎样几乎完全取决于现在怎样。……如果忽略日俄战争前后三四十年间，吾国权利的断丧及防御的怠忽，而认

---

① 《毛泽东选集》（第二卷），人民出版社1991年版，第631页。
② 《新年的梦想·岭南大学教授谢扶雅》，《东方杂志》第30卷第1号（1933年1月1日）。
③ 《新年的梦想·交通部总务科长龚德柏》，《东方杂志》第30卷第1号（1933年1月1日）。

为'九一八'事件是凭空坠下来的横祸,那便是大大的错误"①;江湾立达学院的谭云山甚至预感到中国可能会亡于日本,说:"亡于'日',事势很显然。际此欧美列强互相猜忌,互相观望,互相牵制,大家都想使两败俱伤坐收渔人之利。日本看透了这一点,所以敢于肆无忌惮,大刀阔斧,趁此机会,努力向中国进攻。这种不断的进攻,'亡中国'是其必然的结果。"② 如果说上述有识之士是看清了日本侵略者的野心,那么此次征文活动的主办机构《东方杂志》和商务印书馆则在1932年年初直接见识了日本侵略者的野蛮——一·二八事变后的数日内,商务印书馆的总管理处、编译所、4个印刷厂、仓库等几乎全部财产,以及所属东方图书馆的全部46万册藏书(其中包括善本古籍3700多种计35000多册,各地方志2600多种计25000册),悉数因日军飞机的轰炸而焚毁,致使当时号称东亚第一的图书馆一夜消失,价值连城的古籍善本和孤本从此灭绝,堪称中国现代文化史上的一大劫难。日本侵沪司令盐泽幸一曾得意地叫嚣说:"炸毁闸北几条街,一年半就可恢复,只有把商务印书馆、东方图书馆这个中国最重要的文化机关焚毁了,它则永远不能恢复。"③ 其狼子野心暴露无遗。

民族危机的深重不仅表现为国门的洞开和帝国主义列强的长驱直入,更表现为长期以来外国人在中国趾高气扬、作威作福的优越感和国人因国家衰败而产生的自卑心。在当时《东方杂志》梦想征集活动中,国人恨外惧外、期盼国家强大却又自知甚难的矛盾心态就表现得非常明显。读者赵何如虽然梦想"中、印、俄、日暨各小国联合大会,中国是主盟国。……一切的国,均升会于上海,……以中国文为主文",然而作者清楚地知道这是一场根本不可能实现的

---

① 《新年的梦想·行政院参事李圣五》,《东方杂志》第30卷第1号(1933年1月1日)。

② 《新年的梦想·江湾立达学院谭云山》,《东方杂志》第30卷第1号(1933年1月1日)。

③ 转引自宋丽荣《为国难而牺牲,为文化而奋斗》,http://www.cnpubg.com/overview/culture/case/2012/1022/214.shtml。

梦境，因而在征文的结尾无奈地表示：自己"一笑而醒了"①。《生活周刊》编辑艾逖生描绘了一幅未来中国强盛的画面，他说："这时停泊在黄浦江中的十几艘的巨大兵舰，上面扯着的只是很漂亮的迎风招展的中国旗。在上海地面上维持秩序指挥车辆的一律都是精神饱满、服装整洁、雄赳赳的中国青年警察。上海的外国人……多半是没有自备汽车，在马路上走着或乘电车、公共汽车，很循规蹈矩的非常客气。因为不客气时中国人就要对他不客气了。"②艾逖生的梦固然很美，然而对他的梦作了最好注解的却是文学家施蛰存的话："中国人走到外国去不被轻视，外国人走到中国来，让我们敢骂一声'洋鬼子'——你知道，先生，现在是不敢骂的。"③国人民族自卑心理的产生与国运的衰败密不可分，对此，当时的有识之士一针见血地指出："一八四〇年前，中国虽是闭关自守，但在'夸大'中独有几分'自信'，究不失为一个独立的民族文化。直至一八五八年，因商人地主及农民的抗争屡次失败，中国民族减低自信，成为一种'惧外'的文化。……尤其一九二七年民族运的分化，使中国民族完全失去自信，酿成一种'媚外'的民族心理。"九一八事变、一·二八事变等更加剧了国家的衰弱和民众的自信缺失，故而"现阶段的文化，即是自暴自弃、不振作、不准备的'屈辱'文化；较之'夸大'，则乏自信，较之'惧外''媚外'，则更无勇气，而到了最沉沦最狼狈的阶段"④。

2. 社会乱象丛生

20世纪二三十年代的中国虽然在经济、金融、交通等领域取得了一定的成就，但从全局看，整个国家仍呈现出衰败的景象，这在

---

① 《新年的梦想·读者赵何如》，《东方杂志》第30卷第1号（1933年1月）。

② 《新年的梦想·生活周刊编辑艾逖生》，《东方杂志》第30卷第1号（1933年1月1日）。

③ 《新年的梦想·现代杂志主编施蛰存》，《东方杂志》第30卷第1号（1933年1月1日）。

④ 胡泽吾：《现阶段的中国社会与文化》，《四十年代》（水平）第3卷第1期，1934年。

工农业生产领域表现得尤为明显。从工业生产方面看，当时的中国工业遭遇了严重的市场危机：东北广大市场和资源被日本侵略者霸占；西方列强为了转嫁经济危机，低价倾销其商品；国内市场购买力锐减，出现了物价下跌而销售迟滞的现象，致使许多本土工厂停工停产。① 就工业总产值而言，1936 年的中国只有德国的约 1/19，相当于美国 1935 年总产值的 1/61。从农业生产方面看，受到国际因素和国内灾荒的双重挤压，中国的农业境遇更加凄惨。从国际方面看，西方国家为了转嫁经济危机，采取低价倾销的手段挤占中国农业市场，造成谷贱伤农的局面，农民大量破产，农业生产受到沉重打击。与国际因素相比，国内的战乱和灾害对农业的摧残有过之而无不及。当时，国民党新军阀各派系之间相互倾轧、彼此攻伐，内战几乎没有停止过，硝烟弥漫大半个中国，对农业生产造成了极大破坏；而国民党政府又加重捐税的征收，使农村经济日趋凋敝。"屋漏偏逢连夜雨"，这一时期，水、旱、风、雹等自然灾害频发且相当严重，致使不少地方农作物绝产或大幅度歉收。据统计，1930 年，陕、晋、察、甘、湘、豫、川等省的水旱灾害造成了约 20 亿元的损失；1928—1931 年，全国死于灾难的人数达 1370 万人以上。② 当时有报刊一针见血地指出："到了现在，竟然国民经济程度低落到大部分人罹于半饥饿的惨状，对外防卫的实力，微弱到失地四省、莫展一筹的地步；而大家对此宿题，却都好像淡焉若忘，不加深究，这绝不是一种很好的现象。"③

从工商界和知识界一些人士的言论中我们也可感知当时社会的混乱和无序。实业家冯自由对政府的无能、社会的衰败提出尖锐的批评，他说："现政府对内忧外患绝无办法，贪官污吏布满全国，苛捐杂税层出不穷，人民苦于苛政，多铤而走险。"④ 北京大学教授李

---

① 朱汉国、杨群主编：《中华民国史》第三册，四川人民出版社 2006 年版，第 4 页。
② 朱汉国、杨群主编：《中华民国史》第三册，四川人民出版社 2006 年版，第 137 页。
③ 《中国现代化问题特刊》，《申报月刊》第 2 卷第 7 号（1933 年 7 月）。
④ 《新年的梦想·实业家冯自由》，《东方杂志》第 30 卷第 1 号（1933 年 1 月 1 日）。

宗武也对社会上的种种乱象进行了猛烈的"炮轰"，他说："我希望中国的军人不要只能内战，不能抗外。……我希望学者们不要相率勾结军阀，联络要人，忘却了你们的本来工作。……我希望我们能杀尽一切贪官污吏。……我希望商人们放出点天良，多推销些国货，且不要硬指外国货为国货。我希望新闻记者们能负担些指导民众思想及社会改革的责任，不要只搬运些不重要的消息，……不要成为御用的宣传者。"① 面对惨不忍睹的现实，《论语半月刊》主编林语堂几乎是用哀求的语气表达自己并不过分的愿望："我现在不做大梦，不希望有全国太平的天下，只希望国中有小小一片的不打仗，无苛税，换门牌不要钱，人民不必跑入租界而可以安居乐业的干净土。……我不做梦，希望民治实现，人民可以执行选举、复决、罢免之权，只希望人民之财产生命，不致随时被剥夺。……我不做梦，希望政府高谈阔论，扶植农工，建设农工银行，接济苦百姓，只希望上海的当铺不要公然告诉路人'月利一分八'做招徕广告，并希望东洋车一日租金不是十角。我不做梦，希望内地军阀不杀人头，只希望杀头之后，不要以二十五元代价将头卖于死者之家属。我不做梦，希望全国禁种鸦片，只希望鸦片勒捐不名为'懒捐'，运鸦片不用军舰，抽鸦片者非禁烟局长。……我不做梦，希望贪官污吏断绝，做官的人不染指，不中饱，只希望染指中饱之余，仍做出一点事迹。……我不做梦，希望政府保护百姓，只希望不乱拆民房，及向农民加息勒还账款。"②

3. 未来道路迷茫

自国民党完成形式上的统一后，中国未来的发展道路并没有随着国民党执政地位的确立而变得明晰起来，相反，接连而起的内战和国民党内部的分裂让中国一次次错失了规划和"铺设"未来道路的机会。更令人感到遗憾的是，面对蜂拥而入的各种社会思潮，不

---

① 《新年的梦想·北京大学教授李宗武》，《东方杂志》第 30 卷第 1 号（1933 年 1 月 1 日）。
② 《新年的梦想·论语半月刊主编林语堂》，《东方杂志》第 30 卷第 1 号（1933 年 1 月 1 日）。

论知识分子还是普通群众，无不在它们的"狂轰滥炸"中不知所措，以致近于麻木。胡适曾对中国人在道路选择上的麻木提出了严厉的批评，他说："我们平日都不肯彻底想想究竟我们要一个怎样的社会国家，也不肯彻底想想我们应该走那一条路才能达到我们的目的地。事到临头，人家叫我们向左走，我们便撑着旗，喊着向左走；人家叫我们向右走，我们也便撑着旗，喊着向右走。……万一我们的领导者也都是瞎子，也在那儿被别人牵着鼻子走，那么，我们真有'盲人骑瞎马，夜半临深池'的大危险了。"①

当时国人对未来道路的迷茫也与国民党奉为圭臬的指导思想——三民主义无法为中国提供一种合理可行的理论支撑有关。朱镜我指出："在所谓三民主义的理论的旗帜之下，不知要包括多少不同的思想系统，从东方特有的专制主义的王道哲学中因袭出来的戴季陶主义起，一直到新生命社中的小喽啰的社会民主主义的倾向止，都是躲在这三民主义的衣裳之中。"② 施存统也颇有同感地表示："现在关于三民主义的解释，的确是众说纷纭，莫衷一是。虽然大家都说信仰三民主义，然而其内容底认识，却是'仁者见仁，智者见智'，因之各信各的（那些无信或盲信的人，更不消说），不能一致。"③ 正因为有三民主义这只"大肚能容"的筐，各种主义才得以在它的"怀抱"里成长。比如，法西斯主义就找到了与三民主义的共识——曾有法西斯主义者比喻说："三民主义犹如是一只船，而法西斯蒂便是打桨摇橹的舟子。"④ 在法西斯主义者看来，"法西斯主义者如果根据中国的特殊性而草拟的一种纲领，其内容将和三民主义无异。主要的理由是因为三民主义还没有失却它的时代性，在国难丛集的中国，非但不能证明它的本身价值已日益毁隳，反愈加显

---

① 胡适：《我们走那条路？》，转引自蔡尚思主编《中国现代思想史资料简编》第三卷，浙江人民出版社1983年版，第175页。
② 参见谷荫《中国目前思想界底解剖》，《世界文化》第1期，1930年。
③ 施存统：《如何保障三民主义？》，转引自蔡尚思主编《中国现代思想史资料简编》第三卷，浙江人民出版社1983年版，第280页。
④ 徐渊：《法西斯蒂与三民主义》，《社会主义月刊》第1卷第8期，1933年。

示了它的重要性和正确性。三民主义所规定的事项，便是法西斯蒂所亟欲努力的事项，……要中国得救，便须实行三民主义，要实行三民主义，尤非采用法西斯蒂精神不可"①。但也应当承认，社会主义能在中国传播开来，三民主义同样"功不可没"。1923年，孙中山在批评邓泽如等抨击中国共产党的信中就明确表示："俄国革命之所以成功，我革命之所以不成功，则各党员至今仍不明三民主义之过也。质而言之，民生主义与共产主义实无别也。"② 国民党一大闭幕后，国民党员冯自由反对国共合作，此事为孙中山所获悉后，即严肃地申斥冯自由等人说："反对中国共产党即是反对共产主义，反对共产主义即是反对本党之民生主义，便即是破坏纪律，照党章应革除党籍及枪毙。"③

第二节　新兴社会科学的兴起与民众对其的接纳

出人意料的是，严峻复杂的国际国内环境却在不自觉间催生了新社会科学在中国思想界、学术界的崛起。有人认为，这一原因在于"新兴阶级已经抬头，革命已经深入，客观上需要这种社会科学的帮助来解决当前的问题"④，此言甚确。从特定的社会科学在特定时间受到国人关注这一情形看，它映衬出中国人意图向西方寻求解决中国困境的方法论目的。从中可见，"以我为主、为我所用"是此期国人对待社会科学的最直观态度，而这一态度自然也包括对待马克思主义，因此，这就可以解释为何在20世纪二三十年代有诸多人士热衷于运用马克思主义。从历史上看，新社会科学在二三十年代的兴起是一确定的事实，而它也的确影响了一批知识人士走上学习、掌握马克思主义的道路。

---

① 徐渊：《法西斯蒂与三民主义》，《社会主义月刊》第1卷第8期，1933年。
② 黄彦编：《孙文选集》下册，广东人民出版社2006年版，第338页。
③ 《冯自由致孙中山先生函稿》，《档案与历史》1986年第1期。
④ 君素：《一九二九年中国关于社会科学的翻译界》，《新思潮》第2—3期，1929年。

一 新兴社会科学在中国的兴起

据何兹全回忆,"北伐战争后,如雨后春笋一样,上海出现许多新书店,专门出版新兴社会科学一类的书。所谓新兴社会科学的书,都是马克思主义的书。很多书是从日文翻译过来的,给我印象深的是河上肇的关于辩证法的书"①。关于这一情况,署名君素的作者也在其文章中予以揭示:"一九二九年的出版界,可以说是一个关于社会科学的出版物风行一时的年头",而在风靡一时的社会科学出版物中,作者发现"关于经济学的书籍特占多数……关于方法论——尤其是唯物辩证法这一类书籍的流行。这就意味着中国的读书界已经有更进一步去研究社会科学的需要之表示……关于苏联的研究的书籍和关于帝国主义的书籍,占了不少的数目"②。事实上,新社会科学的勃兴并非"忽如一夜春风来,千树万树梨花开"般简单,它的崛起主要基于两条路径的推动:一条是中国共产党领导下的党员干部和文化机构的积极运作,另一条则是一般知识人士对其的宣传和介绍。

1. 中国共产党对新社会科学的宣扬

中国共产党对新社会科学的宣扬是新社会科学得以迅速扩展的重要因素。不论是中共中央还是基层党组织均对宣传思想工作费力颇多,当然,一系列要求和举措也的确推动了目标的达成。比如,中共中央曾对宣传教育作出具体指示,要求"发行为中等党员用的比较高深的书籍,如关于中国现时政治生活,党的目前任务,列宁主义、苏联、评孙中山主义及党内各种机会主义与左派盲动主义倾向等等问题……最后一个任务——时间比较长些——就是发行马克思,恩格思,斯达林,布哈林及其他马克思主义,列宁主义领袖的重要著作"③。在党的

---

① 何兹全:《九十自我学术评述》,《北京师范大学学报》(人文社会科学版)2001年第5期。
② 君素:《一九二九年中国关于社会科学的翻译界》,《新思潮》第2—3期,1929年。
③ 中央档案馆编:《中共中央文件选集》(第四册·一九二八),中共中央党校出版社1989年版,第421—422页。

各级部门的观照督促下，马克思主义书籍的推广取得了长足进展，据记载，"从1928年到1930年短短的三年中，仅新翻译出版的马克思、恩格斯的著作，就有包括《资本论》、《政治经济学批判》、《反杜林论》、《家庭、私有制和国家的起源》、《路德维希·费尔巴哈和德国古典哲学的终结》等在内的近四十种"[①]。而党领导的出版机构也针对一般群众的思想需求适时发行了一些社会科学丛书，比如华兴书局针对"青年界对于一般社会科学正是热烈研究的时候"，"为适应当时革命青年掌握马克思主义基本理论的迫切需要，精心编辑了一本《马克斯主义的基础》的小册子，于1930年3月，作为'社会科学丛书'之一种，以上海社会科学研究社的名义出版……《马克斯主义的基础》是一本包括马克斯、恩格斯的六篇论著的文集。除收入了华岗新翻译的《共产党宣言》外，还编入了恩格斯的《共产主义原理》，马克斯和恩格斯为《共产党宣言》1872年德文初版写的序言，恩格斯为该书1883年和1890年德文版写的两篇序言。此外，还附有马克斯《雇佣劳动与资本》一文"[②]。署名宇斧的作者则回忆了1930年代初北方人民出版社出版发行马克思主义著作的情形，他说，"关于发行，一部分是由组织系统发行下去；一部分是交给各校门房和各书摊、各书店代售（和他们交代时，都说是外埠寄来的）；又一大部分是打邮包寄至外埠外地——主要是北京、上海和北方其他都市学校……由保定寄往北京的，记得有：'北方青年社'（通讯处是清华大学；和北平组织联系的也寄清华大学，代用名——张清一），'开拓社'（通讯处是北京大学）和'转换社'（'鏖尔读书会'通讯处是师范大学）等处"[③]。党领导的左翼文化团体建立后，其成员也开展了多种方式在青年学生和普通群众中普及马克思

[①] 中共中央马克思恩格斯列宁斯大林著作编译局马恩室编：《马克思恩格斯著作在中国的传播》，人民出版社1983年版，第272页。

[②] 中共中央马克思恩格斯列宁斯大林著作编译局马恩室编：《马克思恩格斯著作在中国的传播》，人民出版社1983年版，第278页。

[③] 中共中央马克思恩格斯列宁斯大林著作编译局马恩室编：《马克思恩格斯著作在中国的传播》，人民出版社1983年版，第85页。

主义。例如，上海的社联成员"宣传马列主义的重要活动，便是到大学中去讲课和出版书刊杂志。如上海法政学院、上海艺术大学、中华艺术大学、群治大学、暨南大学等校都曾有'社联'派去的人到那里讲课，宣传马克思主义"，此外，据介绍，"为着组织进步青年学习研究马列主义基础知识，为党培养具有一定马列主义水平的干部，1930年冬还曾建立过一个叫做社会科学研究会（简称'社研'）的组织。'社研'下面有大学支部（劳动大学、交通大学、大夏大学、光华大学、中国公学、法政学院、法学院、复旦大学等）和街道支部，还有闸北、小沙渡、杨树浦一带的工人读书班等，其成员曾发展到一千二、三百人，在青年中推广马克思主义的社会科学，起了可喜的作用"①。

应当看到，中共主动推广包括马克思主义在内的新社会科学，对于马克思主义的传播和影响力扩展有着重要意义。但我们也需注意到，中共毕竟不是文化团体，而是有着鲜明目标的革命政党。革命政党的性质意味着其宣传教育工作必须要服从于整体的革命目标，也即是说，在宣传过程中，中共对新社会科学的推广有着预设的内容取舍，对于博大精深的马克思主义也是如此。由此可见，在20世纪二三十年代，中共及其文化人士对马克思主义经典文献的重视程度是有差别的，比如《资本论》《共产党宣言》等文献的受重视程度就远远超过其他著作。此外，从宣传对象的视角看，中共的侧重点亦十分明显。作为代表工农利益的无产阶级政党，中共在宣传教育方面明显将侧重点倾斜到工农群众一方，受此影响，身居城市的知识人士和普通百姓则少有机会了解中共及其宣扬的马克思主义。另外，从地域的角度看，中共宣传新社会科学的地域区分也比较明显。对于本书所要研究的北平来说，由于党组织在北平的力量比较薄弱，所以由党直接负责这一工作殊为困难，这一点在署名宇斧作者的回忆文章中也有体现，他曾回忆说，"在三十年代初，北方白区

---

① 周子东、傅绍昌、杨雪芳、都培炎：《马克思主义在上海的传播（1898—1949）》，上海社会科学院出版社1994年版，第206—207页。

的革命形势有些回升与活跃,革命人民大众的精神食粮却极感贫乏——在白色恐怖下,上海中央的出版物极不容易来到北方以满足北方的需求,而北平又缺乏刊印这些书刊的适当印刷所"①。因此在北平等地,当党的力量力所不及时,一般知识群众对新社会科学的兴趣和追求便成为推动马克思主义发展的另一支不可忽视的力量。

2. 一般民众之于新社会科学

对于一般民众而言,新社会科学无疑是个新鲜事物。因此自其勃兴之后,不少人士便颇感狐疑,以为"社会科学的书籍,趁着新文艺没落的运命,走了红运,于是大时髦……只是有一个问题,很值得讨论的,就是社会科学书籍的红运现在已经走完了,此后是什么一类的学艺要时髦呢,是什么一类书籍将流行呢",虽然有人士对这番言语驳斥以"这种见解是很谬误的"②,但是从中我们可以看出,一般知识人士对于新社会科学的产生缘由、发展前景其实毫不知情以致并不看好,不仅如此,亦有人士在文章中深有感触地揭示道:"社会科学名词的几个,不惟受了人世的污蔑与唾骂,而且在解释上真有光怪陆离之感。"③ 基于上述状况,使一般民众对新社会科学有一正确的认识便显得尤为重要,基于此,在20世纪二三十年代,为数众多的社科期刊便开始推荐和介绍新社会科学的书籍和文章,因此,对于此期面向民众的新社会科学来说,其侧重点并不在于对马克思主义价值观的宣扬,而是更多地体现在知识扫盲、澄清认知上。

既然知识扫盲的重点已经确立,那么通过哪些方式扫盲便提上了议程。因此在此期的报刊上便常常见到推荐社会科学类著作的广告。比如刊名为《蚂蚁》的期刊便于1934年第14期推荐了柯柏年写的《怎样研究新兴社会科学》一书,据推荐者介绍,此书之所以不可或缺,是因为它告诉了读者"怎样用辩证法来观察社会运动的

---

① 中共中央马克思恩格斯列宁斯大林著作编译局马恩室编:《马克思恩格斯著作在中国的传播》,人民出版社1983年版,第82页。

② 君素:《一九二九年中国关于社会科学的翻译界》,《新思潮》第2—3期,1929年。

③ 李一氓:《社会科学与社会科学名词》,《流沙》第2期,1928年。

现象",以及"用唯物论的辩证法来观察一切的'社会运动的现状'是怎样的优越"①。正如当今学者所言,在20世纪二三十年代,马克思主义已经成为"世间最新鲜动人的思潮"②,因此有人士就指出,"怎样去研究'新兴社会科学'的呼声,是常会喊出在一般求知青年的喉间。因为在报章间杂志上,时常看到了'布尔乔亚''普罗列塔利亚特''金融资本''唯物的辩证法'这一类的名词;或者是因看了关于'新兴社会科学'的段片记载,他们便想来对于新兴社会科学,加以研究"③,但是在当时,新兴社会科学,特别是马克思主义并非一学就懂,不少人士"一开始研究,他们就感觉到许多困难,而因此终止了",甚至以为"'新兴社会科学'是一门深奥的学问,只配那些在学校里有教师指导的幸运儿去研究去接受。一般想自修者,都被那些观念所蒙住,终于不敢再去寻求'社会科学'的入门之径,走向这'社会科学'的智泉大道了"④。基于这种情况,一般的社科期刊采用了介绍书籍和新词解释的方法,帮助知识群众尽快掌握新社会科学。比如,署名王瑛的作者就在一期刊中发表了《自修社会科学应读哪些书》的文章,在此文中,作者根据读者的知识水平将全部书籍分为"普通入门的人读"和"分门别类的加深一层去读"两类供读者挑选,而遍览作者列举的书籍,介绍马列主义,或者以马列主义为指导思想写出的专题类社科读物计有15种之多,几乎占到了给出的全部书目的80%,其中亦不乏《价值价格及利润》《反杜林论》《家庭私有财产及国家之起源》等马克思主义经典文献。除开列参考书目外,在报刊上登载新名词解释也是马克思主义知识扫盲的一种常见方式。比如,《申报月刊》的"新辞源"栏目解释过"社会主义竞赛""历史主义"等名词;《新中华》则推出了"新词拾零"栏目,在这一栏目中刊登过"第四国际""空想的社

---

① 参见伟君《书报介绍:怎样研究新兴社会科学》,《蚂蚁》第14期,1934年。
② 张太原:《二十世纪三十年代的马克思主义思潮》,《中共党史研究》2011年第7期。
③ 伟君:《书报介绍:怎样研究新兴社会科学》,《蚂蚁》第14期,1934年。
④ 伟君:《书报介绍:怎样研究新兴社会科学》,《蚂蚁》第14期,1934年。

主义"等名词解释；《青年界》则对"一国社会主义"等名词作出过分析，凡此例证还有很多，恕不一一列举。对于这些带有社会主义色彩的名词，刊载期刊大致做到了解释客观、评价公允，并没有因认同便高唱赞歌也没有因反对就妄加批驳。基于这一特点，我们也更加确认，这一时期刊载于一般期刊的社会科学内容并非以宣扬革命意识形态为目的，其初衷依然是在群众中普及社科知识、提高群众的科学文化素养。

不过，受社科工作者理论水平不一等因素的限制，此期的社会科学著作质量亦参差不齐，这一情况在对马恩经典的译介中体现得尤为明显。许德珩就曾对杜竹君翻译的《哲学的贫困》意见颇多，指出"在没有读杜先生的译本以前，我听见有人说过'看不大懂'……不过，等我读了杜先生的译本，再把马克思的原著对照起来，才晓得所谓的不懂，并不是原书不能叫人懂，乃是翻译得不能令人懂；并且有许多地方，原书说得是很清楚明白的，而翻译出来倒反而把它弄模糊了，或者竟然翻错了，说反了，令人无法理解"①。而千家驹也对陈启修翻译的《资本论》有所不满，认为"质量不高"，"读起来非常别扭"②。当然，出现瑕疵虽然遗憾，但它并非新社会科学著作的主流，在社会各界的努力下，知识人群对马克思主义逐渐熟知，进而也懂得了运用马克思主义来观察实际问题。

二 知识人士对新兴社会科学的接纳

自五四运动以来，"各种社会主义思想得到广泛传播，其中马克思主义的科学社会主义一枝独秀，成为不少知识分子的信仰和理想追求"③。潘公展就曾在他的文章中指出："一年以来，社会主义底

---

① 中共中央马克思恩格斯列宁斯大林著作编译局马恩室编：《马克思恩格斯著作在中国的传播》，人民出版社1983年版，第61—62页。
② 中共中央马克思恩格斯列宁斯大林著作编译局马恩室编：《马克思恩格斯著作在中国的传播》，人民出版社1983年版，第88页。
③ 郑大华、谭庆辉：《20世纪30年代初中国知识界的社会主义思潮》，《近代史研究》2008年第3期。

思潮在中国可以算得风起云涌了。报章杂志底上面，东也是研究马克思主义，西也是讨论鲍尔希维主义（即布尔什维主义——引者注），这里是阐明社会主义底理论，那里是叙述劳动运动底历史，蓬蓬勃勃，一唱百合（和），社会主义在今日的中国，仿佛有'雄鸡一鸣天下晓'的情景。"① 及至 1930 年代，马克思主义的传播范围更广、内容也更加全面，知识群体中越来越多的成员通过各种渠道学习和掌握马克思主义，并逐渐达到运用自如的境界，即如时人所说："现在的人一开口便说什么资本阶级、无产阶级等等名词，并且时常用这些名词去解释中国原来的社会"②；但凡人们思想上出现的"暂时不可解的问题，一般学者遂都要引马克思学说来试试"③。可以说，此期的知识人士针对中国社会的问题，都意图尝试运用马克思主义来予以观照，而这也构成了新社会科学得到中国知识人士认可的独特证明。

比如，依然是《东方杂志》"新年的梦想"征文专辑，在收到的 142 份回复中，直接提及社会主义的和虽没有直接提及但表达的内容与社会主义思想相一致的就有 20 余人，④ 可以说社会主义成为这次梦想征文中最热的词汇之一，而更令人惊讶的是，遍览这些有关社会主义的论述，几乎所有人都站在积极的立场上表达对社会主义的期待和向往。时任中央监察委员的柳亚子就坦诚地说："我梦想中的未来世界，是一个社会主义的大同世界"⑤；女作家谢冰莹充满期待地表示："中国就是这一组织系统下的细胞之一，自然也就是没有国家，没有阶级，共同生产，共同消费的社会主义的国家"⑥；燕

---

① 潘公展：《近代社会主义及其批评》，《东方杂志》第 18 卷第 4 号（1921 年 2 月）。
② 王造时：《中国社会原来如此》，《新月》第 3 卷第 5、6 期合刊（1930 年 8 月）。
③ 斗南：《文学论与马克思主义之关系》，《京报》1931 年 5 月 23 日。
④ 郑大华：《"九·一八"后中国知识分子的思想取向——以"新年的梦想"为中心的考察》，《吉首大学学报》（社会科学版）2006 年第 1 期。
⑤ 《新年的梦想·中央监察委员柳亚子》，《东方杂志》第 30 卷第 1 号（1933 年 1 月 1 日）。
⑥ 《新年的梦想·女作家谢冰莹》，《东方杂志》第 30 卷第 1 号（1933 年 1 月 1 日）。

京大学教授郑振铎信心满满地写道:"我们将不再见什么帝国主义者们的兵舰与军队在中国内地及海边停留着。我们将建设了一个伟大的社会主义的国家"①;神州国光社编辑胡秋原则直截了当地说:"我是一个社会主义者,我的'梦想',当然是无须多说的。"② 类似的表述还有很多,比如上海法学院朱隐青教授的"无阶级专政的共产社会"、银行家俞寰澄的"联邦社会主义的国家"等。还有一些知识分子虽然没有直接使用"社会主义"这个名词,但他们已经在用社会主义的思想思考问题、观察世界了。《生活周刊》主编邹韬奋梦想未来的中国"是个共劳共享的平等社会,……人人都须为全体民众所需要的生产作一部分的劳动;不许有不劳而获的人;不许有一部分榨取另一部分劳力结果的人,……人人在物质方面及精神方面都有平等的享受机会;不许有劳而不获的人,……政府不是来统治人民的,却是为全体大众计划、执行,及卫护全国共同生产及公平支配的总机关"③。读者张锡昌憧憬的社会格局是"一切生产的工具在劳动者手里,不断地生产适应着大众的需要;政府是劳动者的代理人,以全力建设一个合理的新社会。工业的生产使全国劳动者得到适当的分配,个人在全社会阵营中享受着合理的生活。农业生产者从个人的,惨淡的封建牢笼中脱离,走上集体的自由的途径,参加着全国伟大的新社会的建造"④。

此外,知识阶层纷纷使用马克思主义的词汇和话语来讨论中国的问题也是马克思主义深入人心的明证。毛泽东就曾指出,1930年代,在一般知识阶层的视野中,"马克思列宁一派的思想就成了世间最新鲜动人的思潮"⑤。在"新年的梦想"专辑中,马克思主义的词

---

① 《新年的梦想·燕京大学教授郑振铎》,《东方杂志》第 30 卷第 1 号(1933 年 1 月 1 日)。
② 《新年的梦想·神州国光社编辑胡秋原》,《东方杂志》第 30 卷第 1 号(1933 年 1 月 1 日)。
③ 《新年的梦想·生活周刊主编邹韬奋》,《东方杂志》第 30 卷第 1 号(1933 年 1 月 1 日)。
④ 《新年的梦想·读者张锡昌》,《东方杂志》第 30 卷第 1 号(1933 年 1 月 1 日)。
⑤ 《毛泽东选集》(第三卷),人民出版社 1991 年版,第 847 页。

汇和话语体系亦不时出现在知识分子的梦想文字中。如北京大学教授盛成"主张以唯物史观来建设新中国"①；清华大学教授张申府希望国人"都是能纯客观，都懂得唯物辩证法，都是能实践唯物辩证法的"②；中山大学教授何思敬则运用马克思主义进行自我反省，表示："三五年来马克斯（思）主义社会科学之探索，才使我自觉我自己的地位是一个特权阶级的附属分子，并且这个特权阶级是没有将来的。"③

对帝国主义予以抨击和挞伐是民国知识分子在征文中运用马克思主义话语分析实际问题最为集中的一个领域。中央大学研究生汪漫铎就在其梦想文字中表达了这样的希望："帝国主义者及其御用工具在全中国的民众及革命知识分子的大团结大决战下崩溃"④；读者伊罗生梦寐以求的是"反对国际帝国主义及战胜国际帝国主义的事实充满了历史课本"⑤；等等。

民国时期，严重的阶级对立是导致社会混乱的重要因素，而这也为马克思主义阶级和阶级斗争学说提供了传播的土壤。在民国的一部分知识分子看来，统治阶级对劳苦大众的剥削和压迫是导致民不聊生的重要原因，因而在他们的梦想当中，消灭阶级、消灭剥削就成了一个重要的诉求。复旦大学教授谢六逸和开明书店编辑宋云彬希望未来的中国"没有阶级，不分彼此，互不'揩油'"⑥，"建设起一个没有人对人的仇恨、阶级对阶级的剥削的社会"⑦；立法院

---

① 《新年的梦想·北京大学教授盛成》，《东方杂志》第 30 卷第 1 号（1933 年 1 月 1 日）。
② 《新年的梦想·清华大学教授张申府》，《东方杂志》第 30 卷第 1 号（1933 年 1 月 1 日）。
③ 《新年的梦想·中山大学教授何思敬》，《东方杂志》第 30 卷第 1 号（1933 年 1 月 1 日）。
④ 《新年的梦想·中央大学研究生汪漫铎》，《东方杂志》第 30 卷第 1 号（1933 年 1 月 1 日）。
⑤ 《新年的梦想·读者伊罗生》，《东方杂志》第 30 卷第 1 号（1933 年 1 月 1 日）。
⑥ 《新年的梦想·复旦大学教授谢六逸》，《东方杂志》第 30 卷第 1 号（1933 年 1 月 1 日）。
⑦ 《新年的梦想·开明书店编辑宋云彬》，《东方杂志》第 30 卷第 1 号（1933 年 1 月 1 日）。

编译处郎擎霄认为："欲杜绝混乱，似乎非消灭阶级斗争不可，欲消灭斗争，似乎非大众平等不可"[①]；《大晚报》记者邵塚寒则表现得更为激进，他希望通过民众革命的方式"颠覆出卖民族利益、国家人格的统治阶级，在自己武力的支撑上，建立并巩固自己的政权"，并乐观地认为："到民众政权巩固之后，中国便没有什么军阀官僚买办资本家一类的特权阶级、榨取阶级、寄生阶级"[②]。

第三节　北京城市地位的变化与思想环境的转变

北京，这座古老的都城，与古老的中国一样，在自近代以来的历史上经历了前所未有的屈尊荣辱。然而，与其他城市相比，这座沧桑厚重的都城所经历的却远较它们为多，而其中的波折与坎坷，也只有生活在北京的市民所能体悟。于民众而言，一座城市命运的变迁无疑会对其市民产生主观和客观上的影响。从一定意义上说，正是民国时期的政权更迭以及由此产生的一系列变故，才使得北京与左翼思想建立起了联系。鉴于此，本节将把视线放在北京——这座中国历史上的重要城市，去一探这里的思想世界。

一　首都地位的丧失与城市的衰落

1928 年 6 月 20 日，国民党政府改直隶省为河北省，改北京为北平。由此，北京由中国的首都，全国的政治、经济、文化中心转瞬成为中国北方的一个区域性城市。首都的更迭给这座以政治而生、因政治而兴的城市造成了巨大冲击，毕竟，作为元明清三朝的都城和北洋政府时期的首都，北京形成了浓厚的官僚氛围，其发达的城市商业也无不依赖于大小官员的消费。然而，由于"北平本是中国的政治中心，在工商业方面只知消费，不知生产。不但大规模的新

[①]《新年的梦想·立法院编译处郎擎霄》，《东方杂志》第 30 卷第 1 号（1933 年 1 月 1 日）。
[②]《新年的梦想·大晚报记者邵塚寒》，《东方杂志》第 30 卷第 1 号（1933 年 1 月 1 日）。

式工厂没有几处，就是商业也以零星售卖为主"①，于是对于北京而言，其经济上异常薄弱的造血能力意味着任何一场政治上的变动都会给北京以巨大的打击。因此我们看到，自1928年改换都城后，北京迅速衰落下去，经济社会异常凋敝，城市的发展也举步维艰。当时有人士就指出，"到了戊辰，北京改为北平，又是一次大变动。这一次的变动，在政治上意义自然更为重大，整个的多年蕴藏之重器国宝，逐渐转移，而丧失其固有意义，其多年沿袭依赖的社会秩序人命生计，也受绝大之波动。自明太宗建都以来，孕育滋生不离窟穴盈千累万之居民，恐从此更不能维持其血脉。北平之历史意义，从此殆摧毁无余矣"②。

国都地位丧失的首要表现是经济优待地位的失去，以往作为首都的种种优先在改换都城后均化为乌有。据《北平之市财政》报告指出，"北平在昔本为首善之区，畿辅所在，收支均呈巨额，但自首都南迁，诸事紧缩，财政情形一时极为紊乱……十一月间当局对财政曾加以整理，然每月收入之不敷仍至二三万元之多，至十八年五月结亏竟至二十万元以上……总计自北平市政府成立以后，至二十三年六月，中间七十一个月，仅有十一个月有结余数额，其他六十个月均为亏欠之月"③。另据北平市政府统计，北平与日本之大阪、东京、名古屋、京都四市相比，"大阪，东京两市之人口，俱较北平为多；然所多者俱各不足一倍；返观其岁入，则各多至十数倍以上。至名古屋及京都两市，则各有约当北平一半之人口，则拥有约当北平三五倍之岁入。如此比较之下，则本市岁入状况之贫窭，相形更甚矣"④。如果将视线转回国内，比较北平与此期全国其他几大城市的收入状况，也会发现北平经济的糟糕和地位的尴尬——"国内各市之岁入状况，实以北平最为贫困。试观上海人口只较北平多

---

① 林颂河：《统计数字下的北平》，《社会科学杂志》（北平）第2卷第3期，1931年。
② 铢庵：《北游录话》（七），《宇宙风》第26期，1936年。
③ 朱炳南、严仁赓：《北平之市财政》，《社会科学杂志》（北平）第5卷第4期，1934年。
④ 《五年来本市岁入之分析》，《北平市政府统计特刊》第2期，1934年。

9.6%，而其岁入数目，则较北平增加 57.4%。此外如天津，青岛，汉口，广州各市，其人口较诸北平各少 13.6% 至 60.1% 不等，而其岁入，最少者亦较北平多 7.2%，最多者竟较北平多 72.8%！至南京市之人口，较北平少 65.6%；而其岁入则只较北平少 47.8%，其状况亦较北平为优。是故北平之岁入状况，在国内各市之中，实最为贫困者"[1]。

在金融领域，北平的衰落则更加显见。据《北京志》介绍，"北平本非商业区域，从前因作为首都，政府各机关皆与银行往来，故银行业务比较发达。首都南迁后，北平银行业大受影响。1929 年，国民政府修定后的银行注册章程及实施细则，在北平重新注册的银行大为减少。加之中、交两行首先将总部迁往上海，其他商业银行也将总行相继南移，北平原有之金融重心已不存在。1929 年，北平有华资银行 26 家，其中总行在北平者 11 家。1936 年北平有华资银行 24 家，总行在北平者为 2 家"[2]；外资银行也因首都的南迁纷纷离开北平，据悉，"到了 20 年代后期，外资银行在华扩张势头已没有以往那样迅猛，加之国民政府定都南京，政治中心南移，在北平的外资银行或停业或裁撤。进入 30 年代，北平外资银行由 20 年代初的 20 余家，减至 9 家，仅相当于民国初年的数字"[3]。

前文述及，北京并非工商业城市，因而首都的南迁使得北平原本薄弱的工商业更加凋零。据《河北工商公报》记载，"各类工厂中，机械、化学、饮食品工厂的工人数减少，凋敝固不必说，就是纺织和杂类工厂也未见得兴盛。据河北省工商厅视察员调查报告，北平地毯业工人从前在 3000 人以上，十八年只有 800 人，不抵从前大工厂一处的人数。织布工厂也因为工料昂贵，不是倒闭停办，就是减少工人"；另据《北平市政公报》第 41、42 期统计，自 1928 年 6 月至 1929 年 6 月，"商号职工 91476 人，竟有 29902 人失业，占总

---

[1]　《五年来本市岁入之分析》，《北平市政府统计特刊》第 2 期，1934 年。
[2]　北京市地方志编纂委员会：《北京志·金融志》，北京出版社 2001 年版，第 98 页。
[3]　北京市地方志编纂委员会：《北京志·金融志》，北京出版社 2001 年版，第 90 页。

数32.69%，其紧缩的情势不得不谓为严重。各业中失业人数的百分比，以饮食、衣服两业为最多。这两业本是北平市民主要的消费，紧缩如此，全市的凋敝也就可想而知"①。

二 学校林立与文化城意义的凸显

首都地位的丧失使北京失去了政治中心地位，各银行、金融机构的离去亦使北京曾经的经济中心称号不复存在，然依赖于教育、文化事业的积淀，北京的文化中心地位始终无可动摇。即便迁都之后，北京的学校规模依然在全国首屈一指。据统计指出，"1931年，北平有正规高等学府26所，几乎占全国一半。著名的国立大学有北京大学、清华大学、北京师范大学等；私立大学有燕京大学、辅仁大学、协和大学、中法大学等。北平的中等学校，1929年有48所，1938年有88所。此外还有北平研究院和中央研究院"②。而以1934年论，驻北平的四所国立高校有教职员1510人，其中教员977人，就读学生4453人；市立大学有教职员218人，其中教员118人，学生586人；私立高校有教职员475人，其中教员295人，在校学生1543人。合计而言，1934年度北平市共有教职员2203人，其中教员1390人，在校生6582人，不论是教员人数还是学生数量，规模均为全国之最，因此，虽然当时有人士不认可北平的文化地位，但对于其林立的学校，也不得不承认说"北平终是学校的中心，能够读书的人当然多一些"③。

除学校众多外，此期围绕北平高等教育的经费流转亦规模巨大，有人士测算，"每年中央汇北平的教育文化费400余万，加之清华、燕京、协和等特殊财源及其他学校机关，每年约1000万元。大中小学生以10万人计，每人以每年消费100元计，两下相合，则北平市

---

① 李文海主编：《民国时期社会调查丛编·城市（劳工）生活卷》（下），福建教育出版社2014年版，第359—360页。
② 陈明远：《文化人的经济生活》，陕西出版传媒集团、陕西人民出版社2010年版，第218页。
③ 奚行：《"分店"与"北平"》，《书报评论》第1卷第6期，1931年。

因教育事业而流通的金额，总数在 2000 万元以上"①。综合上述特征，有学者指出，这意味着北平"城市属性和机能由政治、军事中心向文化中心的实质性转化。没有工业和其他支柱产业的北平，文化教育遂成为最重要的事业，成为城市的命脉……依靠教育文化事业而生存的人口成为城市就业人口的重要部分，曾经围绕官场运转的民生系统转而为学校和学生服务了"②。从这个意义上说，正是外部因素对北平政治、军事职能的剥离，才使其文化意义得以显现。事实上，首都的失去丝毫没有改变北平作为青年学子心中"文化首都"的崇高地位，季羡林就曾回忆说："那时北京已改为北平，不再是'京'了。可是济南高中文理两科毕业生大约有一百多人，除经济实在不行的外，有八九十个都赶到北平报考大学。根本没有听说有人到南京上海等地去的。留在山东报考大学的也很少听说。这是当时的时代潮流，是无法抗御的"，而这一情况并非山东独有，据其回忆，"当时到北平来赶考的举子，不限于山东，几乎全国各省都有，连僻远的云南和贵州也不例外。总起来大概有六七千或者八九千人"③。这一情况得到了邓云乡的印证，他说，自北平市设立以来，北平的大学生"来自全国各地，各著名大学中，百分之七八十的学生是全国各地的，家住北平的是很少一部分。外地学生中以江苏、浙江、上海人最多，其次福建、四川、广东、两湖等省"④。

就从事学术的人数而言，北平为各市之翘楚，若以学术影响力来看，北平也毫不逊色。以驻北平的国立四校——北京大学、清华大学、北平大学、北平师范大学为主体，加之以燕京大学、辅仁大学这两所著名的教会大学，以及包括中国大学在内的诸多私立大学，北平无论在学术环境、学术资源还是文献典藏方面均在全国首屈一指。当时就有人士描述说，"将中国各处比较一下，这三点都不能不推北平罢。投

---

① 杨东平：《城市季风：北京和上海的文化精神》，新星出版社2006年版，第98页。
② 杨东平：《城市季风：北京和上海的文化精神》，新星出版社2006年版，第98页。
③ 季羡林：《清华园日记·引言》，《清华园日记》（1932—1934），辽宁美术出版社2002年版，第4—5页。
④ 邓云乡：《文化古城旧事》，中华书局1995年版，第155页。

考北平各大学的人，年年都有增加，今年（1936年——笔者注）时局如此之不安定，还是有增无减。学术刊物大多数也都在北平出版，重要言论足以影响政治者，纵使发表的地方不在北平，而执笔的人往往仍是住在北平。种种方面都可以证明北平在文化上的地位确是较之以前倍加重要"①。事实上，北平不仅文化环境优越，其研究水平亦位于全国前列。据当时人士转述说，曾有外国物理学家游览北平，言语间对北平的学术水平颇为不屑，然而当其深入了解后，也不得不称赞说"我一直以为北平不过是一个富有历史意味的古城而已，于今方知这是一个近代学术的中心"②。因此，有学人在回顾30年代的北平时曾深有感触地表示，"这一时期的文化古城：在历史环境上、在文献资料上、在经济条件上、在人情敦厚上、在生活程度上，都为各方面的学人准备了足够的条件，在无政治势力干扰的情况下，聚集了全国有世界名望的各方面的人材，在教育和学术上无形中形成了一种风气，灯火相传，造成了深远的世界性的影响"③。

三　城市思想环境变化与思想传播场域的形成

1928年7月，国民革命军克复北京后，围绕首都选址问题，政界、学界曾有激烈争论，争论的结果虽然是以北京的出局告终，然而这场"政治与文化在此已经如此紧密地结合在一起"④的首都论争没有随着结果的确定而偃旗息鼓，相反，它犹如一颗石子，在身居北平及南京、上海等地人士乃至南北方各界人士心中，激起了层层涟漪。

这诸层的涟漪对北京知识人士的影响最深、震动最大。在国民革命军的兵锋抵达北京前，北京虽据有首都之尊，然而其衰败之势却已殊为明显。彼时即有诸多人士哀叹北京的衰颓，有人指出，"从种种方面，我们可以断定北京的经济状态，真是衰颓不堪"，甚至诘

---

① 铢庵：《文化城的文化》（北游录话之九），《宇宙风》第29期，1936年。
② 铢庵：《文化城的文化》（北游录话之九），《宇宙风》第29期，1936年。
③ 邓云乡：《文化古城旧事》，中华书局1995年版，第6—7页。
④ 许小青：《南京国民政府初期两次迁都之争》，《暨南学报》（哲学社会科学版）2012年第6期。

问道:"中国的首都,经济衰颓至这个地步,究竟是谁的过失?这种现象,应当如何救济?"①也有人认为:"向称首善的北京,到现在不仅无善可说,并且毫无生气,一天比一天的衰残下去。你看那政界,头一等政客都到别处'公干'去了,只剩下那些三四等的流氓在这里厮混……你看那学界!前几年那些应运而生,好像雨后青苔似的私立大学,一个一个的关了门……惟独国立各校是国家培养人材的地方,到现在也是为穷所迫,许多教员们'因故离京',自谋生路去了……商家们自去年大兵到来,强使军用票以后,店铺关门闭户,'修理炉灶','清理账目',已经不少,到了阴历新年,连累倒闭的又有许多……北京本不是一个生产的地方,经济的运用,一经停顿或迟滞,大多数卖苦力的穷人就因此失业……你看京师向来未有的凋敝的现在,究竟是谁之过?"②市面的凋敝也影响了人们的感受,即使到了阳春三月,也有人不无暗喻地抱怨说:"北京的天气到这个时节,向来没有经过这样的寒冷。不仅天气如此,人事也好像呈露类似的现象……当此'暮春三月,江南草长'的时节,而京师首善之区,还是这样阴风惨惨!"③

鉴于北京这般情形,在希望其有所改善的人士看来,通过如火如荼的国民革命来对暮气深重的北京做一次清扫,使其重新焕发现代城市的光芒便成为可行之选。因此署名伏园的作者便在《计划中的北京》一文中期盼说:"我们的军队在前方千辛万苦地计划怎样帮助北方农工民众取得北京,同时我们也应该在后方聚精会神地计划怎样帮助北方农工民众建设北京……如果能够利用北京现有的一点底子,好好的布置,北京一定可以成为一个世界最美的都市。我们帮着中国北方的农工民众建设一个世界最美的都市,不仅是中国的最美的都市而已,我们还觉不值得吗?"④但是,重建北京的希望不仅没有成为现实,反而是以"北平"的出现取代了曾经的"北京"。

---

① 曲殿元:《过去一年北京经济的衰颓》,《现代评论》第5卷第115期,1927年。
② 召:《时事短评——凋敝的北京》,《现代评论》第5卷第118期,1927年。
③ 召:《时事短评——北京的寒气》,《现代评论》第5卷第123期,1927年。
④ 伏园:《计划中的北京》,《中央副刊》1927年5月19日。

由"北京"到"北平",一字之差,意义却大不同。对于曾经的北京市民来说,改换都城无疑如晴天霹雳,其附加之意显然包含着身份、地位等社会因素的骤降,而对于身居南京、上海两地的人士来说,国民党政府对这两座城市的青睐无疑增添了其市民的自豪之情,言语中,北方的旧都、曾经的天子之城便成为他们揶揄、嘲讽的对象。有人士在署名《骗》的文章中就讽刺道:"在从前的北京地方,可说是骗子的大集合所……据说:北京城里的富翁官僚,被骗子们光顾过的,十家当中,确有九家受过骗,骗起来至少数万,多则倾家荡产不一,所以居住在北京城的富翁官僚们,衣食住都俭朴的很!骗子们的骗术,又离奇,又神怪。一经他骗后,也要四五天后,方才发觉。如此说来,莫非居住在北京城的居民,都是愚蠢的么?这又不然,北京城的居民,都是很朴实而节省的;这些骗子,大半是从外省去的,居住在北京城至少十余年,因此:在这城里的民姓和生活,都明了的很。骗起来也易如反掌了。"与故都北平的骗子横行相反,新都南京则给作者留下了神清气爽之感,他说,"那年我住在南京,到如今大约也有七八年了!因为南京的空气和生活,非常简单而新鲜,所以住了一个暑期。在这个暑假之中,每天早上起身,到鸡鸣寺去喝茶,直坐到日上三竿,才信步归来。一个暑期的光阴,就消磨在喝茶游玩中"①。抛开文章对比上的夸张不谈,对于北平、南京两座城市而言,骗子并无可能是北平的全部,而美好也未见得是南京的代名词,然而在作者笔下何以有如此鲜明的对比?应当讲,文章的描述并不能展现两座城市的完整风貌,但它清晰地展现了作者厚此薄彼的意图。事实上,在南京、上海与北平之间厚此薄彼,在迁都之后的南方文化界颇为显见,受以南方人为主体的国民党人影响,北平故都被视为积习腐败、暮气沉沉的代表,由此老态龙钟的旧都自然无法与体现中山先生遗志和国民党"革命"精神的南京相提并论,因而在国民党意识形态的影响下,生活于南方的部分文化人便在未曾亲临感受的情况下对遥远的北平产生诸多偏见,进而

---

① 胡天农:《骗》,《紫罗兰》第 3 卷第 24 期,1929 年。

做出了嘲讽、不屑的描述。

　　面对南方部分文人并不客观的认知，热爱北平的人士亦做出了回应和反驳。比如，有人以揶揄的口吻说道："我所知道南京的名物是板鸭和小肚，但今年又知道一样了，在一家卖酒的饭馆里，大书特书着'南京螃蟹'。探其代价，则每个三毛四毛五毛……不等，比市上卖的每斤价钱还贵出一倍两倍三倍不止！我当究其故，大概得着这么一个结论：蟹，横行物也；不远千里而来。可谓稀奇而又不易，又何况是从南京呢!？"① 也有人揶揄上海说："从北平来的人往往说在上海这地方怎么'待'得住。一切都这样紧张。空气是这样龌龊。走出去很难得看见树木。"② 当然，更多的人还是为北平的未来忧心，并积极思考北平未来的发展之路。有人士就为北平打气说："北平是中国最重要的学术中心，那是全世界共认的事实。"我们的美国朋友葛利普教授常说："南京是政治的中心，上海是经济的中心，只有北平是中国的学术中心"，在该人士看来，民族文化对于正在遭受日本侵略的中国而言殊为重要，而文化的建设重任则只有北平可以肩负，他指出："我们要保全中国领土的完整必须要巩固我们文化的统一与思想的统一。华北地方如果没有文化机关唤起国家思想，振起民族精神，一般旧社会的人士是很容易苟且迁就受人利用的。所以为国家统一的前途计，也仍须维持北平的学术中心。"③ 也有人以诙谐幽默的笔调，向外地人士展示了北平的文化兴盛，言语间北平"以文化立城"的意图也得以显现——"学术，文化的空气，你花了钱还没有地方可以买到……北京不但建筑是世界第一，人物也是全国所特有。士，农，工，商，倡，优，吏，卒，铺子里的掌柜，馆子里的伙计，街上的巡警，家里的老妈子，听差——尤其是听差——没有一样不比别处强……就连叫化子和外国人，一到了北京，都变斯文了"④。

---

① 终一：《饱话半打》（有序），《语丝》第 5 卷第 38 期，1929 年。
② 郓生：《看月》，《中学生》第 37 期，1933 年。
③ 咏霓：《中国的学术中心就此完了么?》，《独立评论》第 52—53 期，1933 年。
④ 西林：《北京的空气》，《新月》第 3 卷第 1 期，1930 年。

从这个意义上说，国民党政府做出的首都更迭的决定挑起了中国近代史上的一次地域之争，作为失落的一方，北平受到了来自南京、上海这两个国民党新宠的挖苦与偏见，并因此遭受了强烈的思想和心理刺激。有期刊就曾载文指出，"自国都南迁以后，这几年来，北方人民的罪总算够受的了。人民的经济一天一天地困难，负担一天一天地加重，战祸一天一天地增多……最可怜的是老百姓受尽了种种磨难之后，还落得连一句诉苦的话都不敢讲，言论自由完全是写在纸上的空谈，动一动就是反革命，就有反动的嫌疑"①。因此，对于北平及其市民而言，他们不仅没有享受到国民党建政给国家和城市带来的崭新变化，反而成为国内政治势力斗争的牺牲品，进而成为国民党对日不抵抗政策的受害方。凡此种种主客观行为，无不给北平及其民众造成了心理上的巨大落差和感受上的低人一等，面对此种情形，国民党政府又要求北平各界在思想上服膺三民主义、在政治上拥护国民党统治，于情于理，何以可能？又如何办到？从实际看，受制于形式统一的局限，国民党只能将统治重心置于江浙一带，而对于远在北方的北平，蒋介石当局则颇感鞭长莫及、力所不逮，加之北平民众因国民党的种种"前科"而对其颇无好感，以及九一八事变后日本对华北地区的蚕食和侵略，因而在一定程度上形成了北平思想管控的真空和统治的松弛，而这一局面又恰好与北平高校林立、青年学生众多的实情相对接，因此，有报刊就注意到，"故都春梦中的北平，本来是谜一般的都市，一方面有遗老，王公，古物，宫殿等等封建古兴主义的存在，另一方面又有共产党，学潮，社会思想……等等的时代产物在茁长"②。在种种条件的配合作用下，1930年代左翼思想在北平的报刊、青年学生以及学校间得到普遍流行并受到欢迎和重视也就不再稀奇并且可以作出解释了。

---

① 《发刊辞》，《北方公论》第1卷第1期，1930年。
② 曼贞：《北平的"警察""学生"和"报纸"》，《社会新闻》第1卷第30期，1932年。

第二章
1930年代"北平小报"中的左翼思想表达

如果细数民国思想界的时代特征，那么1930年代无疑与左翼思想、革命文学联系在一起。以"左联"的成立为标志，左翼文学在中国文坛掀起一阵热潮，并以此影响了中国思想界的左转。然而剥开整体的外衣去探察各个部分，会发现不同地域左翼思想的影响程度其实各不相同，甚至各个地方接纳左翼思想的阵地也千差万别。以北平为例，有学者指出，"'革命文学'在北平的生存空间是狭厌的。或者说，这座被称为'文化城'的城市却未能给'革命文学'提供足够的文化空间"①，此言甚确。在当时，随着国都南迁，北平经济衰败、文化凋零，北平的各大报刊也陷于迷茫困顿的经营状态。但是，由于北平学校云集、文化人众多，左翼思想依然在这里找寻到了安身之所，当然，它在北平社会的扩展并不是通过大报大刊，而是通过小报来显示存在的。这一现象殊为奇怪，但产生的原因不难理解：北平学生众多，年轻人追求进步的思想倾向与大报相对保守的办报风格互不相容，因而青年学子不得不投寄小报门下。曾就读于女师大的谢冰莹在回忆自己求学北平的经历时就写道："为了言论过激，一些大报纸的副刊都不敢登我的作品，有位在《华北日报》当编辑的友人曾经好几次对我说：'你写一点软性的与革命毫无关系的文章不可以吗？''笑话！我离开革命还能生存吗？'这是我给他

---

① 马俊江：《二十世纪三十年代北平小报与故都革命文艺青年——以〈觉今日报·文艺地带〉为线索的历史考察》，北京大学博士学位论文，2009年，第18页。

的答复。那时只有一家小报欢迎我投稿。"① 虽然革命文艺青年投稿无门从而不得不将作品寄予小报,但无意中它却影响了社会的大多数人,或者说,一部分真正的社会大众:

> 至于那些大报看的人总算很多;但从严格方面说来,也只限于通俗所指的"中流社会"以上的人;在社会上还是不能普及,所以支配社会的力量,比较仍旧是很小的。……唯独这小新闻纸:因为一张纸卖一个铜子,又用的是一种极容易懂的白话;无论摆摊子的,卖饽饽的,开小饭馆的,……都要买来看看。②

事实上,在为数不多的北平小报中间,存有数量不少的左翼思想表达,这一线索提示我们,对存在于北平小报中的左翼思想进行挖掘的时机已经成熟。在我们看来,尽管这些左翼文章内容不一,观点亦不完全合理,甚至有谬误,但撇开内容的纱帐去探究作者内心的思想活动,或许比研究文字内容更有意义,毕竟,每一篇左翼文字的背后都意味着作者于内心中对进步思想的接受,而思想上的转变才是中国革命成功的真正保证。

第一节 小报价值的彰显与 1930 年代的北平小报

从根本上讲,民国时期小报的发达是民国成立后市民社会逐渐发展的产物。由此也就可以理解,为何在短短几十年时间内,上海能出现数千种类型不一的小报。与上海的小报相比,北京(平)的小报虽然在数量上和类型上都无法望其项背,但是北京(平)小报也具有其他地方小报所不具备的特点和优点。特别是在 1930 年代,

---

① 谢冰莹:《大学生活的一断片》,出自陶亢德《自传之一章》,上海:宇宙风社 1938 年版,第 125—126 页。
② 陈顾远:《北京城里的小新闻纸》,出自黄天鹏编《新闻学论文集》,上海:光华书局 1930 年版,第 249—250 页。

因之于主客观条件的变化,北平小报的独特性日益凸显,北平小报的价值也在对环境的适应中得到了体现。

一 小报概念界说及其发展流变

"小报"一词,始出现于宋朝,在当时,"小报"是与官方所办"邸报"相对的概念。新闻学人张静庐在谈及宋朝小报时曾指出:"除'邸报'外,还有许多私人方面,用种种的方法,探听一些在重要的机关里所泄漏的消息,用非公式的传递给几个人或散居若干区域的若干人,那时候名之曰'小报'。"[①] 戈公振亦引用《海陵集》之言语描述说:"小报者,出于进奏院,盖邸吏辈为之也。比年事有疑似,中外不知,邸吏必竞以小纸书之,飞报远近,谓之小报。"[②] 当代新闻学者方汉奇则对小报做了通俗详细的阐释,他指出:"小报最早出现于北宋末年,盛行于南宋。发行小报的是一部分驻在首都负责传送邸报的各地进奏官,中央政府机关中的个别下级官员,和一部分坊间书肆的主人。他们在省寺监司等中央政府机关和宫廷内安置了一些人,专门为他们探听消息,提供材料,然后委托坊间的书肆镂板印行,当时人称这种小报为'新闻'。"[③] 从上述描述看,以宋代小报为起始的中国古代小报具有以下特点:从归属看,小报属于民间私办报刊,其性质与官办邸报相对;从产生动因看,小报因民众的猎奇心理而获得生长,特别是中下层官吏和平民百姓对庙堂之上的好奇和猜想成为小报存在的天然土壤。基于这一点,小报的刊载内容自然也与宫廷秘史、人事浮沉相关。《海陵集》对此有形象的描述:"如曰,'今日某人被召,某人罢去,某人迁除'……朝士闻之,则曰:'已有小报矣!'州郡闻得之,则曰:'小报

[①] 张静庐:《中国的新闻纸》,上海:光华书局1928年版,第1页。
[②] 《海陵集》第4卷,第2页,转引自戈公振《中国报学史》,生活·读书·新知三联书店1955年版,第30页。
[③] 方汉奇:《中国近代报刊史》,山西人民出版社1981年版,第2页。

到矣！'"①

时至民国，小报不仅在形式上得以留存，而且随着受阅主体的扩大和影响力的扩展，其内涵也在不断延展。值得注意的是，在这一大趋势下，民国人士却对小报作出了两个近乎相反的评价。一部分人认为小报"流品亦杂"②，甚至批评小报乃"信口开河，引人入魔"③之作，比如，沈从文认为小报的存在助长了"制造旁人谣言，传述撮取不实不信的消息"之风④；梁实秋断言"上海小报之病，不在多，而在于其太专门"，特别是专门"从事于'性'的运动"，以致小报读者"神智萎靡肌骨消瘦"⑤；戈公振认为，小报"往往道听途说，描写逾分，即不免诲淫诲盗之讥。若夫攻讦阴私，以尖刻为能，风斯下矣"⑥；署名东生的作者指出，"上海的小报，因为专记载私人的隐事，或者造谣以敲竹杠，是给人认为下流无耻者之所为的"⑦。以此看，上述诸人之所以对小报评价甚低，主要在于小报因其刊载内容和办报方式而被贴上的谣言、色情与欺瞒敲诈的标签。此外，随着党派政治的出现，党办小报成为党派间相互攻伐的工具。据介绍，1928年后，"上海出现的党派小报约50种，较著名的有改组派的《革命日报》、《上海民报》、《上海鸣报》、《单刀》，国民党蒋介石派的《锋报》、《江南晚报》、《精明报》，第三党的《行动日报》，桂系的《吼报》、《响报》、《冲锋》，醒狮派的《闲报》，国家主义派的《黑旋风》，中国青年党的《潜水艇》等"⑧。这些党派小报"以激

---

① 《海陵集》第4卷，第2页，转引自戈公振《中国报学史》，生活·读书·新知三联书店1955年版，第30页。
② 黄天鹏：《中国新闻事业》，上海：联合书店1930年版，第102页。
③ 陈顾远：《北京城里的小新闻纸》，载黄天鹏编《新闻学论文集》，上海：光华书局1930年版，第250页。
④ 沈从文：《论"海派"》，《现代出版界》第22期，1934年3月1日。
⑤ 秋郎：《小报》，载秋郎《骂人的艺术》，上海：新月书店1927年版，第65页。
⑥ 戈公振：《中国报学史》，生活·读书·新知三联书店1955年版，第248页。
⑦ 东生：《封建势力在报纸上》，参见管照微编《新闻学论集》，上海：汉文正楷印书局1933年版，第243页。
⑧ 方汉奇主编：《中国新闻事业编年史》，福建人民出版社2000年版，第1119页。

烈的党派倾向和揭载政界内幕新闻吸引读者"①，通过煽动性的语言和以假乱真的描述，党派小报极易混淆群众视听、扰乱社会秩序。面对政敌通过小报发起的进攻，国民党政府也不得不做出反应。1933年10月12日，国民党第四届中央执行委员会第九十二次常务会议颁布《取缔不良小报暂行办法》，表示"全国党政机关，对于业经登记之小报，如发现有言论荒谬，叙述秽亵，记载失当……应一面依法定手续，注销其登记；一面向法院检举，依法严于处分；并通知当地警政机关停止其发行发售"②。

在上至政府、下至报人纷纷对小报予以挞伐之时，也有一些知识人士开始转变思路，他们试图从正面、积极的角度看待小报的价值和小报在启蒙民众方面发挥的作用。彼时就读于清华大学外国语文系，后成为中国文学与日本文学研究领域著名学者的尤炳圻就认识到小报在教育民众方面具有的优势——"我觉得最切要的平教工作，莫如办报，自然指的是小报；这种报应该不是营业性质的，可以分成两类，文字的和图书的，而后者我们觉得更为重要"③。戈公振虽然对小报有所批评，但他对小报独具的优势也给予了中肯的评价，在他看来，小报"优点乃在能记大报所不记，能言大报所不言，以流利与滑稽之笔，写可奇可喜之事，当然使读者易获兴趣"④。在时人看来，他们重视小报、肯定小报，其实与大报的办报方向走入歧途不无关系。陈顾远指出，"至于那些大报看的人总算很多；但从严格方面说来，也只限于通俗所指的'中流社会'以上的人；在社会上还是不能普及，所以支配社会的力量，比较仍旧是很小的"⑤。杜绍文在纪念复旦大学新闻学会成立会的纪念刊上撰文认为，大报

---

① 方汉奇主编：《中国新闻事业编年史》，福建人民出版社2000年版，第1119页。
② 《取缔不良小报暂行办法》，节选自《报展》，上海复旦大学新闻学会1936年纪念刊，第254页。
③ 炳圻：《语丝：北平的小报》，《华北日报·副页》1933年12月20日。
④ 戈公振：《中国报学史》，生活·读书·新知三联书店1955年版，第248页。
⑤ 陈顾远：《北京城里的小新闻纸》，参见黄天鹏编《新闻学论文集》，上海：光华书局1930年版，第249页。

"在量的方面,大而无当,编制纷乱,成功为无所不包的垃圾桶,在质的方面,每份报费十几枚铜元,尚不够纸张的成本。庞大的劳苦大众,决不能雍容地坐在沙发上,细读这称富丽堂皇的报章。这些只顾门面不讲实际的大报,遂仅流行于绝对少数的有闲阶级,所谓文化动力民众喉舌智识导师等功能,就完全不能胜任愉快了"[1]。而吴秋尘对此也有同感:"一般人未必有多少功夫去遍览大型的报纸……在经营报纸者的本身,因为工具的精进,资本的限制,在从前,办一个大型报纸的资本,现在连办一个小型报还不够。"[2] 在他们看来,大报产生的问题恰可以通过创办小报得到解决——对于大报版面过多而民众却无暇阅读的问题,"采用精编的办法,使看报的人,一览无余,较之只看标题,更能清晰,而又不至于因为连篇累牍多费仅有的时间,岂不更好?这种折中的办法,只有办小型的报纸"[3];对于大报费用不菲的问题,"一般读者的购买力,因了社会的不景气而日渐低落……为使多数的人,都可以有看报的机会,于是不能不多办小型的报纸"[4];更为重要的是,在这批支持小报发展的人士看来,小报是解决劳苦大众需求与大报刊载内容脱节的有效方式,他们相信小报"对于启迪人民及复兴民族的效力……定有惊人的成绩和成功"[5]。在此种观念的感召下,一些报人也开始转变思路,希图"联合几个同志,办一种小型的报……为现代大众办一种他们需要的报。把大报所有的长处,我们都具体而微的应有尽有;而大报的乱杂浪费等等,我们竭力避免。这么一来,大家只要费了几个铜子和几分钟,来看我们的报,而其结果,便和费了几倍的金

---

[1] 杜绍文:《我国报业的新路》,节选自《报展》,上海复旦大学新闻学会1936年纪念刊,第127页。

[2] 吴秋尘:《小型报》,节选自《报展》,上海复旦大学新闻学会1936年纪念刊,第55页。

[3] 吴秋尘:《小型报》,节选自《报展》,上海复旦大学新闻学会1936年纪念刊,第55页。

[4] 吴秋尘:《小型报》,节选自《报展》,上海复旦大学新闻学会1936年纪念刊,第55页。

[5] 杜绍文:《我国报业的新路》,节选自《报展》,上海复旦大学新闻学会1936年纪念刊,第127页。

钱与时间去看大报相同"①。

二 北平小报的版面划分与刊文特点

近代著名办报人成舍我于1932年在燕京大学新闻学系举办的新闻周上讲演认为:"我觉得北平所谓'小报',我们真有提倡的必要。虽然大家在那里鄙弃'小报',但是把他的短处,加以改革,在将来的中国新闻事业,'小报'一定要占很重要的地位。因为他篇幅小,所以定价比一般所谓'大报'也是便宜,因定价便宜,所以士大夫不齿的引车卖浆之徒,也还可以勉强买得起。未来的真正民众化的报纸,是要将这种'小报''提倡''改良'而发达起来……如果能够使他充实而具备。更依着环境的需要,他的篇幅,可以比现在所谓的'大报'少,'小报'多,那么,在形式上说,这简直可算作理想中,中国未来的标准报。"② 对于办报人来讲,他们将心血诉诸报刊,是为了追求其心中理想的报纸样式,而在我们看来,报刊的每一篇文章都蕴含着作者的思想关怀,将全部文章集合起来,便构成了报刊的办刊风格,从中,办报人的思想倾向和价值理念也跃然纸上。一份报刊有什么样的风格,与办报人的倾向偏好有关,也与他们的教育背景、知识层次相连,然而外部环境、城市特征对报人思想的影响,也并非可以忽略不计。对于北平小报来说,北平的城市性格就是影响北平小报办报风格的重要因素,以此为由,我们才可以理解为何这一庞大的小报群体于1930年代愿意接棒上海左翼人士发起的文学大众化讨论,却未曾犹豫地回绝了本该属于小报特征的娱乐风气、嘻哈风格,从实质看,北平小报的笔调是与北平这座城市的特征和遭遇紧密相连的。当然,笔者此处尚不准备对这一问题做展开讨论,姑且留予下文,而此处,笔者愿意先将北平小

---

① 杜绍文:《我国报业的新路》,节选自《报展》,上海复旦大学新闻学会1936年纪念刊,第127页。
② 成舍我:《中国报纸之将来》,参见《新闻学研究》,燕京大学新闻学系刊行,1932年6月,第19—20页。

报的报刊样式与刊文特点做一介绍。

如果从报刊样式去辨别北平的大报与小报，其实颇为不易。有学者认为，"北京（平）小报如果单纯从'娱乐'、'消遣'的功能看，似乎不像小报"，因为"它正襟危坐、有板有眼，读后并不感到轻松和愉悦。充斥于上海小报中的游戏氛围、浓得化不开的酒色财气，在这里消失得无影无踪"。① 然而，北平小报的这种性格却得到了生活在北平的各类人士的接纳——以创作《春城花絮》而轰动平津义坛的作家李薰风在其连载于《北平晚报》的短篇小说《我的太太》中就描述了他午饭前看小报的习惯——"在我把几份小报——实报、新北平报、小小日报、现代日报、实权日报、平报。——和邮局寄到的外埠报纸看完以后，午饭已经熟了"②；尤炳圻也表示说"坐在电车上，看各种小报，一年来已经成了我的习惯。进城（我住在郊外）必坐电车，坐电车必读几份小报"③。

应当讲，北平城市的价值理念和文化认同是北平小报出版样式的重要考量，报刊风格与北平知识人士相互影响，共同形成了属于北平的文化印记。因此，当在北平生活过的人士离开故都阅读他乡的报纸时，便会对记忆中的北平小报回忆一二："在北京还没有改为'北平'的时候，每天晚上我们可以听到清脆的卖报声，'北京晚报，世界晚报……'起初听了觉得有点刺耳，后来听惯了，看惯了，就和这种声音发生了感情，每晚饭后总在门口等买'北京晚报'。说起'北京晚报'，在故都中是很有历史的。每天出一张四开报，和上海小报样式一样大小。第一版是广告，第二版是重要新闻，第三版是次要和本城新闻，第四版是副刊和小广告，编辑精巧，一目了然。在上海看四开报可两样了。我总希望上海有《北京晚报》式的报纸出现。"④ 尤炳圻也曾注意到："北平的许多小报，都有着一种固定

---

① 李楠：《迥然相异的面目：京海格局中的北京（平）小报》，《中国现代文学研究丛刊》2005 年第 6 期。
② 李薰风：《我的太太（四）》，《北平晚报·余霞》1934 年 3 月 21 日。
③ 炳圻：《语丝：北平的小报》，《华北日报·副页》1933 年 12 月 20 日。
④ 天庐：《逍遥夜谈"北京晚报"》，《时事新报·青光》1933 年 5 月 25 日。

的形式，每份都是四开大小，分做四版。第一版载国内外要闻和社论；第二版载社会琐闻；第三版是附刊或是什么周刊；第四版载四五种长篇小说。广告呢，排在各版下半截或夹缝间。"① 北平小报的具体样式，我们可从具体的小报中管窥一二。以《平西报》为例，此报由燕京大学新闻系燕京报社主办，1932 年 1 月创刊，1934 年 5 月停刊。此报同样采用四个版面，第一版面刊登重要新闻，在个别时日亦刊登燕京大学的重要信息。比如 1932 年 4 月 21 日出版的《平西报》，除在头版刊登《国联特委会通过决议草案——京当局昨晨开会讨论电颜坚持规定撤兵期》《日谋窥沪杭路——令便衣队赴汕头》等关乎国家的新闻，也登载了《燕大春季运动会昨日开始举行预赛》的校内新闻。而《平西报》的第二版内容并不固定，比如 1932 年 2 月 28 日的《平西报》刊登了部分相对不太重要的国内新闻和本市新闻，而同时期其他时段的《平西报》则大多将第二版让予了《平西副刊》。事实上，文艺副刊的稳定发展和广受欢迎是北平小报的一大特色，《平西副刊》也不例外，在征稿启事中，该报编辑人即秉持开放包容的态度表示"凡以文艺之创作及翻译或杂感，短评，轶闻，游记等见赐者无任欢迎……最宜短洁隽永之小品文字"②。第三版亦多为《平西副刊》之延续，刊登未登载完的文艺作品或学术讲演，而第四版则大多刊登北平各大高校之新闻，并以燕大新闻为重。此外，在第二、三版之间，还登有燕大汽车时刻表和银行、香烟等广告栏目。

不同的城市文化孕育了不同的报刊风格，北平各小报的版面布局之所以"不谋而合"，从深层次看，是北平的城市特点和北京市民的文化共识所致。鲁迅曾经指出，"北京是明清的帝都，上海乃各国之租界，帝都多官，租界多商，所以文人之在京者近官，没海者近商"③。"帝都多官"的特点孕育了北京庄严、稳重的城市特点，这

---

① 炳圻:《语丝：北平的小报》，《华北日报·副页》1933 年 12 月 20 日。
② 《欢迎投稿》，《平西报·平西副刊》1932 年 4 月 28 日。
③ 鲁迅:《花边文学·"京派"与"海派"》，译林出版社 2014 年版，第 15—16 页。

一特点自然会传导给生活在北京的市民,而曾经近千年首善之区的政治优位又使北京人士在谈吐中比之其他地域的民众多了几分忧思天下的情怀,即便在1928年后,这一情怀也没有随首都地位的失去而失去,反而更因荣光不在、外患迫切而得以加强。因为这一因素的存在和作用,北平小报的文字便少有轻松愉悦的快感,而更多地展现出忧国忧民的情怀。有学者坦言,北平小报"正襟危坐、有板有眼"的特点使其"不像小报",进而对"北京的小型报纸能否进入'小报'范畴,北京小报研究的命题能否成立而产生一定的顾虑和困惑",然而在其深入研究后,也终于"触摸到北京小报那跳动的脉搏,体悟到蕴涵其中的'休闲'精神。这是一种迥异于上海小报的'小报'"①。在其他学者看来,"趣味休闲是小报,正经严肃是小报,沉痛心酸是小报,革命时代的小报也未尝不可以慷慨激昂倡言革命"②,笔者对此深以为然。在笔者看来,民国小报固然以上海最为发达,现今关于小报的种种定义也多以上海小报为参照,然窥上海"一斑"即知晓全国的做法却难免落入将复杂历史抽象为具体线条的窠臼。事实上,上海小报的娱乐风气也并非从一而终,当日本侵华的战火逼近上海,感受到威胁的上海小报作者也会发出同样激昂的抗日声响,只不过对于北平而言,其抗日的声音比上海发出得更早,感受到的危险亦比上海持久而已。例如,1932年创刊的《现代日报》在其《发刊词》中就充满忧患地指出:"当兹国事蜩螗,内忧外患交迫之今日,忧从中来……人不觉惕然于其责任之重也",在小报编者看来,报人在国家危难之际,绝非只有袖手旁观、唉声叹气的命运,须知"新闻事业之任务,一则在民众之喉舌,一则在启迪诱导民众"③。在北平小报编者看来,时值国家危难之际,新闻事业不仅可以向下启迪民众,亦可以向上施压国民党当局。同

---

① 李楠:《迥然相异的面目:京海格局中的北京(平)小报》,《中国现代文学研究丛刊》2005年第6期。
② 马俊江:《二十世纪三十年代北平小报与故都革命文艺青年——以〈觉今日报·文艺地带〉为线索的历史考察》,北京大学博士学位论文,2009年,第28页。
③ 《发刊词》,《现代日报》1932年11月11日创刊号。

是 1932 年,《平西报》先于 3 月 17 日在头版刊登了《"三一八惨案"与"巴黎公社"》的社论,称赞巴黎公社的壮举,表达了在"世界被压迫被剥削的大多数人未得到自由以前,人类社会的新制度未出现以前"①,国人将铭记并持续纪念"三一八"惨案的决心,以此表明知识民众与政府当局不妥协的斗争立场;仅在一个月之后,《平西报》又于头版刊登了《宁剿匪不抗日》的社论,强烈批评国民政府只顾"剿匪",却对已将触爪伸进华北的日寇视而不见、听而不闻的漠然态度,面对主权的丢失、国土的沦丧,社论也按捺不住怒火抨击道:"吾人虽不能坚谓政府为帝国主义者之工具,最低限度亦可谓其必借外力以压制民众之反抗。"② 在不知详情的外人看来,北平小报具有如此风格殊堪称奇,然而在这些小报人看来,代表民众、监督政府,实在是他们责无旁贷的使命:"没有任何势力背景和后台,只是几个人在受国民天职的发动,在经济条件许可之下,小锣小鼓地依着新闻原则……把真实的消息敏捷地传给读者,同时它还代表民众的意见督促社会的前进,并监督后援内政和外交。"③

第二节 左翼语境下的北平小报内容

在北平小报当中,左翼的声音不仅始终存在,还占有着较为重要的位置。由此,它一方面反映出左翼的思想环境和话语体系对北平小报择文、刊文的深刻影响;另一方面,它也表明在北平小报上实际地蕴藏着丰富的但尚未得到充分挖掘的左翼思想资源。鉴于这一状况,本部分将聚焦北平小报当中的左翼思想内容,以求对这部分内容作出有价值的分析阐释。

一 "叛逆者"的阵地:小报园地里的进步声音

与上海小报休闲消遣的特征相比,北平小报忧思家国的特点可

---

① 《"三一八惨案"与"巴黎公社"》,《平西报》1932 年 3 月 17 日。
② (社论)《宁剿匪不抗日》,《平西报》1932 年 4 月 21 日。
③ 《发刊旨趣》,《曦光报》1932 年 2 月 15 日。

谓独树一帜。而在北平众小报之中，又以《平西报》最为卓尔不群。鉴于此，本部分拟以《平西报》为观察对象，探究在其镜像下的北平思想世界。在笔者看来，每份报纸的背后都存在着一个鲜活的思想世界。报纸是我们观察和走进这一世界的窗户，透过它，读者不仅可以读到所要的信息，而且能够触摸到报刊所在时代的思想脉搏。作为时代的产物与客观实际的主观展现，思想有着超越时空的穿透力，因此，当我们把握住了思想表达，历史的画面就清晰地展现在世人眼前。

《平西报》①，顾名思义，乃指北平西部之报纸。与其他北平小报不同之处在于，《平西报》的创办并非以营业和盈利为目的，其办刊初衷在于为燕京大学"新闻系学生实习而设"，"重在学生练习"②。基于这样的办报目的，《平西报》不必为迎合群众喜好而刊登武侠、游艺等市民文学，也不必为符合政府当局的内容审查而刻意降低批判的色彩。尽管在发刊词中，《平西报》办报人明确表示"涉及政治及党派消息一律不收"③，但从刊登内容看，不仅办报诸人对于国家政治有相当的关注，而且每期最精彩、最压轴的文章也多出自该刊登载政治评论的《社论》。对于这一悖论，我们不必理解为"平西报人"违背了自己的办报誓言，也不必批评其不涉政治的表态乃一时冲动的想当然之举，在笔者看来，之所以产生如此悖论，其因在于同期北平社会在政治倾向上的迅速左转。政治空气的左转，根源于此期国民党在整修内政方面令人失望的态度和举措，也根源于民众对国民党在民族危机深重的情况下仍醉心于"剿共"，却对已侵入家门的日寇视而不见、听而不闻的丧权辱国态度的极度失望。

在上述两方面因素的作用下，一个"叛逆者"的形象跃然出现在《平西报》上。之所以称这一年轻报刊群体为"叛逆者"，直接原因在于他们感受到了中国社会的畸形状态和扭曲发展，并对这种

---

① 自1932年8月25日起，《平西报》改名为《燕京报》。
② 《与读者诸君告别》，《燕京报》1933年5月31日。
③ 《本报欢迎投稿》，《平西报》1931年9月15日。

社会病态及其产生的根源——国民党当局——予以了毫不留情的曝光和尖锐的批判：

> 讵料二十年来。天灾人祸。交迫相加。兵匪遍地。哀鸿满野。苛捐杂税。日愈加重。吾民无日不在水深火热之中。渴望于解倒悬者久矣。民元以返。政治从未走入正轨。贪污官吏之祸国殃民。毫未敛迹。军事领袖之阋墙战乱。频年未熄……"欧美各国。其日历之中。国庆纪念日多。而我国则国耻纪念日加。"听此言能不令人汗颜无地乎。民国成立以来。诸般建设事业曾经着手开创。国内和平统一曾经再四谋求。列强之侵略亦准备抗御。不平等条约亦曾高呼取消。诸如此类之国家民生大计。无日不载诸报端。出诸政府要人之口。然其果结则与吾侪小民所牺牲及期望者。大有云霄之别。①

既然国家衰败已达这般地步，而民众的生活又是如此悲惨，那么以"作现实社会的忠实报告"②为己任的北平小报理应有所关注。事实上，在同期的北平小报上出现批评当局的文字也并非罕见，诸如"匪患不能肃清，加之天灾的损害，经济的破产，民族的堕落，一切一切均表示这古老的国家已走入最危险的厄运"③等描述并不鲜见，其矛头也无不指向隐藏背后的政府当局。与《平西报》相比，其他北平小报不敢不考虑政府当局对进步言论的忍耐程度和报纸本身的销量。这两重因素的存在使其在发表批评言论时不得不权衡再三，以至降低调门或改直接批判为隐晦暗示成为普遍的做法。而对于《平西报》来说，这两重因素对报刊思想立论的影响却微乎其微。原因在于，一方面，《平西报》乃是为燕大新闻系学生实习而设、重在学生练习的报刊，不存在计较销量和创收盈利的经济考量；另一

---

① （社论）《我们的国庆》，《平西报》1931年10月10日。
② 章群：《报纸大众化问题》，《觉今日报》1934年11月7日。
③ 愈疾：《文学与救国》，《觉今日报》1934年12月6日。

方面，彼时的燕京大学坐落于北京西郊，"是一个封闭社区"①，居于北平城内的地方当局审查《平西报》并不是一件容易的事情，尽管《平西报》的发行范围亦涵盖燕大周边和北平西郊，然当地居民"知识太浅陋，教育不够……没有多少人念过书"②，虽难以实现启迪民智的期望，但也避免了被检举查扣的可能。在得天独厚条件的保护下，燕大师生利用《平西报》这一平台，毫不隐瞒地表达着自己对社会、国家的认知和观感，同时也带给后人——彼时青年学生及思想界最近乎真实的思想情感。

在"现政府对内忧外患绝无办法，贪官污吏布满全国，苛捐杂税层出不穷，人民苦于苛政，多铤而走险"③的窘境下，执政的国民党当局自然成为众矢之的。毕竟，曾经国民党就国家之未来给予民众的许诺，在悲惨的现实面前是如此的扎眼：

> 当共和政府成立之日，全国民众，莫不咸抱乐观，以为吾人今后当可享民主之幸福，从此国泰民安矣。乃未几而帝制复辟，先后发现；护法国会之争，经年未已，皖直奉直之战，生灵涂炭。及国民党改组，兴师北伐，统一全国，民众又增一度庆幸，亟盼党国政治，果能导引吾民脱离水火也。讵料内讧继起，中原大战，天灾人祸，交相煎迫，日人乃乘机占我东省矣！呜呼！二十年来，一切政体，皆当采用，共和帝制，军治党治，曾无是处；至于中央训制，则总统国会，委员主席，寡头独裁，责任内阁，均曾实验，结果失败也如故。所有方式，欧美行之，皆可统治，何以橘逾淮而成枳，一至我国，均无成绩？④

"何以橘逾淮而成枳，一至我国，均无成绩？"从内因方面看，

---

① ［美］叶文心：《民国时期大学校园文化（1919—1937）》，冯夏根等译，中国人民大学出版社2012年版，第143页。
② 《清河旬刊·发刊词》，《燕京报》1932年12月9日。
③ 《新年的梦想·实业家冯自由》，《东方杂志》第30卷第1号（1933年1月1日）。
④ （社论）《国庆纪念以后》，《燕京报》1932年10月15日。

一为农业破产之影响；二为苛捐杂税之繁重。农业之所以破产，一部分原因在于战乱与天灾——"所过材镇。已成焦土。百里间鸡犬无声……田荒炉烬。有村无屋。有家无粮……此外若西北陕甘。荒旱成象"①。这两重原因固然对农业破产造成了巨大影响，但在作者看来，这并非中国农业衰败的根本原因，因为他们注意到，"绥远一省，竟有丰收'成灾'之新奇名词。盖禾稼已熟。粮石奇贱。捐税过重。收入不及缴官之半数。农民宁弃田逃荒。不愿收获。可见农业危机。严重之至"②。丰年逃荒的奇特景象事实上揭示了农业破产的潜藏内因，即人为破坏——"农村破产之祸。几遍全国。而政客军阀。犹不稍恤灾黎疾苦。捐税日以增加。预征已逾十载。今胶东川南。内战又起。政治腐败。民痛日深。则我广大之失业农民群众。安得不铤而走险。或落草为寇。或投身共党耶！至于酿成祸害之原因。舍水旱天灾而外。其根源厥为内政之不修。贪污土劣与军阀政客。朋比为奸……中央则以鞭长莫及。坐视不救。甚或纵容包庇。以求财源之丰裕……使全国社会胥皆向灭亡之途急趋。故今日中国之农村破产……皆属一致。则直接间接。其责均在政治"③。事实上，燕大学生能够做出这番鞭辟入里的分析是颇令人惊讶的。作为一所封闭管理的教会大学，燕京大学为学生提供了都市精英享有的安逸生活——"燕京的宿舍是两个人一间，其宿舍被誉为结构美观、先进舒适、实用方便的典范。另外有浴缸、淋浴、不间断供应冷热水，还有饮水器、电话、报纸阅览室、洗衣设备，每层都有小厨房，还有学校雇佣的仆役供学生使唤"④。当然，如此优越的住宿条件需要较高费用的支撑，燕大学生也曾抱怨学费的高昂，"燕京大学学费之高，为华北公私学校所仅见"⑤，但是，它毕竟反映出这样一个事

---

① （社论）《救济农村与整顿内政》，《燕京报》1932 年 10 月 6 日。
② （社论）《救济农村与整顿内政》，《燕京报》1932 年 10 月 6 日。
③ （社论）《救济农村与整顿内政》，《燕京报》1932 年 10 月 6 日。
④ [美] 叶文心：《民国时期大学校园文化（1919—1937）》，冯夏根等译，中国人民大学出版社 2012 年版，第 142 页。
⑤ （社论）《减低学费是使教育中国化的最良途径》，《平西报》1932 年 3 月 6 日。

实：燕大学生的家庭出身普遍比较好。据此我们也可推断，燕大学生中出自农村的学子即便有之，其人数所占比例与其他燕大学生相比也不会是一个很大的数字，从这个意义上说，在自身生活、成长的环境与农村实情相差甚远的情况下，他们却表现出对农村状况的比较真实的了解，这就意味着在1930年代的民国，农业、农村问题已成为知识阶层相当关注且对国民党当局始终无法扭转其衰败现状相当不满的重要话题。

不仅农业问题，国民党当局对苛捐杂税的随意征收也令国人深为不满。如果说城市市民可能对于农业农村问题的观感尚不那么强烈，那么苛捐杂税则令每一位国民都体会到了切肤之痛。《平西报》曾专门就此问题刊发社论予以抨击。该社论痛斥说："查吾国捐税之重。超乎世界各国。而花样之多。更非任何国家所能及也。吾民虑此极端酷暴苛捐杂税之下。早被剥削至体无完肤。敲诈至元气殆尽。不能生存矣。"[1] 对于生活于1930年代之国人来讲，虽然现实并不如意，但对美好生活的期待却从未熄灭。特别是1928年国民党建政后，民众对于"在标榜救国救民之国民政府的统治之下。可得减轻捐税。稍复元气"[2] 的希望与日俱增。然而，日益高涨的希望得到的却是"国民政府之一切措施。与人民原始所期望者。大相背逆……盖自南京政府获得政府以后。苛捐杂税。名目千殷。骈枝机关。花样百出。执征敛之役者。无不肥饱。骤变富翁"[3] 这一与期待背道而驰的局面。目睹此状，有识之士无不为国民党政权能否稳固担忧，该报作者亦于社论中警告"当局终未顾及苛政之扰民。犹百倍猛于虎也。民为邦本。本固邦宁。自古哲言。今人民之被扰。已鸡犬不宁。本已不固。邦将何宁。党国当局。如欲维持其统治权。惟有先免除税捐之一途。反是。则无异自掘坟墓也"[4]。然而，历史已经证明，民众的声音最终未能传入国民党当局的耳中。事实上我

---

[1] （社论）《国民政府统治与苛捐杂税》，《平西报》1932年4月19日。
[2] （社论）《国民政府统治与苛捐杂税》，《平西报》1932年4月19日。
[3] （社论）《国民政府统治与苛捐杂税》，《平西报》1932年4月19日。
[4] （社论）《国民政府统治与苛捐杂税》，《平西报》1932年4月19日。

们也据此认识到，当国民党人在为他们所谓的"黄金十年"而骄傲讴歌时，普通的民众在过着一种怎样的生活，而当背离群众、骄傲自大的国民党终因全面崩溃失去政权时，历史的天空也留下了"勿谓言之不预也"的训示。

在民族危亡之际，一般知识人士对国民党御外政策的不满更是表露无遗。其中尤令国人无法接受之处在于，在日本已经占据东北并逐渐进逼华北之时，国民党当局却仍醉心于"剿共"，而将迫在眉睫的民族危亡寄托于国联这一被视作"国际帝国主义强盗机关的使者"[①] 的组织。民众与国民党当局对待国联的不同态度事实上反映了他们在民族危机面前选择的不同路径。在深受"兄弟阋于墙外御其侮"感召的民众看来，中共当然不能与强敌日寇的入侵相提并论，特别是在中共尚且竭力宣扬抗日的情况下，执政的国民党却对这一问题避而不谈，其在宣传领域"棋输一着"的格局已成事实。而在现实层面，国民党对日寇的步步退让乃至将这一问题诉诸国联，于民众看来实与丧权辱国之卖国政府无异，因此，民众在此期的报刊上对国民党外交政策痛加批判也就毫不奇怪了。《平西报》就曾刊文分析说，匪患的增加实与国民党之不抗日有关，国民党本欲让民众知晓其不抗日是因"匪患"不清，但它不知全国"匪患"之所以不清，其根源恰在于不抗日：

> 自暴日入寇以来，民情愤激。政府之和平与无抵抗，渐引起民众自卫之心理。更有早抱野心，准备革命者，亦正好借此机会，大事鼓吹，以促革命之成功。于是政府遂抱宁与寇言妥协，而必大举剿匪之决心。夫匪共之得蔓延，乃利用政府不能满人民抗日要求之机会。政府今不能消灭此机会之本身，而欲消灭利用此机会之匪共。殊不知抗日者全国人民之要求。虽剿尽匪共，将必有继之而起者，欲以一掌掩盖天下目，势所不

---

① （社论）《反对国联调查团》，《平西报》1932年4月14日。

能也。①

可见，国民党的解释并没有得到民众的认可，不仅如此，该文甚至进一步挖掘其根源指出"帝国主义者目的在获得在华之权利。现政府希望在保持原有势力……前者供后者以金钱与武器，后者代前者压服在华之革命势力"②。基于对国民党当局这样的认知，国民党所做之任何举措在知识民众眼中就无不成为假惺惺之遮人耳目了。因此在评论当局召开所谓的国难会议时，《平西报》即毫不客气地指出：

> 国难会议未开以前。吾人已认此项会议不啻无补益于国是。且将为国民党政府所利用以欺骗民众。缓和其敌派之反对。更将由此会议而合法承认其"不抵抗"辱国丧权之行为。故所聘请之会员率皆为军阀。官僚。政客。买办。与统治阶级所豢养之名流学者。以此种人物而解决国难。实无异以国是为儿戏也。③

虽然《平西报》在创刊之始作出了不涉政治的企划，但中国社会向危亡边缘的快速滑落令办报诸人无法置身事外。在主动迎击抑或转向逃避的抉择中，平西报人选择了前者。笔者注意到，作为大学生创办的小报，《平西报》展现了青年人特有的气质：观点鲜明、话语直接，言谈中少有条条框框的束缚，勇往直前的文章风格得以凸显。青年人血气方刚的气质使其对于国民党卑躬屈膝的外交态度难以认可，因而文章风格大多尖锐犀利。

前文述及，燕大学生在各方面具备优越的条件，从学生的经济基础和教会大学的性质看，很难将这一群体与左翼、革命联系在一起，然而在《平西报》上，我们却看到了这难以想象的情形。《平

---

① （社论）《宁剿匪不抗日》，《平西报》1932年4月21日。
② （社论）《宁剿匪不抗日》，《平西报》1932年4月21日。
③ （社论）《国难会议所给予的教训》，《平西报》1932年4月17日。

西报》自创办至停刊，时间不足两年，然其文章风格却保持了比较鲜明的左翼色彩。例如在1932年5月5日的社论中，该报刊文纪念孙中山与马克思两位革命领袖。该文不仅将马克思与"国父"孙中山置于同等位置，而且对其革命功绩予以高度评价："马克思一生为无产阶级之利益奋争。曾亲身指导过一八四八之法国革命，又曾参加巴黎公社，组织共产主义同盟，创造了第一国际，终身刻苦的著作无产阶级革命之理论，指导无产阶级革命胜利之前途。"① 而在《纪念"五一"世界劳动节》的社论中，该报亦结合中国的现状发表了左翼色彩甚浓的言论："在中国和别国尚未获得自由的劳动者，今日亦要挣扎来纪念，罢工示威，统治阶级虽施以残酷的白色恐怖，他们决不畏惧，宁愿以鲜血与坐牢来争得罢工纪念的自由。因为他们已深知而且相信：'无产阶级所失去的不过是他们的锁链，得到的是全世界'。"② 除此之外，1932年3月6日刊登的《压迫与被压迫者》一文阐述了阶级斗争的重要作用，指出："在阶级斗争尖锐化的社会中，被压迫被剥削的劳动者，一定要挣扎，夺回他们的自由。但是压迫阶级一定要百般地阻挠高压，或施以白色的恐怖。所以，我们不必为此多心，亦不必设法避免这些冲突（因为避免是不可能的），只有让旧社会制度崩坏，新社会出现。到那时候，阶级自然就不存在了。"③ 凡此文章还有不少，对于我们来说，考察这些文章作者的背景是困难的，分析其写作动机同样困难，但是有一点可以确定，这些左翼文章的发表并没有对《平西报》的正常出版产生影响，甚至在1933年燕大学子围绕《平西报》展开论战时，其批判政府当局的言论和"从事于革命和复兴中国"④ 的标榜也在某种程度上得到了参与论战人士的默认。由此判断，左翼思想在此期燕大学子中的传播是广泛的，而同样广泛的，还有国民党当局的不得人心。

---

① （社论）《纪念二革命领袖》，《平西报》1932年5月5日。
② （社论）《纪念"五一"世界劳动节》，《平西报》1932年5月1日。
③ 诚：《压迫与被压迫者》，《平西报》1932年3月6日。
④ 马绍强、蒋阴恩：《〈平西报〉的解释》，《燕大周刊》第5卷第8期，1933年。

二　知识分子的思想世界:"大众化"运动与民众本位

大众化运动是 1930 年代由左翼人士在上海发起,进而扩展至全国的一次思想文化运动。与五四运动相似,大众化运动也蕴含着鲜明的时代特点。有学者认为,"如果说'五四'的时代主题是个性解放,发现的是被封建伦理链条束缚压抑的'个人'的意义;那么革命的三十年代在指向社会解放的时候,发现的就是遭受阶级压迫的'大众'或称'民众'"[①]。然而,面对这场以解放大众为目标的左翼运动,当今学界却存在着不同的认知。有学者"从实际效果"的角度看待大众化运动,得出了"左联的文艺大众化讨论,创作的大众化文艺作品,在当时的大众中既无影响,也没有留下富于艺术魅力、可供今日大众阅览的大众文学作品"[②] 的结论;有学者从对历史事件进行价值重估的视角出发,得出了"这是 20 世纪中国文艺的一次大面积持续迷失",并在历史上付出了"难以预料的代价——知识分子'主体性的丧失和精神合法存在性的丧失'"[③] 的悲观认知。当然,在学术问题是是非非的论争中,不同的观点是时常并存的,也有学者充分肯定了那一时代知识分子"无穷的远方,无数的人们,都和我有关"的使命意识与责任担当,并做出了大众化运动"改变了知识分子的精神视野,但并未改变他们文化精英的身份"[④] 的历史判断。面对近乎两极的观点论见,我们不必草率决定该如何"选边站队",相反,这一现状提示我们,究竟应该怎样看待和思考既已发生的历史事实?如果从历史结果的角度看待问题,出现上述近乎对立的见解便无比寻常,毕竟,在见仁见智的基础上,不同的研究主体都会基于自己的思想理路和学术认知对同一研究对象作出

---

① 马俊江:《二十世纪三十年代北平小报与故都革命文艺青年——以〈觉今日报·文艺地带〉为线索的历史考察》,北京大学博士学位论文,2009 年,第 22 页。
② 袁进:《左联文艺大众化的教训》,《社会科学论坛》2000 年第 8 期。
③ 李新宇:《迷失的代价——20 世纪中国文艺大众化运动再思考》,《文艺争鸣》2001 年第 1 期。
④ 马俊江:《二十世纪三十年代北平小报与故都革命文艺青年——以〈觉今日报·文艺地带〉为线索的历史考察》,北京大学博士学位论文,2009 年,第 24 页。

符合自己价值立场的评判。此外，历史研究的终极目标在于还原客观发生的历史真实——即便完全的历史真实是难以企及和判断的，但是在笔者看来，以历史结果为起点去追求历史真实，不仅不容易接近历史的真实，反而容易受困于过多的历史细节，从而在历史枝叶的遮蔽下忽视了对历史主干的搜寻。在这一认识的指引下，笔者认为，上述所举对大众化运动持消极态度的论见，并非无视客观事实的主观臆想，其学术价值亦必须予以充分的认可，但问题在于，他们所阐述的问题，恰是以历史结果为研究起点推导出的学术研究的产物，从某种意义上说，因为出发点的问题，他们的结论无法代表 1930 年代大众化运动的全貌，也不能被视为对大众化运动所作出的盖棺定论的评价。

既然以历史结果为研究视角如此的不利，那么运用何种方法才能更加趋近历史的客观公正呢？笔者以为，宏观的视野、大历史的眼光是我们考察历史事件必不可少的方法。具体到大众化运动研究来讲，应当从源头，也即大众化运动何以产生，特别是，何以在大众化运动产生后，能够迅速在全国流传开来，并得到知识人士的积极拥护而非消极、抗拒的反馈的角度来审视这一运动。

如果对大众化运动进行追本溯源的分析，可以看到，在这一运动的背后，始终有一条主线、一个鲜明的指导思想在引领着运动的进行，这就是救亡意识。换句话说，虽然大众化运动产生于文艺领域，但是，它从来就不仅仅是一个文艺运动、一种社会思潮，它的目标始终是团结社会大众以救亡图存，因此，从根本上说，大众化运动是一场政治运动，是一个以救亡图存为最终目标的革命运动。曹聚仁在谈及文学大众化论争时即指出：

> 我们在三十年后，回看这一历程，有着思想革命的痕迹，也有着社会革命、政治革命的痕迹；彼此之间，相互影响，而荟集在政治社会革命这一主要浪潮上。因此，新文学运动的纪

程碑，也和1927年国民革命的政治运动有了关联。①

从这个意义上说，在左翼人士眼中，大众化是实现救亡图存的必要条件，而在大众化运动中产生的文艺理念和文艺作品，则是这一必要条件在文学领域的具体尝试。

自1980年代以来，救亡与启蒙的关系变奏便成为学者们考察近现代中国历史的一把有效锁钥。这把锁钥之所以有效，根源在于它抓住了中国人最为关切的外患和最令人担心的内忧。在内忧外患的大背景下产生的大众化运动自然也内含着这两重特征，所不同的是，与整个近现代中国的历史更加突出救亡的主题相比，大众化运动则更侧重启蒙，当然，这里的启蒙也依然以救亡为目的。

在这场由左翼知识分子发起的"大众化"运动中，事实上暗含着两个向度的启蒙。首先，是知识分子改变自己的精神视野，主动学习大众、贴近大众和融入大众。毛泽东《在延安文艺座谈会上的讲话》所指出的"许多同志爱说'大众化'，但是什么叫做大众化呢？就是我们的文艺工作者的思想感情和工农兵大众的思想感情打成一片"②，即是对第一重向度的启蒙所做的科学注解。其次，是通过普及科学文化，提升普通大众（特别是社会底层大众）的文化知识水平，以实现一般大众的知识化。从这一意义上说，我们亦可将此期的启蒙概括为"一降一升"的过程，即对于原本文化差距悬殊的知识分子和社会大众来说，通过知识分子主动降低身位实现大众化和社会大众学习文化知识实现知识化，来最终促成整个社会的文明化。

可见，不论是知识分子学习大众还是社会大众学习知识，这一转变的枢纽始终掌握在知识分子手中，这也就可以理解缘何大众化运动发端于左翼知识分子集聚的上海，而后便逐渐在全国各大城市

---

① 曹聚仁：《文坛五十年》，东方出版中心1997年版，第207页。
② 毛泽东：《在延安文艺座谈会上的讲话》，《毛泽东选集》（第三卷），人民出版社1991年版，第851页。

扩展开来。对于北平来讲，其在当时的城市地位决定了其只能以追随者的角色参与到这场运动中，但是，这并没有影响到包括青年学生在内的北平知识人士对大众化运动的热烈讨论和积极支持。在这场讨论中，小报又一次成为承载这一辩论的场域，左翼思想也因这一安身之所的存在而在故都扎根。

颇有意思的是，作为承载大众化讨论的北平小报，却在这一过程中成为被批判的对象，其之所以受到批判，是因为过于浓厚的知识分子气息导致脱离了大众的需求。署名月光的人士就撰文评价左翼色彩颇浓的《觉今日报·文艺地带》说：

> 这种"小报"也只有学生看着合适。她虽然不会说什么新名词，这很显然的说，"她"只能有一部分知识份子来注意，换句话说：就是"她"只抓住了知识份子。差不多抓住的都是一般青年学生，而没有实际上广大的抓住大众……我认为一个小报的命运，能否抓住大众是最要紧的一个问题。"她"所以不好销，就是因为不能抓住大众，说一句时髦话：就是"她"不大众化①。

笔者注意到，面对"月光"的批评，《觉今日报·文艺地带》的编者在同一版面刊发了回应。对于我们来说，二者孰对孰错并不重要，因为相比而言，更重要之处在于透过论辩的背后揣摩他们内心真实的思想动机。据此来看，虽然"月光"在文中讨论的是"报纸大众化"这一具体问题，但其真正关切的核心问题是知识分子对大众化运动的领导权。在这篇文章中，作者提醒说，"假若'她'真能得到一般青年的信仰，'她'真能担负起正确领导青年的任务，也还没有失去'她'存在的价值，不然的话这报纸的存在是不必要的"②。可见，在"月光"看来，小报存在的价值在于对青年的领

---

① 月光：《报纸的大众化问题》，《觉今日报·文艺地带》1934年11月2日。
② 月光：《报纸的大众化问题》，《觉今日报·文艺地带》1934年11月2日。

导，从这个意义上说，报纸的大众化便不是目的而成了手段。报纸之所以需要大众化，即是源于知识分子意图利用报刊这一载体实现"领导青年的任务"，从中也印证了我们的一个推断，即大众化运动中的知识分子，并非只能作出被批判、被改造的选择，作为社会上掌握文化知识的精英群体，知识分子主宰着大众化运动的进程和方向，尽管从客观效果看，左翼知识分子在思想领域对秉持其他思想流派的同行拿起了"手术刀"，但"操刀人"的角色又显示出大众化运动不仅没有削弱知识分子（至少是一部分知识分子）对思想运动的领导权，反而是以此为前提的。当然，面对"月光"提出的要求，《觉今日报·文艺地带》的编者自然难以接纳甚至无法认同，这也难怪在"月光"刊登文章的同一版面，《觉今日报·文艺地带》即以"编者"的名义发表了商榷性的驳文。但笔者注意到，这篇驳文的立论基础并不在于否定大众化，而恰恰在于在承认大众化的前提下，对具体操作层面的可行性做出回应。颇为吊诡的是，作为报纸大众化进程的具体操作人，该报编者尽管知道实现报纸的大众化并非一朝一夕之功，也坦率地表示"完全做到报纸的'大众化'，不专是报纸的问题，而是整个的社会问题"，却丝毫不敢否认大众化的意义，甚至表示希望就"这个问题，多多地发表意见，本报也可因此逐渐大众化"①。此种表态与其说是出于操作层面的考虑，不如说是基于政治风向的考量。从历史结果的角度看，大众化运动没有取得突出成就的事实无可讳言，甚至在初始阶段就出现了"概念泛化、主题模糊的局面"②，但它之所以能够一直存在，政治是一决定性因素。有学者指出，在大众化的环境下，"当时的知识分子，尤其是他们中间的左翼，首先联想到的不是对白话文否定之否定的语言问题而是对资本家否定之否定的政治问题"③，特别是在社会各界对

---

① 编者：《怎样使"报纸大众化"》，《觉今日报·文艺地带》1934年11月2日。
② 黄岭峻：《从大众语运动看30年代中国知识分子的主体意识》，《近代史研究》1994年第6期。
③ 黄岭峻：《从大众语运动看30年代中国知识分子的主体意识》，《近代史研究》1994年第6期。

唯物史观颇有好感而左翼人士又为之大力宣扬的1930年代，选择社会大众还是选择资产阶级已经成为判断一个人是先进还是落后、是革命还是守旧的重要标尺。有学者援引大众化运动期间的大众语运动分析认为："在唯物史观获得思想界，尤其是年轻人广泛认可的同时，也不可避免地出现了被套用、滥用的情况，以致走向它的反面。当时最易被接受的一种唯物史观的具体运用便是：用阶级分析方法将文言文视作封建社会的产物，将白话文看成资产阶级的工具，而迫切期待着一个否定之否定——无产阶级的新语文。"①

不论知识分子对其自身的大众化作何要求，真正的大众都是没有发言权的。在这场标榜"大众化"的运动中，真正的大众除了符号的意义外，并不享有"登基接受朝拜"的权力，相反，他们需要按照知识分子的期望提高文化水平、增进科学知识。因为在知识分子眼中，"中国大众的文化水准太低了，'大众'与'小众'之间的文化程度相着有天渊之别"②，而这样的大众怎么能成为知识分子学习的对象呢？因此我们看到，即便在大众化运动的进程中，知识分子也没有放弃"化大众"的使命和工作，这就使此期出现了"大众化"与"化大众"双轨并行的情形。对此，我们尽管可将大众化的过程理解为知识分子主动寻求的改变，但无可否认的是，"化大众"的存在又显示出这一改变的极不彻底，因为它丝毫没有影响知识人士对思想文化的占有权和解释权。不仅如此，在知识分子看来，"大众化"作为未来的前进方向并无问题，问题在于，在通往大众化的道路上，知识分子是否做好了充分的准备并认真估计了可能的困难？在《觉今日报·文艺地带》发起的讨论中，就有人士提醒说："如果要把'时事谈座'与'文艺地带'（或者别的报底副刊）做到真正'大众化'的地步，首先就得接受一个应声而来的销路减小这个暂时的损失，其次再去克复所有的进程中的困难"③，也有人看到了

---

① 黄岭峻：《从大众语运动看30年代中国知识分子的主体意识》，《近代史研究》1994年第6期。
② 编者：《怎样使"报纸大众化"》，《觉今日报·文艺地带》1934年11月2日。
③ 方景：《关于〈报纸大众化〉问题》，《觉今日报·文艺地带》1934年11月6日。

知识人士在社会中的弱势，表示说"我们一着手研究这问题就觉得有一极大困难就是一种黑暗势力的压迫"，关于何为黑暗势力，作者在文中并无明说，但在前文表示"由于过去中国报纸专是为少数有产阶级的消遣品，现在还保存着旧有格式，以致中国劳苦大众无法接受而且也不愿接受……由于一般小报专作麻醉的玩意，迎合低级兴趣，使劳苦大众陷于堕落颓废中"①。知识分子纵有改造世界的雄心壮志，但在复杂的社会现实面前，他们的能力是有限的，正如评价马克·布洛赫的那句经典话语——"武士弄墨，尚可附庸风雅，学者扛枪，只能归咎于命运的残酷"，知识分子想凭一己之力推动大众化运动取得实效实属困难，作为一个生活环境、思想境界与平民大众有所差距的阶层，设身处地为大众考虑只能是一句空谈。因此，这场在左翼思想影响下发起的大众化运动却未能接纳大众的真正参与，不得不说既吊诡又遗憾。

三　国民党系小报中的左翼潜流

左翼思想于1930年代的发达不仅使无党派背景的小报受到浸染，就连拥有国民党背景的小型报刊也同样无法"幸免"。于是，我们在此期国民党系报刊中便看到了令人惊奇的情形：如果说报纸的头版甚至二版、三版尚为"蒋委员长""中政会""党部""国联"等关键词所覆盖的话，那么当视线转向报纸的副刊时，其内容就犹如改天换地一般变成了革命、群众、普罗、资产阶级、大众化等话语的天下。话语符号的转向预示着不同办报群体之间不同的政治立场，也预示着马克思主义的话语体系已经事实"侵入"了国民党的意识形态阵地。

1. 《河北民报》与《觉今日报》的国民党背景考察

有迹象表明，在为数不多的北平小报中，《河北民报》《觉今日报》与国民党有着较为密切的联系。比如，社址位于北平前内司法

---

① 章群：《报纸大众化问题》（续），《觉今日报·文艺地带》1934年11月8日。

部街甲二十四号的《河北民报》,虽然存在的时间并不长①,但经济条件和政治地位却超出其他小报甚多。在《本报编辑部启事》中,该报表示"本社招聘各省重要都市本省一百三十二县市通讯员,每月终按投稿采登情形,酌给现酬"②。这则启事告诉我们,《河北民报》的经济条件是比较优越的,其扩展自身影响力的设想亦是基于报社的经济状况而定。此外,另一细节也告知我们《河北民报》家底的雄厚——基于对日本侵略东北三省的反抗,该报曾在较长时间内连续登载《本报启事》,表示"为实行对日经济绝交提倡抵制仇货不惜重资自六月一日起改用西洋报纸",这一因爱国而额外增加的开支并没有影响报社的正常运营,该报在同一《本报启事》中就表示了扩展业务的构想——"除原有京津专员之外复聘妥粤汉洛哈各地专员消息灵通内容充实欢迎各界直接订阅"③。除远较其他小报雄厚的经济实力令人不免猜想其受到的官方支持外,该报刊登的与国民党党部有关的讯息也在暗示人们该报在政治上与国民党当局的亲近。比如,该报刊登了河北省党部宣传科1933年3月24日发布的《河北省党部宣传科公函》,告知社会"给各县市党部《热察辽冀平津形势图》各十五份希各县市党部收到后除转发各区分党部外即将余数尽量发给当地各学校"④的信息。另外,该报还曾于一段时期内在广告栏连续登载《河北省党务整理委员会通告》和《宛平县党务整理委员会通告》。而在一篇《本报特别紧要声明》中,该报则明确表示说,"查本报天津分销处,业经委托天津县党部办理,数月于兹,并未另行再委托他人分销,如有在津假借本社名义招摇撞骗,收受报费情事者,本社概不负责"⑤。上述线索均暗示我们《河北民报》与华北各市县国民党党部间的密切关系,"虽难说该报是国民党

---

① 《河北民报》1932年2月1日—1933年7月23日。
② 《本报编辑部启事》,《河北民报》1932年4月16日起连载刊登。
③ 《本报启事》,《河北民报》1932年6月1日起连载刊登。
④ 《河北省党部宣传科公函》,《河北民报》1933年3月27日。
⑤ 《本报特别紧要声明》,《河北民报》1932年10月11日。

北平市党部的机关报，但二者之间有着千丝万缕的联系也该是事实"①。

相比于犹抱琵琶半遮面的《河北民报》，判断《觉今日报》的国民党背景则要容易很多。根据李楠和马俊江的研究成果，《觉今日报》社长为许效然（一说为许孝炎——笔者注），编辑是邓友德。许孝炎，1923年在北京大学英文系读书时即加入国民党，曾任国民党中宣部副部长，1930年代任职于北平市党部，国民党CC系在华北的重要人物，中国建设协会北平分会副评议长（评议长为蒋梦麟），主编过平津地区重要的民族主义刊物《平明杂志》；邓友德，1930年毕业于复旦大学新闻系，曾供职国民党中宣部，抗战后做过国民党新闻局副局长。② 一份报刊的社长和总编辑均有国民党官方背景，这样的报刊也自然可以被定义为国民党宣传的喉舌。正因如此，《觉今日报》也得到了国民党所办其他期刊的称赞。《汗血周刊》即在一篇探讨平津新闻报刊的文章中评价说，《觉今日报》"是一个很近于理想的小报"，并称赞其下栏目"时事谈座"，"内容包括国际政治之评述，名人小传，国民修养，极为完善"③。然而，不论是疑似国民党北平市党部机关报的《河北民报》还是"很近于理想"的《觉今日报》，却又都在不自觉中充当了左翼思想与左翼文学的传声筒，而对于这一三民主义治下的"世外桃源"，我们的研究自然是不可以缺场的。

2. 国民党系小报中的左翼思想表达

任何一种思想的表达无不需要一定的载体，我们在惊奇国民党办小报流露出的左翼思想的同时，也注意到了文学在这一思想表达中的载体作用。当然，对于1930年代的文学来讲，革命文学的提出本就意味着革命思潮作用于文学的结果，而此后，受到革命浸染的

---

① 马俊江：《二十世纪三十年代北平小报与故都革命文艺青年——以〈觉今日报·文艺地带〉为线索的历史考察》，北京大学博士学位论文，2009年，第41页。
② 马俊江：《二十世纪三十年代北平小报与故都革命文艺青年——以〈觉今日报·文艺地带〉为线索的历史考察》，北京大学博士学位论文，2009年，第42—43页。
③ 金慕农：《平津新闻纸副刊巡礼》，《汗血月刊》第5卷第4期，1935年。

文学与文学家便成为左翼思想的开路先锋，并在其未曾影响的处女地展开了耕耘。

当今学界赋予 1930 年代受左翼思想影响的文学流派以普罗文学、新兴文学和新写实主义文学的称谓。虽然这三种文学样式在形式上并不完全一致，但本质是相通的，即在批判资本主义的过程中发现社会大众的价值，并在歌颂劳动群众的氛围中阐明变革社会的决心。对于 1930 年代的中国来说，"资本主义"可谓"当红一时"却又臭名远扬的词语。早在 1930 年就有人指出："自从共产党宣传以来……一听到'资本主义'四字，好像听到'混账王八蛋'一样。"① 在《河北民报》和《觉今日报》等国民党办小报中，此种情况依然明显。有人批评彼时的文学家在文学创作中只顾趋炎附势资产阶级，却对平民大众缺少关心，指出："从前所谓一般文学家，简直说不出他们的使命来，他们除开附随贵族资产阶级以外，其余的一切都不是他们应有的天职。自己就不知道文学是什么东西，竟然把文学当作了贵族资产阶级的消遣散忧的奢侈品……他们认为一般平民阶级不够有文学上之资格……如果替一般平民作了文章，简直是玷污了他们的尊笔"②；有人赋予了文艺"警告有钱有势的最高阶级；使他们醒悟自己是站在罪恶的宫殿，从速回头抛弃已往那些非人道的行为；走向真理的，光明的道去"的任务，其动因亦在于"有钱有势的最高阶级"阻碍了"平等，协调，普乐的新世界"③ 的实现。在革命文学家笔下，对资产阶级的反对并不仅仅是为跟从国际潮流而做出的应景表态，事实上他们反对资本主义，也就是反对资本主义在中国的代言人——国民党政府。因此就出现了殊为奇怪的场景，在国民党办的小报上几乎找不到三民主义文学和国民党文艺的阵地，而革命的、抨击当局的言论却屡见不鲜。虽然有时人认为其因之一在于"许多有声望，有天才的作家都不愿屈尊，向他寄

---

① 林民：《资本主义社会的研究》，《新生命》第 12 期，1930 年。
② 森香：《文学家的使命》，《河北民报·贡献周刊》1933 年 1 月 22 日。
③ 海涛：《文艺与副刊》，《河北民报·曙光》1932 年 5 月 13 日。

稿，又加以小报文艺栏，有的太滥调，甚至肉麻"①，但是，这一理由并不能解释为何革命的声音愿意"屈尊"到国民党的小报上占领阵地、影响读者，抑或许历史虚无主义者会说，此举恰体现了国民党的公开、透明，但从文章中表达的国民党对左联文人的残暴杀害、对进步人士的无端迫害看，这些革命的声音绝不是无中生有、以假充真。因此，在国民党小报上出现反对国民党的声音，只能将这一悖论解释为国民党统治的不得人心。正如有人士在《高尔基与中国死难作家》一文中写道，"在这里，我们要回想到一九三一年中国青年作家李伟森，胡也频，冯铿，岭梅，殷夫，柔石诸作家被杀的那回事上去了。当时中国的报章，什么'红军'，什么'领袖'，大书特书，卖过多少力气？中国的所谓作家之群，有谁放了一声屁？虽然有几个本着正义的刊物，也为中国文坛的不幸喊过不平，叹过气，但结果，还是屈服在统治者的手里"，作者认为，几位作家的死与统治者的残暴直接相关，而作为有良知的群众，对于此事是不可以无动于衷的——"试想，这不是我们大众的耻辱么？一个为我们呼喊不平的战士，他为着我们而死去，为着替中国文坛上造成一种'力的文学'而死去，这是我们的不幸，文坛的损失，我们应当用出俄国青年拥护高尔基的力量，本着正义，去责问统治者，为死者叫冤。为不正当的取缔文艺政策加以反攻，这是每个文学青年的职任，我们应当大家担当起来的"②。当然，为国民党辩护的声音也是有的，比如在《革命的辩护》一诗中，作者就写道："日本的暴行，固然玷污了党的名誉，朋友但请你不要怀疑到三民主义；那主义确能救世上的弱小民族……倭奴的暴行固然玷污了党的名誉，朋友但请你不要怀疑是党出卖的；革命的集团确能把帝国主义摧残，东北沦陷的缘因是因浪漫的官员不守纪律"③，虽然这些辩护有些牵强附会、不着边际，特别是将东北的沦陷归因于浪漫的官员不守纪律这种啼

---

① 海涛：《文艺与副刊》，《河北民报·曙光》1932年5月13日。
② 噫人：《高尔基与中国死难作家》，《河北民报·洪流》1932年3月1日。
③ 狂飙：《革命的辩护》，《河北民报·疾呼》1932年2月16日。

笑皆非的缘由，但如果通读全诗就会发现，作者的初衷其实并非辩护，从某种意义上说，甚至是对国民党的讨伐和控诉：

> （十二）提起那上级的人们更是可气，整天住在高楼中抱着情人密语，都说革命成功了享幸福我们应当，没半个人见把总理遗下的担儿担起。
>
> （十三）为保护自身利益任意曲解主义，为扩张自己的地盘不守铁的纪律；为维持个人的统治不惜把党牺牲，他们把国家和人民已经弃如弊履。
>
> （十四）他们把打倒帝国主义改作投降帝国主义，把万恶的贪污土劣拉到了党里；不取消苛税杂捐反强制债券使行，从殖民地地位步上了亡国的路子。
>
> （十五）他们不但不服从民意反而强奸民意，不但不信仰主义反讨厌主义；自己成了大地主不再提平均地权。自己成了资本家不愿把资本节制。
>
> （十六）党成了他们的护身符，如果你指责他他就说你是反革命的；贪污土劣成了他们的进宝官，如果你反抗便指你为过激。
>
> （十七）民众只有缴纳捐税的义务，民众只有镇静待死的权利；民众绝不许有组织绝不许多言，民众只能看着自己的家乡沉沦海底。
>
> ……①

这样激烈的言论即便放在一般报刊上也十分显眼，更何况出自国民党办的小报。如果我们往深处挖掘便会注意到，彼时民众对国民党的不满体现在诸多方面，而"四一二"清党造成的社会死气沉沉、消极堕落亦是其中重要的一面。小说家、中山大学教授许傑就在《河北民报》哀叹说："统治阶级的压迫，文坛上充满了灰色及

---

① 狂飙：《革命的辩护》，《河北民报·疾呼》1932 年 2 月 16 日。

无生气的现象。"① 有识之士面对达官显贵的灯红酒绿、醉生梦死，普通百姓的得过且过、无欲无求，青年学子的前途渺茫、不知上进等自然心急如焚，加之外患迫切、内忧繁多，种种因素交织一起，自然会产生颇具批判色彩的激烈言辞，形成外生型的左翼空气，从而为革命话语的铺开造就温床。同样的例证还体现在《河北民报·妇女周刊》的发刊词中。该发刊词就向妇女界呼吁说："我们所需要的是动，是力，是热情，我们要重振起北伐时南方数省妇女参加革命工作参加军队的那种英勇精神"，而其意旨亦在克服消极怠惰的社会氛围，从而"把消沉的妇女唤上征途"②。从这个层面看，有识之士对于如何消除社会的麻木不仁已形成初步共识，而革命的手段即是他们找寻到的改变社会的关键一招。因此有人呼吁说："现在的环境，就是革命的环境。因为受了几千年破产的宣告，不但物质上的财产，还没有恢复，就是精神上的财产，也全押在贵族资产阶级当铺里去了，所以我们很希望现在文学家要鼓吹文学解放，要到平民里去探访文学……换句话说，就是造成革命的文学家。"③ 革命的文学家自然要写出革命的文学，而革命的文学，在他们看来，不仅要把贵族资产阶级社会里存在的"人生的痛苦，社会的罪恶，以及那十八层地狱里一般平民黑暗的，凄惨的状态，赤裸裸的暴露出来"，而且更应该毫不吝啬地抒发"新社会的园圃，是极美的，极光明的，极安舒的，是将来社会废墟上良美的建筑物"④。众所周知，近代中国的左翼思想深受马列主义影响，因而服膺于其的进步人士亦懂得用马列主义来分析问题。有人士以此论证了普罗文学展开的必然性，指出"近年来吹卷全世界的经济恐惶，使生产过剩，工人失业，工厂农村陷于普遍贫乏化的状态，使大时代反映了变动的阴影，力的文学产生，也是必然性的，这就可以曲折的说明，一般作家把写作

---

① 编者辑：《代表作家对于中国文坛的感想》，《河北民报·洪流》1932 年 3 月 8 日。
② 编者：《发刊词》，《河北民报·妇女周刊》1932 年 3 月 5 日。
③ 森香：《文学家的使命》，《河北民报·贡献周刊》1933 年 1 月 22 日。
④ 森香：《文学家的使命》，《河北民报·贡献周刊》1933 年 1 月 22 日。

的题材集中于普罗,并没有一点牵强的意思"①。

然而,普罗文学、革命文学等之所以能够展开,从社会大众的层面看,其拯救社会弊病的方法论意义其实重于单纯革命意识形态的宣扬。上文曾提及,此期的左翼思想扩展具有外生性特点,所谓外生性,是指左翼革命思想的产生并非社会发展进化的自然产物,它之所以在1930年代集中出现,主要是因为外部因素的刺激,而外部因素的刺激又使得整个社会的思想基因发生了变异。特别是五四运动后,帝国主义入侵使以爱国主义为表现形式的民族主义在中国兴起,从而形成了对外谋求独立、对内渴望富强两个维度的民族主义解释架构。然而不论是对外还是对内,民族主义的最终指向无不归于对"怎样做"这一方法论问题的解答。当然,具体的历史过程并非如"问—答"般简单,对于中国社会的"立新"而言,"破旧"不仅必要,而且应当早于"立新",因此有学者指出,"现代中国的爱国主义和民族主义有一个鲜明的特点,就是其激烈的批判性"②。批判意味着破旧,不论是全盘西化理论、中体西用理论还是马克思主义,都是秉持民族主义这一根本内核的中国人找寻到的用来改造中国社会的"武器"。虽然这些"武器"有的与民族主义不容,有的甚至向民族主义"开火",但是对于掌握这些"武器"的中国精英人士来说,他们即便"在理智层面上不是一个民族主义者,但在存在层面上却不能不是一个民族主义者"③。在民族主义目标的指引下,马克思主义作为改造社会的有力武器进入国人视野。从理论内核看,以高举民族内部认同、民族之间认异旗帜的民族主义与以工人无祖国为标榜的马克思主义不同,但是两种理论从目的理性方面找到了"牵手"的可能。一般而言,民族主义是一种具有普遍意义的意识形态,意识形态上的普遍性决定了民族主义具有相对宽阔的

---

① 噎人:《高尔基与中国死难作家》,《河北民报·洪流》1932年3月1日。
② 张汝伦:《现代中国思想研究》,世纪出版集团、上海人民出版社2014年版,第326页。
③ 张汝伦:《现代中国思想研究》,世纪出版集团、上海人民出版社2014年版,第326页。

理论边界，因此，除了具体目标不同外，民族主义在其他方面能够接纳自由主义、社会主义和其他思想理论。换言之，对于中国的实情来说，只要一种理论是以救国图强的目的引入中国的，它就能够得到民族主义的接纳，而以马克思主义为核心的左翼思想能够在中国发展，正是基于民族主义的这一特点。那么，马克思主义本身是否具备与民族主义共存的条件呢？有学者认为，"马克思主义作为现代思想体系，同样具有现代性思想的两大基本特征：普适性诉求和目的论历史观"①，这两个特征的具备意味着马克思主义与民族主义之间的"牵手"障碍已不存在。马克思主义的普适性诉求是建立在资本主义全球扩张的历史事实基础上的，资本主义在全球的扩张使世界第一次成为一个统一整体。然而到了帝国主义阶段，"资本主义已由反封建主义斗争中的民族解放者，变为各民族的最大压迫者"，因此列宁指出，"要么过渡到社会主义，要么一连几年、甚至几十年地经受'大'国之间为勉强维持资本主义（以殖民地、垄断、特权和各种各样的民族压迫作为手段）而进行的武装斗争"②。彼时中国的状况无疑符合列宁的论断，因此，中国需要经历以建立社会主义为目标的、反对帝国主义侵略的民族革命斗争。而为了达到既建立民族国家又不违背马克思关于工人无祖国的论断，中国的马克思主义者结合本国实际进行了重新解释。陈独秀指出，"马克斯的'工人无祖国'这句话有三个意义：一是说还没有一个国家是保护工人的祖国；二是说全世界工人阶级应该不分国界的联合起来；三是说各国工人不应该在'爱祖国'的名义之下为本国政府侵略别国，为本国资本家格外多做点牛马；并不是对强权的帝国主义者讲什么无祖国，讲什么打破国界的大同主义"③。陈独秀解释的重点在第三点，意指对帝国主义国家仍然要讲祖国，也即要讲民族主义。在陈独秀的重新诠释下，民族主义与马克思主义之间就不再是民族国家和工

---

① 张汝伦：《现代中国思想研究》，世纪出版集团、上海人民出版社2014年版，第308页。
② 《列宁选集》（第二卷），人民出版社2012年版，第512—513页。
③ 陈独秀：《寸铁：究竟是谁无祖国？》，《向导周报》第187期，1927年。

人无祖国的区别，而转化成为实现社会主义的短期目标与长远目标、现实使命与前进方向的大同小异了。至此，左翼思想作为民族主义选定的方法论进入中国社会。由于救亡主题的命定，不论是国民党还是其他政治力量均无法置身事外，因为对于国家救亡的态度如何，已经成为评判一个政党合法性与否的重要依据了，在这样的情况下，谁抓住了左翼的旗帜，谁就占据了道义的高地，对于在国民党报刊上登载左翼文章来说，这既是左翼洪流在中国社会浩荡前进的铁证，也是国民党不得不屈身追求道义合法性的无奈之举。

四 北平小报中的马克思主义话语

在"十月革命一声炮响，给我们送来了马克思列宁主义"① 后，马克思主义在中国的传播也进入了新的阶段。特别是1930年代可以说是马克思主义在中国传播的一个重要时期。这一时期，北平小报基于"灌输国民以政治常识"和"启迪诱导民众"的责任担当，对马克思主义也颇为关注，甚至在一定意义上成为传播马克思主义的重要平台。纵览这一时期北平小报刊载的与马克思主义有关的文章，其侧重点可以归结为以下几个方面。

第一，介绍马克思主义创始人的事迹和贡献。1932年5月5日，《平西报》刊发了一篇题为《纪念革命二领袖》的社论。这篇社论开篇便写道："五五为孙中山先生就任非常大总统之纪念日，又为马克思之诞辰。"就是说，这篇社论乃是专为纪念于1921年5月5日就任非常大总统的中国近代伟大的民主革命先行者孙中山和于1818年5月5日出生的马克思主义创始人马克思这一中一西两位革命领袖而作。以社论的名义而非署名作者文章的形式纪念孙中山和马克思，本身就表明了这家北平小报的基本立场和态度，因为社论作为报纸最为重要的新闻评论，传达的是编辑部的声音，且具有郑重、严肃的文体风格和特征。关于马克思的事迹和贡献，社论以简明扼要的语言作了描述："马克思一生为无产阶（级）之利益斗争。曾

---

① 《毛泽东选集》（第四卷），人民出版社1991年版，第1471页。

亲身指导过一八四八之法国革命,又曾参加巴黎公社,组织共产主义同盟,创造了第一国际,终身刻苦的(地)著作无产阶级革命之理论,指导无产阶级革命之前途。"① 这番话虽然文字不多,但是对马克思的阶级立场、理论建树和革命实践却无不言及,显示出了高超的语言概括和表达能力。尤其应当指出的是,如果说上述关于马克思事迹和贡献的介绍尚属客观而并未带有明显的情感色彩,那么随后鉴于当时的世界形势而对马克思主义指导下的无产阶级革命的前途所作的展望,则无疑就具有显而易见的积极情绪和乐观倾向了——社论指出:"世界无产阶级革命,自俄国革命成功,已完成其一部,今者,各帝国主义国家因失业问题之扩大,无产级阶(当为无产阶级——引者注)革命之成功,益有可能性。"这里明确断言无产阶级革命取得成功"益有可能性",这样的判断如果不是因为对马克思主义抱有坚定的信心,是绝不可能得出来的,也正是源于这种信心,社论才进而鼓励马克思的"信徒","本其精神,奋斗到底"②。无独有偶,在同一期的《平西报》上,还刊登了燕京大学国际问题研究会为纪念马克思诞辰而发表的消息,内称:"今日为科学社会主义创造家马克斯之诞辰纪念","马氏终生为无产阶级奋斗,为群众谋幸福","以兹纪念"③。其"尊马""扬马"的立场和态度十分鲜明。

第二,阐释马克思主义的重要概念和范畴。开辟专栏对新思潮、新知识、新概念等进行言简意赅、通俗易懂的介绍,是这一时期北平小报比较通行的做法。马克思主义学说的一些重要概念和范畴也是此类专栏关注和阐释的内容选项。比如在《觉今日报》所设"现代知识"专栏,就有对"观念形态""普罗列塔尼亚"等概念的简述。关于"观念形态",该报阐释说:"观念形态,是新兴社会科学书籍里面习见的名辞。照唯物史观来说,社会的经济构造是现实的

---

① (社论)《纪念革命二领袖》,《平西报》1932 年 5 月 5 日。
② (社论)《纪念革命二领袖》,《平西报》1932 年 5 月 5 日。
③ 《国际问题研究会纪念马克斯诞辰》,《平西报》1932 年 5 月 5 日。

基础，而法制上，政治上，宗教上，艺术上，教育上以及哲学上——简单地说，就是观念上——的各种形态（亦即所谓观念形态）都是建立在这个基础上的上层建筑。""物质生活资料的生产方法（即经济构造）决定社会的，政治的及精神的生活过程（即上层构造）。科学的社会主义者马克思在其所著政治经济学批判序文上所说：'因为经济的基础发生变动，所以巨大的上层建筑全体，也徐徐地或急速地发生变革'。这里面的涵义，很值得我们的思索。"① 虽然文字不多，却把马克思主义学说中的重要概念——"观念形态"亦即意识形态的内涵、地位及其与经济基础的关系作了较为清晰和基本正确的阐述。关于"普罗列塔尼亚"，该报阐释说："普罗列塔尼亚是英文 Proletariat 一字的音译，翻译成中文，就是无产阶级的意思。""一切劳动者，佃户，低级薪俸者等等，都可以说是无产阶级。但依据马克思的文献，无产阶级和劳动阶级是混为一谈的，他们所谓无产阶级，就是指着劳动阶级。"② 该报的阐释还认为马克思把无产阶级和劳动阶级不加区别地混为一谈，因而"马克思这种解释，是有缺憾的"，这反映了该篇文字作者马克思主义理论素养的相对欠缺和这种欠缺导致的盲人摸象般的以偏概全。事实上，在马克思的著作当中，无产阶级和劳动阶级（即工人阶级）等概念的使用是别具匠心的，具体说来，当为了强调他们所处的受剥削、受压迫的地位时，往往使用无产阶级一词，而为了强调他们才是社会财富的创造者和未来新社会的建立者时，则更多地使用劳动阶级的字眼。尽管如此，《觉今日报》"现代知识"专栏对马克思主义学说重要概念的知识普及和传播之功，还是应当给予充分肯定。《大路报》在"知识树"栏目第 171 号上刊发的署名隐的作者撰写的题为《正告盲目的唯物论者》的文章中，对马克思主义辩证唯物论的物质与意识这对范畴作了拨云见日、正本清源的阐述。该文对那些自认为"马克斯主义的信徒"和"唯物论者"之人"把人世一切关系，解释为

---

① 《观念形态》，《觉今日报》1935 年 7 月 30 日。
② 《普罗列塔尼亚》，《觉今日报》1935 年 9 月 17 日。

'物的关系'，甚或说是'经济的联系'"、视"物质的利害关系"为"解释一切人世关系的法宝"的论调提出质疑和批判，指出"这种'折烂污的唯物论者'"的简单化、绝对化理解，在误人误己的同时也使马克思无端蒙冤，因为马克思"虽然说'物质决定了意识'，但他并没有抹杀了'意识形态'，和人们的'精神生活'，不但如此，而且他还认为在物质关系规定了意识形态之后，在某种情形下，这'意识'的活动，要掩盖了'物质关系'的重要性"，其言下之意就是说，人们的意识活动对于物质具有能动作用。应当说，这篇小文的具体表述虽然并非尽善尽美，但是其对马克思主义辩证唯物论之物质与意识这对范畴关系学说的把握和阐述，还是比较契合马克思主义经典作家的基本观点和看法的，对于澄清人们头脑中的错误认识，显然具有积极的作用。

第三，引用马克思主义的经典论断。在1930年代北平小报的马克思主义传播中，还有一种情况值得关注，这就是在分析问题、阐明道理时引用马克思主义的经典论断以增强其说服力。此种做法较为常见，在效果上也可谓一举两得——既达到了自己的目的，同时也在客观上实现了马克思主义的传播。比如前文曾提及，1932年五一节那天，《平西报》刊发了题为《纪念"五一"世界劳动节》的社论，其中讲道："在中国和别国尚未获得自由的劳动者，今日亦要挣扎来纪念，罢工示威，统治阶级虽施以残酷的白色恐怖，他们决不畏惧，宁愿以鲜血与坐牢来争得罢工纪念的自由。因为他们已深知而且相信：'无产阶级所失去的不过是他们的锁链，得到的是全世界。'"①社论又称："全世界的劳动者，已经深知'工人的解放是工人阶级自己的任务'，所以他们毫无犹疑地集中在无产阶级政党之下，走上了革命解放的道途。"② 前面一段文字中的"无产阶级所失去的不过是他们的锁链，得到的是全世界"，是马克思恩格斯在《共

---

① （社论）《纪念"五一"世界劳动节》，《平西报》1932年5月1日。按：这句话现在通行的翻译是"无产者在这个革命中失去的只是锁链。他们获得的将是整个世界"。参见《马克思恩格斯选集》（第一卷），人民出版社2012年版，第435页。

② （社论）《纪念"五一"世界劳动节》，《平西报》1932年5月1日。

产党宣言》这部经典著作中提出的一个精辟论断；后面一段文字中的"工人的解放是工人阶级自己的任务"，最初是由马克思于1864年在为国际工人协会起草的纲领性文件《国际工人协会共同章程》中提出，当时的表述是"工人阶级的解放应该由工人阶级自己去争取"①，后来，恩格斯在《〈共产党宣言〉1888年英文版序言》中表述为"工人阶级的解放应当是工人阶级自己的事情"②。社论对于马克思主义经典作家精辟论断的这样的一种引用，一方面生动地体现了作者良好的马克思主义理论修养，同时也起到了传播马克思主义的积极作用。

第四，阐发马克思主义的基本原理。这一时期的北平小报虽然不似一些期刊那样连篇累牍地刊发对马克思主义学说进行深入探讨和系统阐发的文章——这也是小报本身的性质和特点所决定的，但是通过发表一些短小精悍、通俗易懂的稿件，对马克思主义的基本原理作常识性普及，从而实现马克思主义的大众化传播，却也是它们相对于期刊所独具的优势。彼时的北平小报上，阐发马克思主义阶级斗争学说、科学社会主义理论、唯物辩证法观点等的文章是经常可以见到的。比如《平西报》所载署名诚的作者所撰《压迫与被压迫者》一文即阐述了阶级斗争学说。该文开篇即指出："假如我们不是闭着眼睛说瞎话，也不是背着良心来说话，我们一定要承认今日社会中阶级制度的存在，与阶级斗争的尖锐化。"在作者看来，"各地日出不穷的劳资纠纷，劳动者阶级势力的膨胀，资本家和雇主对工人压迫与剥削的日厉，都随着人类历史演进而日益严重了"。而"在阶级斗争尖锐化的社会中，被压迫被剥削的劳动者""一定要挣扎，夺回他们的自由"。不过，对于劳动者阶级的反抗，"压迫阶级一定要百般地阻挠高压，或施以白色的恐怖"。面对这种情况怎么办？作者认为，劳动者阶级"不必为此多心，亦不必设法避免这些冲突（因为避免是不可能的）"，只能怀着必胜的信心勇往直前，

---

① 《马克思恩格斯选集》（第三卷），人民出版社2012年版，第171页。
② 《马克思恩格斯选集》（第一卷），人民出版社2012年版，第385页。

去彻底战胜压迫阶级,从而"让旧社会制度崩坏,新社会出现"①。通过劳动者阶级反抗压迫阶级的阶级斗争,"旧的社会制度崩坏,创造了另一个新的社会",这个新社会消灭了阶级剥削和压迫,实现了人与人之间的平等和友爱,"到那时候,阶级自然就不存在了"②。该文以较为质朴的语言,阐发了无产阶级(劳动者阶级)与资产阶级的阶级斗争不可避免、无产阶级终将获得最后的胜利、没有阶级压迫和剥削的共产主义社会终将到来的马克思主义观点,宣传了马克思主义的阶级斗争学说。再如《东方快报》连载的署名铁心的作者所撰《唯物辩证法的读本论》一文,该文对唯物辩证法的地位和作用作了阐述,指出:"辩证法有唯心辩证法与唯物辩证法之别,而现在唯物辩证法,方兴未艾,才是一切学问教依之为高级的方法。无论你是研究社会科学的、文学的,乃至自然科学的都好,对于这都有了解的必要。"随后又强调:"方法论在研究学问上,是一个最重要的先决问题","假使我们用以研究某种现象底方法,根本上就不正确,那末对于这一问题,无论如何也不会得出一个正确的结论来的"③。作者将唯物辩证法视为"一切学问教依之为高级的方法",认为只有它才是正确的方法论武器,运用唯物辩证法来研究学问、观察社会才会"得出一个正确的结论来"。这一评价不可谓不高。作者发现,"唯其因为唯物辩证法,是如此的重要,所以现在一般青年,才满嘴'辩证法','唯物论'的喧嚷;辩证法的书籍在销路上,才造成了空前的记录"④。介绍唯物辩证法的书籍热销,这一现象固然令人欣喜,但是作者也注意到:"满嘴辩证法的青年,他却不懂何为辩证法,或是歪曲辩证法。"何以如此?作者一针见血地指出,"主要的原因,当然是由于市场上书店里所卖的唯物辩证法书籍,多是似是而非的东西",即是说,一些著者并未真正掌握唯物辩

---

① 诚:《压迫与被压迫者》,《平西报》1932年3月6日。
② 诚:《压迫与被压迫者》,《平西报》1932年3月6日。
③ 铁心:《唯物辩证法的读本论》(上),《东方快报》1934年2月17日。
④ 铁心:《唯物辩证法的读本论》(上),《东方快报》1934年2月17日。

证法的基本原理和精神实质,而仅仅因为它深受欢迎,就出于商业利益的考虑,东拼西抄、粗制滥造了一些读物,使马克思播下的龙种生出了跳蚤,而喜欢新思潮的青年人不具备鉴别能力,饥不择食之下就对这些假冒伪劣品信以为真,从而导致了种种伪辩证法的大行其道。有鉴于此,为了让读者读到真正的而不是似是而非的唯物辩证法读本,该文的作者经过认真甄别和筛选,郑重地向读者推荐了数种关于"唯物辩证物(法)的正确典型文献",具体就是"《辩证法唯物论教程》,《反杜林论》,《费尔巴哈论》,《自然辩证法》与《唯物论与经验批判论》"等①。特别是《辩证法唯物论教程》一书,作者在这篇连载文章的后半部分,对该书各部分的内容作了简明扼要的叙述,以帮助读者更好地学习和掌握马克思主义唯物辩证法的架构和要义。

第五,弘扬马克思主义的世界观和方法论。在这一时期北平小报的马克思主义传播中,还有一种情况值得关注,这就是在观察社会、分析问题时对马克思主义世界观和方法论的传承和弘扬。表面看来它虽然并没有刻意使用马克思主义的具体概念,也没有明确提及马克思主义的思想学说,但是在文章的字里行间却充溢着马克思主义的世界观和方法论,也就是说,马克思主义的世界观和方法论就像一根红线贯穿了全篇,成为灵魂和根脉一样的存在。这样的一种超越了语言表象的观察方式、认知方式、思维方式的传承和弘扬,不仅同样是马克思主义传播的有效形式,而且是其中更为高级的一种形式,因为它是以润物无声的方式实现了马克思主义科学理论的成功传播。比如《艺术的现阶段》这篇文章中写道:"提到艺术,一般'为艺术的艺术'的主张者,不能不摆起架子,打起腔调来说:'艺术是超阶级的,超时代的'吧?这是如何好听的漂亮的辞句哟!我肯定的答复一句:'不能,绝对不能!'历史上最伟大的作品,经过了几百年几千年的洗练,传到现在,仍被人们珍贵的看待着,这是告诉我们说:作者在他的时代中,是最能深刻的生活的,从他的

---

① 铁心:《唯物辩证法的读本论》(上),《东方快报》1934年2月17日。

生活中，渗透了他的智慧，使他放出了那能拨动几百年几千年以后的人们的心弦的音响。历史上最伟大的作家，没有一个是坐在象牙之塔里写作的，没有一个不是在广大的社会生活的影响下写作的，这样的例子，举不胜举，就拿歌德来说，没有他那时代的黑暗的因袭的制度，他会参加狂飙运动，作出奔放的热情的《浮士德》《少年维特之烦恼》么？""艺术是群众的呼声，原始共产社会时代的艺术，是出自天籁的大众的所有物，没有阶级。到了私有制度发生以后，社会成了有钱人支配的东西，艺术也成了有钱阶级的歌功颂德的专有品，大众的艺术这个名词，是不容易找到的。艺术到了现在，已经因着社会制度的急剧的转换，成为大众的东西了。它既不是照像机似的反映人生，也不是个人底郁忿的发泄，它是暴露人生，指导人生，组织人生，它和社会发生了以前未有的密切关系了，这些是'为艺术的艺术'的先生们所不能了解，所不愿了解的。"[①] 在这篇文章中，虽然通篇不见对马克思主义著作和论断的引用，但是从头到尾所呈现和反映的，无不是马克思主义的艺术源于生活、只有深入观察和体验生活才能够创作出不朽的艺术作品、艺术具有阶级性和时代性、大众的艺术是与私有制不共戴天的、真正的大众的艺术不是沉浸于个人情绪的宣泄而具有"暴露人生，指导人生，组织人生"的作用等真理性的认识，是对马克思主义世界观和方法论在文学艺术领域里的成功运用。

第三节　北平小报的左翼特征分析：与北平左联文章互为参照的考察

左翼文章在小报上的出现预示着左翼思想氛围的形成。当提及左翼文章和左翼文学时，我们不能不联想到在1930年代产生过重要影响的左翼作家联盟。由此，问题也随之而来，既然同属于左翼思

[①] 棹泛:《艺术的现阶段》,《北辰报》1935年1月30日。按：引文中的部分标点作了适当的调整处理。

想文化阵营,北平小报发表的左翼文章与北平左联的左翼文章有什么异同呢?这是本部分意欲探讨的问题。

一 左联文章透视

应当认识到,北平小报刊载的左翼文章与北平左联进行的左翼文学创作之间有着明显的区别。概言之,左联文章鲜明的政治色彩是北平小报刊载的左翼文章所不具备的。从左联的渊源看,作为在党的指导下建立起来的文艺组织,左联自诞生之日起就不是一个单纯的文艺机构,它是党的文艺政策的执行者和党在文艺战线的主力军,肩负着代表党在文艺战场与敌人作战、扩大"根据地"和影响力的使命。鉴于这样的目标定位,左联作家的文艺创作就必须在党的政策的指导下进行,如此就会出现两种情况:当党的政策符合革命的发展态势、把握住了中国革命的规律时,左联便能够创作出具有影响力的文艺作品;而当党内出现"左"倾错误时,党的文艺政策乃至文艺创作就会受到冲击和影响。值得注意的是,左联成立的1930年代初正是"立三路线"和王明"左"倾错误在党内盛行之时,"左"倾的政策氛围不可避免地传导到文艺领域,从而对此期的左翼文学造成一定的影响。此期北平左联刊发的一些文章就明显地烙印上了盲动主义的痕迹,而这类文章的发表不仅无法推动革命事业发展,反而在知识人群和读者中间引起了不解甚至反感,从而给革命事业造成了一定的损失。

就北平而言,中国左翼作家联盟北方部是左联在北平的领导机构,"负荷着中国无产阶级文化斗争"[①] 在北平的开展。当党内受到"立三路线"影响时,北平党组织和北平左联也不可能置身事外。因此这一时期,在"普罗文学"旗帜的号召下,北平的左翼期刊发表了多篇鼓吹暴动的文章,意图以自己认为正确的方式发起文艺领域的总动员。比如,《青年思潮》杂志创刊号发表了题为《火星爆发》的文章,在文中作者写道:

---

① 《中国左翼作家联盟北方部理论纲领》,《转换》第2期,1931年1月1日。

"火星",也因着时机的热化而爆发了!它积极的准备推着革命的高潮突飞猛进,更准备着做革命的先锋!这也许是过于夸大了,然而它的确是不肯落后的,它总得竭尽心力去参加这伟大的工作!因为"火星"是强热化!血化!受了极大的压迫而生出同样的"弹性化"!①

文中的"火星"指的是火星社,据文章介绍,火星社是"多数热血的青年,觉察革命的时机的成熟及危机的日益紧迫,再不能忍耐下去,于是就愤然一同负担起了革命的重担,而组织了火星社"②。这群以革命为志向的火星社青年创办了《青年思潮》杂志并发表了《火星爆发》的创刊文章。然而细读此文不难看出,语言上的夸张和匪夷所思是此文最明显的风格,特别是诸如"强热化"、"血化"以及"弹性化"等名词,在一般读者看来不免莫名其妙。事实上,这种"放狠话"的行文方式是这一时期左翼文学较为常用的语言表达,然而,它除让人匪夷所思和莫名其妙外,并不能起到争取民众、打击敌人的作用,相反,这种表达反而会疏远革命者与群众。特别是具体到该文来说,作者所高喊的"因为'火星'是强热化!血化!受了极大的压迫而生出同样的'弹性化'"的雄壮气势与谈及担任革命先锋"这也许是过于夸大了,然而它的确是不肯落后的"时的不坚定态度形成了鲜明对照。固然,这是青年革命者在政治上、思想上还不够成熟的表现,然而,这种"嘴巴上的革命"在群众看来,怎么会给予他们以同情和支持呢?而在敌人看来,又怎么会感到畏惧和惶惶不可终日呢?甚至,由于刻意追求感情的丰沛,此期的左翼文学在内容上日渐空洞无物,在行文上则走入了奇谈怪论盛行、废话连篇的境地。比如,署名螺旋的作者的文章《开展、动向和联系的中枢》即是这类文章的代表之一。文中写道:"南北极异质的电流冲荡,电解出时代的火花。火花,怒焰,而是现阶

---

① 《火星爆发》,《青年思潮》创刊号,1932年1月30日。
② 《火星爆发》,《青年思潮》创刊号,1932年1月30日。

段的狂烧","大众深深的合拢——这武器所必具的任务。我们不但要积极的把握,而还要加紧,加紧,第三个加紧","去你妈的,布尔乔亚,把科学放在电灯泡的炭丝里,把真理用'形而上'的脚踢到一边"①,等等。读罢此文,除了感知到作者对革命的崇拜和对黑暗的鞭挞外,再也无法得到更多有用的讯息,其原因就在于作者过于重视对革命热情的抒发,而忽视了对革命爆发必然性的理性分析。

普罗文学空洞、泛化的倾向自然招致了读者的不满。目睹此状,李保生发表了《致中国左联作家的一封公开信》。在信中他毫不客气地批评左联作家说:"我们的痛苦,却不曾被你们有过严格的注意;虽然坚强的企图反抗支配者的资本家的我们,毫不畏惧那黄色的走狗,眼线,而顽固的趋于终日的搏战中,但你们,说是走入我们的队伍里面,说是鼓舞大众到斗争线上去咆哮;却是偶然在机轮飞滚的骚音中,只听到你们送过来的'克服自己'呀,'锻炼自己'呀,的呐喊!可是中国目下是不是仅需要呐喊呢?这是任何努力新兴文化者所该否认的事吧!……然而不用说现在的中国普罗作品还没有产生,就是勉强产生出来,那或者也使我们笑到肚肠欲裂……左联作家也可以自己检讨一下,是不是你们离开无产阶级的劳动大众的实生活太远?"②甚至在此期的北平小报中,也有直言不讳批评普罗文学的声音:"普罗文艺的创作,本其'文艺为阶级斗争的武器'的理论,于是失去了文艺本身的真实性,而生硬的作成了一个创造的型模,就是所谓'公式与尾巴'了"③;"一些不满现状或虚骄夸大的青年……有时候也懒洋洋的唏嘘几句同情工人或洋车夫的话,有时也喊几声打倒某某,实在呢工人和洋车夫的苦状,他们并不知道是怎么一回子事"④。

本着尊重历史真实的态度,我们不能忽视左联文学出现的偏差和错误,但我们也要认识到,上文所举例证并不能代表这一时期左

---

① 螺旋:《开展、动向和联系的中枢》,《科学新闻》第1号,1933年6月24日。
② 李保生:《致中国左联作家的一封公开信》,《尖锐》第2期,1932年6月16日。
③ 凄迷:《一九三四年中国文艺之展望》,《北辰报·星海》1934年1月27日。
④ 矛矛:《我们需要什么样的文学》(续),《大路报·陶然亭》1937年3月13日。

翼文学的全部。如果我们抛开对正误二分法的纠缠而去尝试捕捉具有一般意义的特点，那么就会发现左联文学其实道出了这样一个事实：在左联作家笔下，文学是高度政治化的，是阶级斗争的有力武器。从这个意义上说，左翼文学是政治化的文学，是以批判资本主义、日本帝国主义和国民党反动派为现实目标的斗争文学。这一鲜明特点使得左联文学与小报上的左翼文学区别开来，也使其与其他文学形式区别开来。

二 北平小报左翼文章的特点

如果说左联文学对政治的强调是出于现实斗争的考量，那么小报刊登左翼文章的目的则与左联有着较明显的不同。前文述及，小报价格低廉、内容通俗的特点使其成为社会中下层民众乐于接纳的传媒方式，两者的结合构成了小报既要考虑经济利益以维持运营，又要迎合读者以扩大影响的办报原则。在这一原则的指引下，小报形成了多元综合、不主于一的刊载风格。因此对于左翼文学来说，其能够在小报上登载，一方面得益于1930年代以来中国社会迅速左转为左翼文学生长提供的思想土壤，另一方面也受益于当局对小报管制的松弛以及小报本身相对包容的办报特点。

在这一风格影响下的小报左翼文学，自然就与左联的普罗文学形成了鲜明的对比。而其中的一个突出表现就是小报上的左翼思想表达常常依托日常生活展开。比如，左翼作家耶菲在《大路报·知识树》上发表了《资本主义与婚姻问题》一文，揭示了资本主义的弊端之于婚姻生活的影响。耶菲在文章中指出，"资本主义的生产，他的动向在于资本无限的扩大，资本家为图自己的生存，非得勇猛的向这个动走不可的……然而资本家为图公积金的增加也好，为图募集公司债也好，为图添招股本也好，其基础工作是非榨取动劳阶级不可的，便是尽量剥削了动劳阶级，才能蓄积他们的资本"[①]。那么，资本家是如何榨取劳动阶级的呢？作者揭示道："资本家大抵测

---

① 耶菲：《资本主义与婚姻问题》，《大路报·知识树》1936年9月8日。

定动劳阶级的最低生活费而定动劳阶级的工资，工资愈低，则资本蓄积的基础亦愈厚，而资本主义方可以维持于不敝。所以资本家一方面榨取，一方面还提倡节俭贮蓄，而按之实际动劳阶级是被资本家榨取得很难有贮蓄之余裕的……由于资本家替动劳阶级代行贮蓄的结果，对动劳阶级的生活上，自然会发生重大的影响了。这表现在各种的人的生活上，是普遍的贫乏，便是普遍的生活标准的降低和粗劣化。"① 在完成了必要的解释和铺垫后，作者指出，资本主义如此般的生产方式会对婚姻问题产生三重影响，即"女子过剩，迟婚和男女婚姻年龄的悬隔"②。如果说耶菲看到了资本主义生产方式对婚姻问题的影响，那么署名木也的作者则直接揭示了资本主义带来的离婚问题。他在《从社会经济上剖视离婚问题》一文中指出，"机器工业振动了资本主义，而资本主义的经济组织，以利润的扩大为其生产的动机，使其结果常是率利润而食人——以致工人们的一致的贫困化。这贫困化的结果，工人于结婚时，也无暇恋爱，有奶便是娘，男女相逢便结婚，因对于选择的不慎，便种下后日离婚的根源，此亦诱致离婚的增加，而使离婚成为问题"③。两位作者以其敏锐的眼光和独到的观察揭示了资本主义对男女双方婚姻选择造成的障碍和由此带来的离婚窘境，由于婚姻问题与每位社会成员息息相关，可以想象，这样的文章一经发表便会在读者中产生强烈反响。特别是，虽然这两篇文章是以日常生活为出发点的，然而作者却不讳言其思想倾向，即对资本主义的鲜明的批判态度。受其影响，凡是阅读此文的民众，自然也难以对资本主义抱有好感，甚至会加入批判资本主义的队伍中，成为左翼思想和社会主义的友军。可以说，将左翼思想表达寓于社会生活之中，是左翼人士想出的妙招，而它也成为左翼思想传播开来的有效助推器。

除此之外，这一时期，小报中的左翼文章还采用以马克思主义

---

① 耶菲：《资本主义与婚姻问题》，《大路报·知识树》1936年9月8日。
② 耶菲：《资本主义与婚姻问题》，《大路报·知识树》1936年9月8日。
③ 木也：《从社会经济上剖视离婚问题》，《大路报·知识树》1937年6月2日。

基本原理和立场方法分析具体问题的写作路径。比如，《北辰报·星海》刊登的《文学的倾向性》一文就体现了这一特点。文章作者围绕社会上对文学倾向性的错误认知发表观点说："现实主义的文学，表现大众被压迫着，由压迫中觉悟，于是乎起而反抗，结果得到了胜利等等，但也更其常表现有的大众在压迫之下灭亡，有的大众反抗而失败，有的大众觉悟而不会反抗等等，因为对于作家重要的不是专写一帆风顺的胜利，排除失败，灭亡，不反抗等等事象，而是依照事象之必然的发展而写，不忍略其达到某一事实的主要原因……发见而表现其事实上的原因，这是文学作者完成其作品的必须工作。因为'倾向性'的文学，是从历史的发展倾向底认识上出发而完全反映客观现实的。所以，这是无'倾向性'的文学。恩格斯对于'倾向性'曾说：'照我的意见，倾向性也者，并无需对那特别地加以指示，应该是从情势和事件自然流出的'。"① 从上述文字可知，作者对于文学的倾向性有着比较准确的理解，而这一理解则建立在作者对马克思主义（特别是对马克思主义文艺理论）所具备的细致把握的基础上。恩格斯曾指出，"作者的观点愈隐蔽，对艺术作品来说就愈好"②，这就意味着倾向性文学的核心恰恰是无倾向性，而作者显然读懂了恩格斯的所指。

不论小报上的左翼文章是将左翼思想寓于日常生活，还是用马克思主义的立场、观点、方法分析具体问题，都意味着左翼思想已成为北平小报当中不可缺少的内容。然而相比于左联将文学上升到政治高度的操作方式，小报则试图以平易近人的笔调扩展左翼思想的阵地，从这个意义上说，左联文学与小报文学的差异可以概括为上层路线与基层路线、革命斗争与思想启蒙的不同。笔者注意到，在小报中，左翼文章对于社会的批判语调始终处于"合理"的范围内，而其语言亦讲究隐晦和暗示。比如，《曦光报·荒原》曾刊登文

---

① 文英：《文学的倾向性》，《北辰报·星海》1935 年 1 月 30 日。
② ［德］恩格斯：《致玛·哈克奈斯》，《马克思恩格斯书信选集》，刘潇然等译，人民出版社 1962 年版，第 446 页。

章说:

> 这块园地,只是一片荒芜的原野……生不出美丽的花和鲜艳的草来,所生长的,除了枯木之外,便是一丛丛荆棘……不打算在这里建筑什么"艺术之宫",修盖什么"象牙之塔"……这里绝对没有"美",也没有"爱",实在不足以供老爷太太们茶余酒后的消遣和少爷小姐们谈情说爱的资料——这是预备给需要刺激的朋友看的。①

而《北辰报·星海》也曾表示"《星海》不是纯粹逗着人乐的,有时,它也得叫你难受"②。既然批判都是以婉转和暗示的方式进行,那么左联文学常见的对社会主义的公开赞颂以及对统治当局的无情挞伐则在北平小报上难寻其迹。但尽管如此,小报左翼文章的效果却未见得不如左联文学,因为在社会大众知识水平普遍不高,而生活又较困苦的情况下,唯有将进步思想与民众的生活实际交相结合,方可使群众转变思想直至逐渐接受,从而为革命实践的开展打下新的基础。

近代以来,没有任何一种报刊形式像小报一样引起知识人士和读者的集体"撕裂",毕竟,"被失意官僚利用以作造谣,被流氓利用以图敲诈"③是小报,而"用极浅显的文字,介绍世界大势、国内的情形,使老百姓们知道自身与世界和国家的关系"④是小报,"报道消息、贡献学术、介绍文艺"⑤也是小报。小报千面的风格映照出千面的社会,因而秉持不同思想、怀抱不同理念的人士都会在小报群体中找到属于自己的那份。也因为如此,概括小报的共性是困难的,然而对于存在于北平的小报来说,"当兹国事蜩螗,内忧外

---

① 岫石:《开场》,《曦光报·荒原》1932 年 2 月 15 日。
② 洁寸:《公开状致读者》,《北辰报·星海》1933 年 3 月 1 日。
③ 袁殊:《上海报纸之批评》,出自李锦华、李仲诚合编《新闻言论集》,广州:新启明印务公司1932年版,第351页。
④ 本报同人:《开场白》,《北平老百姓报》创刊号,1932 年 9 月 1 日。
⑤ 管翼贤:《心所欲言》,《实报半月刊》创刊号,1935 年 10 月。

患交迫之今日，忧从中来"①，民族危机的迫近拉近了小报群体的共识，而左翼思想也在民族危亡的愁云中酝酿。对于小报这一受众文化层级相对不高的报刊样式来说，左翼思想若得到读者的认同，就必须俯下身段、贴近实际，用读者生动易懂、百姓喜闻乐见的方式传播左翼的声音。事实上，这一要求对于左翼人士来说，不仅不那么轻松，反而挑战艰巨、难度甚高。但总的来看，此期小报的左翼文章依然比较合格地完成了这一使命，特别是，在左翼思想萌发的过程中，一批青年人开始崭露头角，以其思想向社会传达着年轻人的声音。在当时看来，这些声音可能是微弱的、不成熟的，然而在今天看来，它却构成了马克思主义大众化在小报领域的真正内核。

---

① 《发刊词》，《现代日报》创刊号，1932 年 11 月 11 日。

第三章
1930 年代北平青年的左翼行为呈现

在本书第二章我们看到，北平小报为世人呈献了一幅 1930 年代的左翼画卷，当然，我们也对这幅画做出了"品鉴"，然而对于一轴历史画卷来说，仅仅把握画面本身是不够的，因为在这幅画的背后，"作画人"的创作缘由、思想动机、意识形态考量以及意欲表达的意涵无不若隐若现地告诉我们，评鉴的工作其实远远没有结束。据此认识，我们对北平小报刊载的左翼文章，也不应吝啬地将目光仅仅投置于文章内容本身，需知在每一篇文章的背后，都有一个深刻、复杂的主客观环境的交锋过程，而唯有对其交锋中流露出的蛛丝马迹予以爬梳，我们才有可能重现左翼思想在 1930 年代北平社会真实的存在情形。

从目前掌握的信息看，彼时在北平各小报撰文的作者大多是就读于北平各大、中学校的学生，从这个意义上说，小报作者群的一个重要组成部分即是知识青年。事实上，青年人血气方刚的性情与嫉恶如仇的气质使他们不自觉成为接受和拥护左翼思想的最理想主体，而他们也的确没有"辜负"这一判断。金克木在《游学生涯》一书中就曾记述道："使青年 A 惊异的还是宿舍里的歌声。'起来！饥寒交迫的奴隶！''旧世界打它个落花流水！奴隶们！起来！起来！'这是零零碎碎的《国际歌》，当时是犯忌的。'走上前去啊！曙光在前，同志们奋斗！'这是《少年国际歌》或《少年先锋队歌》，当时也是犯忌的。"① 而当时的任课老师不仅了解学生思想的转变，甚至对这一转变作出了有意的迎合。据金克木描述，"教师上堂，带来一叠油印讲义发给学生。他也得了一份；一看题目和作者，呆了。《普罗文学之文献》。作者署名'知白'……显然是这位教师听说学生中革命的居多，所以用'普罗'来使学生摸不清他的底细而肃然起敬"②。不论是小报文章还是课堂的左翼内容，种种信息无不显示，知识青年应当是在1930年代的北平宣传左翼思想的主要力量，据此，本章将把目光投向这批年轻的群体，进而一探他们在左翼道路上付出的努力。

第一节 民国学生的"精英"身份认知

民国时期教育不普及、不发达的状况却在另一个角度将接受过教育的人士推上了精英的位置。有人士指出，"中国今日，只有一百多万个中学生"③，而相较于中学生，大学生的人数则更显珍稀，据介绍，自30年代始至1937年，全国大专以上毕业生人数最多时不过9622人，而最少时仅有4583人。④ 因此，相较于四万万人口的总规模，彼时全国一百多万大、中学生则当之无愧地成了精英人群。显然，青年学生们对于这一情形是了解的，他们并不避讳自己所肩负的责任："平均三百多个人中有一个中学生，所以我们每一个都是三百多人的领袖。不消说，我们每一个中学生是具有指导三百多人，并矫正，扶助使他们成为完善的国民，为社会民族尽义务的责任。"⑤ 那么，是什么样的机缘促使了学生精英团体的形成，而青年学生们又是如何认知并实践这一身份的？本节就将围绕这些问题展开探讨。

---

① 金克木：《游学生涯》，东方出版中心2008年版，第105—106页。
② 金克木：《游学生涯》，东方出版中心2008年版，第106—107页。
③ 文清：《我国中等学校学生目前的责任》，《育英半月刊》1935年10月16日。
④ 郑也夫：《知识分子研究》，中国青年出版社2004年版，第95页。
⑤ 文清：《我国中等学校学生目前的责任》，《育英半月刊》1935年10月16日。

一　民国教育收费与大、中学生家庭出身

虽然经济状况与本章所要关注的主题并无直接关联，然而对于本章的主角——知识青年来说，学费、花销却是与他们的生活密切相关而又萦绕不去的重要话题，甚至如民国时期学生运动等行为的发生，也在某种程度上与费用有着莫大关联。有人士就指出，"学潮之生，计有三种：有以爱国运动而起者，有以经费无着而起者，有生于学校内部者……其以经费无着而起者，吾无惊焉，不得已也"[1]。事实上，民国时期的教育费用相较于一般家庭的收入而言，也确实不低。有人就撰文指出，"近来民生困苦极矣，而生活之度日高。子或弟入小学者，年至少需二十金，入中学者百金，入大学或专门者三百金。依新制以小学、中学、大学各六年（幼稚园及研究院除外）计之，中学毕业者极俭非七百二十金不办，供给一子一女，中人之家耗其半产矣。大学毕业者，极俭非二千五百金不办，供给一子一女，家有万金者亦耗其半矣。此犹就极俭者而言也，犹就仅一子一女者而言也，若子女稍多，用度稍繁，万金立尽……质言之，是非有资产者不能受中等教育也，非极有资产者不能受高等教育也。换言之，是全国大多数之平民终无受教育之机会也"[2]。

国民政府替代北洋政府后，学费问题依然是每一位学子及其家庭必须仔细盘算的重要支出。邓云乡就描述说，"家在北平上中学，上市立、国立初中，每学期学杂、书籍、文具费用，总得三十元，高中得四十元。如上私立中学、教会中学，这些费用初中最少也得四、五十元，高中就要六、七十元。如果家不在北平，住宿舍或住公寓，在学校或公寓吃包伙，每月最少还要加八至十元生活费。至于寒暑假回家的路费，那就要看路途远近了。因此当时在文化古城读高中的外地学生，一年用二百银元或法币，那是比较节约的人，

---

[1] 赵笃明：《中国教育应如何改革——中国科学社第十次年会论文稿》，《教育杂志》第 17 卷第 12 期，1925 年。

[2] 赵笃明：《中国教育应如何改革——中国科学社第十次年会论文稿》，《教育杂志》第 17 卷第 12 期，1925 年。

如果只用一百五十元,那就十分拮据了",而这还只是一年的学杂费用,如果将初、高中都包含进来,则"家中就要准备一千二百银元或法币"①。如果考虑一般家庭的平均收入,我们便知这一数字对于一个普通家庭而言是一笔巨大的开支。在 1930 年代,一个"普通工人的月工资通常为 16—33 银元,平均约为 22 银元"②,若以年度计算,则大约 300 银元,而参照上文述及,若外地学生在北平求学,比较节约尚需 200 银元或法币,以此观照我们就可知中学学费对于一个外地家庭而言是一笔非常沉重的负担。即便家住北平,对于一般劳动人民,其实也没有那么容易。据介绍,"如母亲给大宅门作佣人,供给一个孩子读中学,每月费用,只靠她每月工资及零钱,纵使收入不错,每月可得五元工钱,五元赏钱,也还不够。必须她有个三五年的积蓄,才能完成她孩子的学业"③。

据此看,对于一个普通人家而言,中学阶段是经济压力最大、负担最重的时期。然而如果继续读大学,情况也许会有所好转。之所以称之为"也许",原因在于,南京国民政府时期,不同高校的收费标准是不同的。一般而言,国立高校收费低,学生的经济压力也相较为轻。以北平的国立高校为例,北大的学费标准为"每年银元 20 元,分两期于每学期开学前交纳……又,体育费每学期银元 1 元。这就是说,北大学生每年交费共 22 块银元。宿费全免"④,清华、北平大学两校与北大一致,而北平师范大学作为师范院校甚至学宿免费,只需交纳保证金 20 银元,且在毕业时就会返还保证金。除学费外,国立高校的伙食费也比较便宜,据了解,清华伙食费每月 7 银元,北大、北平大学仅为 6 银元。此外,在当时内忧外患的情况下,教育当局对考入国立高校的学生会给予特别优待——"如果老家在

---

① 邓云乡:《文化古城旧事》,河北教育出版社 2004 年版,第 128 页。
② 陈明远:《文化人的经济生活》,陕西出版传媒集团、陕西人民出版社 2010 年版,第 227 页。
③ 邓云乡:《文化古城旧事》,河北教育出版社 2004 年版,第 128 页。
④ 陈明远:《文化人的经济生活》,陕西出版传媒集团、陕西人民出版社 2010 年版,第 223 页。

灾区、国难区（当时已沦陷了的东北）等地，平均分数可以保持在七十五分以上，就可以请领全公费或者半公费，这份'公费'，除去伙食费而外，还有余钱可以买些牙膏、肥皂、文具纸张以及看一两场电影"，而对于各地方来说，如有学子考入国立高校，就有可能获得地方发给的助学金，助学金金额则可到"每年一百元，或一百五十元①。"

　　如果就读的是私立大学，那么花费就远较国立高校为高了。1930年代的私立大学可分为两类，一类是教会所办大学，如燕京大学、辅仁大学等，另一类是没有教会背景的学校。但不论有无教会背景，私立大学的收费均较国立学校为高。以燕京大学为例，其就以费用之高而闻名于全国。据介绍，"燕京学费、宿费、杂费，一学期一百五六十元，在当时是个十分庞大的数字"②，乔松都在回忆其父母就读燕京大学的情形时也记载说："在当时的高等院校中，燕大的学费是很高的，每年的学杂费加在一起要150银元左右，比清华大学的费用要贵出许多，大户人家对这笔钱是不在乎的，可是对于寻常百姓来讲，这可是个不小的数字。"③ 事实上，燕大费用之贵不仅贵在学费，亦贵在费种繁多。据《燕京大学文理科费用表》可知，燕大旧生学费每学期就需25银元，新生则为30银元，除此之外，其他如打字费、宿舍门铃预偿费、宿舍预定费、习钢琴费、习风琴费、习歌咏费等分门别类，均须交付。④ 在种种费用之中，又以学费所占比例最大，在燕京大学公布的《燕京大学收支状况表（1933.7—1934.6）》中，学费就占到了全部收入的61%。⑤ 当然，作为"师资和教学水平都是世界一流"⑥的燕大并非借机敛财，因

---

① 邓云乡：《文化古城旧事》，河北教育出版社2004年版，第129页。
② 邓云乡：《文化古城旧事》，河北教育出版社2004年版，第57页。
③ 乔松都：《乔冠华与龚澎：我的父亲母亲》，中华书局2008年版，第14页。
④ 引自《燕京大学文理科费用表》，北京大学档案馆，档案号：YJ1927014。
⑤ 《燕京大学收支状况表（1933.7—1934.6）》显示，学费收入40361银洋；宿舍费收入19880.4银洋；体育费收入2154银洋；入学考试费收入2987.72银洋；毕业费收入1253.2银洋。引自北京大学档案馆，档案号：YJ1933003。
⑥ 乔松都：《乔冠华与龚澎：我的父亲母亲》，中华书局2008年版，第14页。

为它不仅"水平和质量是保证的"①,而且设立了"名堂众多的奖学金",对于就读于燕大的贫寒学子而言,"能获得一个奖学金名额,便可解决问题了"②。但是,并非所有的私立高校都能达到燕大的水平,对于没有教会背景的私立院校来说,学费几乎成为决定学校命运的关键。刘半农就曾指出,"平市有几个私立大学,并无固定经费,办学人希望多多益善,因为学生的学费,关系学校的生命"③。对于私立学校来说,多一个学生就意味着多一份经费,所以,彼时的私立中国大学出现过一个班级有二三百人的"盛况",甚至更有私立学校"随时报名,随时交费入学,入学考试也不必举行,考也是走走形式,这就是专门收学费、卖文凭的'学店'了"④。既然学费决定着学校的命脉,那么私立院校的学费自然不低。比如,"北平市私立平民大学学费第一学期26银元,第二学期25银元,每年共51银元。私立北平铁路大学(私立铁道学院)学费每学期29元,每年58元……1933年制订的《北平私立朝阳学院学则》规定:各科系学生每年纳费如下——学宿费52元,讲义费10元,图书费2元,制服费2元,体育费2元,新生入学费2元,杂费1元,共计交费71银元"⑤。

笔者之所以颇费笔墨地查考北平高校的收费情况,其因在于,一所学校费用的高低基本可以反映就读于此校的学生的经济状况。比如,燕京大学学生"大部分出身于富裕家庭,少数是来自印度尼西亚和夏威夷的华侨"⑥,而其他私立学校也凭借高昂的费用将出身贫寒的学子拒之门外。对于贫寒学子而言,即便是收费较低的国立高校,事实上也并非易于就读。之前章节曾经述及,1930年代就读

---

① 邓云乡:《文化古城旧事》,河北教育出版社2004年版,第57页。
② 邓云乡:《文化古城旧事》,河北教育出版社2004年版,第57页。
③ 转引自邓云乡《文化古城旧事》,河北教育出版社2004年版,第74页。
④ 邓云乡:《文化古城旧事》,河北教育出版社2004年版,第75页。
⑤ 陈明远:《文化人的经济生活》,陕西出版传媒集团、陕西人民出版社2010年版,第223页。
⑥ 乔松都:《乔冠华与龚澎:我的父亲母亲》,中华书局2008年版,第14页。

于北平高校的学子以外省人士为主,北平本地学生并不多,对于大量外省学生而言,"每年最少也要二百元,包括学费、伙食、宿费、书籍、衣着等,如江南各省,一年回一趟家,那还得再加上百元旅费……旅行费用很贵,一张去上海三等车票二十二元八角五分,等于三四个月的伙食费。这样一般学校,如北大、北平大学等国立大学,一般节约一点的学生,一年也得用二百五十元左右(包括回家路费)……在外地农村,或中小城市,一个家庭每年拿出二百多元现大洋,这就是一个十分庞大的数字。不要说贫苦农民、指身度日的工匠办不到,就是小地主、小生意人,薄有财产,拿这笔钱也不容易"①。即便是不收费的师范大学,由于其水平与北大、清华、燕大并列,所以依然难以考中,"不但成绩好的穷学生争着考,即是经济条件好的也要考师大的"②。综合上述种种情况,我们可以大致推断,1930年代就读于北平各校的学生,其家庭状况当普遍不差,与无产阶级相比,他们算是有产者;较工农人士而言,他们是掌握知识的文化群体。然而,正是这样一批"有产者"、文化人,却成为北平左翼十年间最重要的角色,那么,这一现实情况是如何形成的,以及这批"有产者"的左翼立场又有何特殊之处,这是接下来需要探讨的话题。

二 建立在经济基础之上的革命热情

自上文可知,凭借其条件,彼时上学的知识青年是有条件在求学阶段过一番相对惬意的生活的,正如有学生云:"今天有饭吃个饱,有酒喝个醉。敷衍功课也很容易!闲来时,躲在柳枝下赏一回儿月,不然找朋友瞎聊去……日子轻轻易易地过着,青春也就在无意识中消遣着。"③ 这样的生活虽然也真实存在,却没有成为1930年代学生们的主流选择。那么,彼时的学生选择的是什么呢?笔者试举几例便知。

---

① 邓云乡:《文化古城旧事》,河北教育出版社2004年版,第28页。
② 邓云乡:《文化古城旧事》,河北教育出版社2004年版,第29页。
③ 显:《我对燕大"团结""救亡"的一点意见》,《燕大周刊》第7卷第12期,1936年。

1. 有一天他去问一位同乡,怎样准备暑假中的入学考试。得到的回答是:"你不知道现在是两个革命高潮之间的低潮?全国性的革命随时就会到来,你还准备考试?"①

2. 国民党、国家主义派,都是反共的反革命,不能让他们霸占五中。②

3. 开学后,来了几个共产党员的老师……肖振清用辩证唯物论的方法讲历史,张明老师讲地理也很新鲜。体育教员马相伯是北京体育界的名流,当然要受欢迎。据说高级班有个共产党员的国文老师张博生,讲书也挺不错……来了一批新的教员,学生们的精神面貌,也为之一振。③

于此看,学生们没有选择风花雪月、酒池肉林,而是选择了革命——当时的时代主题。那么,我们不禁要问,青年学子所理解的革命,与革命者从事的革命事业,可以等量齐观吗?答案是否定的。应当认识到,1930年代,在学生中间推崇革命、认可革命者有之,甚至有知识青年已经具备了基本的革命精神和革命素养,然而,真正投身到具体革命中去的青年却并非多数,这就意味着,此期的知识青年对于"革命"的认知事实上与我们对革命约定俗成的界定并非无缝衔接,换句话说,虽然二者之间存在诸多交集,然而其边界却并非可以重合。对于具备一定经济基础的知识青年而言,他们显然不是革命的中坚力量,对此,知识青年也心知肚明。然而,在唯有革命才代表进步,而不革命和反革命都意味着应该被专政、被打倒的话语环境下,如何使自己转变成为"革命者",从而加入革命的阵营便成为青年人不得不思考的问题。在这一动机的驱使下,知识青年认识到唯有主动对自己"开刀",彻底革去自身存在的小资产阶级惰性,才是加入进步人士大家庭的前提。因此,此期便不难见到

---

① 金克木:《游学生涯》,东方出版中心2008年版,第108—109页。
② 金克木:《游学生涯》,东方出版中心2008年版,第108页。
③ 梁斌:《一个小说家的自述》,中国青年出版社1991年版,第79—80页。

青年们主动发声批判自己的同辈不该耽于贪图安逸、不思进取的情形。以学生出身普遍富裕的燕京大学为例，时有燕大学生便对追求享乐的风气批评说："请想想，在中国多少人有权利享受'知识阶级'的福分？更有多少'知识阶级'能享受燕大的福分，生活有了解决，一切都那样美丽，恐怖何从来？希望又何必！也许烦恼是有的，婚姻的，经济的。但是那些还不在轻松的柳风中消去，月色湖光里洗去？希望也是有的。但是太奢望了！不是愿做大科学家，便是大哲学家文学家——之类。当至丰台的炮声，也被篮球场的呼跃声掩没了！报章上沉闷的消息，也被'希莱澄波尔''柯尔门'引移了注意。"① 在知识青年看来，对自己革命的直接目标便是革除"小资产阶级的劣根性，与个人主义"②。随着马克思主义在知识界的普及，越来越多的知识人士以此为衡量标准，对"小资产阶级的劣根性"这一普遍存在于彼时知识人群中的特点做出了越来越否定的认知和判断，比如，中山大学教授何思敬就曾因此反省说："三五年来马克斯（思）主义社会科学之探索，才使我自觉我自己的地位是一个特权阶级的附属分子，并且这个特权阶级是没有将来的"③，韦君宜也认为："我出身的那个阶级是腐朽的，那个阶级不能领导革命，不能挽救危亡的中国，而且，那个阶级是使我觉得可耻的剥削阶级！"④ 当然，促使有识学生下定决心自我革命的，还有他们目睹高官、富商子弟在民族、国家面临危亡局面时却毫不在意，照样歌舞笙箫粉饰太平而产生的愤怒之感。据黄秋耘回忆，其在北平求学时，面对"强敌压境、兵临城下、战云密布"的危险局势，国民党政府达官贵人的公子哥们却熟视无睹，他们"在这危急存亡的关头依然苟且偷安，醉生梦死，每个周末都在东城的六国饭店里酗酒跳

---

① 显：《我对燕大"团结""救亡"的一点意见》，《燕大周刊》第 7 卷第 12 期，1936 年。
② 泛平：《燕京讲坛：我们还能沉默吗？》，《燕大周刊》第 6 卷第 8 期，1935 年。
③ 《新年的梦想·中山大学教授何思敬》，《东方杂志》第 30 卷第 1 号（1933 年 1 月 1 日）。
④ 韦君宜：《答一个资产阶级家庭出身的女孩子》，《韦君宜文集》第四卷，人民文学出版社 2013 年版，第 31 页。

舞，寻欢作乐，通宵达旦"①。因此，与他们及其代表的腐朽生活决裂，然后转投到人民大众的队伍中，便成为一众进步青年的所思所想。黄秋耘对此就直言不讳地指出："中国的老百姓生活得那么苦，难以想象，仅仅在一百几十里外的大城市里，却有那么一群饱食终日、无所用心的达官贵人过着穷奢极侈、荒淫无耻的生活。这难道是公平合理的么？"②既然中华民族已趋近危亡，而达官显贵却依旧漠视不闻，那么进步青年只好把救国的责任扛于自己肩头，对此，青年们感到的不是压力和恐慌，而是骄傲与自豪——"我好像代表我们青年人，把全民族的未来担负都放在肩上了"，"今天我们这班青年人壮烈的运动，就是中华民族的魂灵仍然活跃的表征呵！就是我们国家的生存之光冲破云霓的辐射呵！"③有学者指出，彼时"除了极少数学生当时已参加了共产党或者思想左倾外，大多数同学纯粹是为挽救民族危机而参加运动的"④，此言甚确，但不可忽视的是，正是革命运动的开展和知识青年的参与，才使这一饱有知识但相对缺乏现实认知的年轻群体有了接触中国真实情形的机会，从而也就有了思考中国究竟应该走何种道路的可能。

对于彼时意欲革命的知识青年而言，他们对革命行为的选择自然容易受到他人的不解甚至误解。比如，署名眉的人士曾经这样询问韦君宜："你是一个资产阶级家庭出身的知识分子，你的家庭也是腐朽的，在你学生时代，革命思想尚不能广泛地传播给青年时，你为什么能毅然决然地离开享乐的家庭，投奔艰苦的革命圣地？是什么力量支持着你？你在想通了什么问题后才决意背叛自己的阶级？"⑤显然，上述一系列发问对于大批具备革命热情但尚未做好准

---

① 黄秋耘：《风雨年华》，广东人民出版社2009年版，第2—3页。
② 黄秋耘：《风雨年华》，广东人民出版社2009年版，第7页。
③ 吴山马：《十二月十六日》，《独立评论》第183期，1935年。
④ 欧阳军喜：《一二九运动再研究：一种思想史的考察》，《中共党史研究》2014年第2期。
⑤ 韦君宜：《答一个资产阶级家庭出身的女孩子》，《韦君宜文集》第四卷，人民文学出版社2013年版，第30页。

备拥抱革命的知识青年而言颇具代表性，而韦君宜的回答则告诉我们，民族危机固然是青年们选择革命的动因之一，而当政的国民党政府种种令亲者痛、仇者快的作为也是众多青年决定离其而去乃至革命的重要原因。韦君宜曾回忆说："我在家中和亲友中所听到大人们的议论，总是除了某人找到税务局的事可赚多少钱，就是某人在怡和洋行出息多大。譬如：你的父亲很会做官，把你姐姐许给国民党财政部次长的儿子等等，这些都是他们的议题。关于贪污的知识，就是我小时从母亲口里得来的。她说：别看局里买一支铅笔，从局长直到庶务员都得分钱。这里头有规矩，一层一层地扣。他们谈这些，都视为当然。这就是他们的生活内容。当然他们也谈点国事，谈到什么'不抵抗'主义之类，也说两句，骂两句。可是只要把这些话跟他们所谈的上述主要议题比一比，那马上就明白了，什么是他们当作'正经事'的、有兴趣的、一想起来会睡不着觉的，而什么不过是随便扯扯的谈助。"①

国民党追逐名利、堕落腐败的形象虽令知识青年极为不满，但其并非绝大多数青年作出革命决定的直接原因，毕竟，能像韦君宜这样了解国民党官僚运作秘密的学生只是少数，而使绝大多数知识青年彻底厌恶国民党，并认为有必要进行革命的，是国民党当局对外投降、对内蛮横的恶劣行径。有年轻人就在一二·九运动后无法理解却又极度失望地表示说："我想我们的运动完全是由于纯真的民族自觉意识所激起；因为不甘我中华民族的沦亡和坐待国命的摧折，我们才不得已起来作唤醒民众的自救运动。所以我们的运动实是爱国家爱我们同胞的表现。可是我们今天为了这种爱国家爱同胞的热忱而受到流血的压迫了，而此种压迫又正由我们自己的同胞所施予。同胞禁止同胞的爱国运动，古来有过吗？外国见过吗？这真是我中华民族今日特有的羞耻呵！"② 正是这段话所反映的情形使得彼时的

---

① 韦君宜：《答一个资产阶级家庭出身的女孩子》，《韦君宜文集》第四卷，人民文学出版社 2013 年版，第 31—32 页。

② 吴山马：《十二月十六日》，《独立评论》第 183 期，1935 年。

知识青年对国民党当局的态度由不解到愤懑，最后转为彻底失望，如果再听到国民党劣迹斑斑的贪腐行径，那么在民族危机深重氛围下，血气方刚的年轻人们即便不想改天换地怕也难以做到了。

对于后人来说，以文字形式呈现在读者面前的思想表达虽然是固定不变的，但若想从这些固定的文字中捕捉历史人物的思想（特别是这些人物的思想变化）则殊为不易。毕竟，一个人思想的转变并非如客观事物的发展般有迹可循，即便我们使用多种手段、多方材料来对拟研究的人物思想进行还原，也未见得可以复制出与其思想真实相符相合的原版"模型"。然而，如果我们将人物的思想放置在一个比较长的时段内，而在这一时段又恰好发生了诸多足以影响人物思想情感的事件，那么在这个前提下再来考察人物思想是否发生了变化，以及发生了何种变化，便相对容易了。

前文述及，1927—1937 年的大中学生，大多具备基本的经济地位，且由于彼时的大中学生（特别是大学生）人数少，故在其毕业后一般可以谋得比较不错的工作岗位。然而这些知识青年在民族危机接踵而至，而执政者始终顽固不化的情况下，逐渐从对自己小家小业的关切中走了出来，并将思想提升到整个民族、国家的高度，进而稳定成为一种思想的基础，在这一过程中，他们的思想便发生了转变。现在我们常提及的"一二·九"知识分子，单从字面含义看，就寓含了思想转变的意味。有当今学者研究指出，"'一二九'一代的思想追求包括三个主要目标：对外是独立自主、伸张国权，对内是通过计划经济实现国家工业化，在政治民主的轨道上实现国家统一"[①]。从这一表述看，一二·九知识分子的思想内核中体现了鲜明的左翼色彩，而左翼色彩的形成和凸显只有在 1931—1935 年这一特定的时间范围内才能形成，因此，"一二·九"事实上寓意了一二·九运动前后知识青年思想上发生的不同于古往和今来的变化。而遍览一二·九知识分子，其代表人物以青年学生为主，其中，旅

---

① 何家栋：《我们来自何处，又去往哪里——当前"中国问题"研究的三种进路》，《社会科学论坛》2003 年第 4 期。

居北平的大中学生又占据了相当位置。可以说，不论是一二·九运动的发生还是一二·九知识分子这一群体的事实形成，其无不与当时的外部环境、国内政局乃至北平的城市际遇密切相关，而三者合力亦共同将知识青年这一特殊群体推向了左翼爱国运动的前台。

第二节　左翼社团的涌现与革命书写、革命实践的分途

自前文可知，1930年代的北平左翼阵地属于生活在这座古老都市的年轻学生，然而，不论我们站在历史后世的位置审视这些"年轻人"，还是将其诉诸理论，用思想的方法对其综合分析，我们都会感受到这批左翼青年身上散发出来的不同气质。不同的气质自然会带来不一样的革命画风，作为知识青年，知识是他们的武器，也是他们最重要的资本，因此，他们所从事的革命事业也在无意中烙上了文化的印记，然而，文化毕竟只是文化，而革命文化也不意味着革命行为，因此在他们身上，革命书写与革命实践这一曾经并未得到清晰区分的概念便在这一时段、这一人群中出现了明显的分离。当然，作为知识人士，他们擅长的是革命书写，但作为血气方刚的爱国青年，他们不会仅仅将革命停留在头脑风暴阶段，只是，面对纷繁复杂的革命实践，这些并无多少革命经验的年轻人便迅速暴露出诸多劣势，也因此，其革命实践的结果就不难预料了。

一　1930年代的左翼社团：进步青年的革命抉择

1930年代是左翼社团狂飙突进的年代，事实上，每一个社团的发起都与该社团建立的时代背景、社会经济政治状况密切相连。五四时期的各类社团虽如雨后春笋般冒发，然而不管其名称如何、目的怎样，它们的生长环境却无不得到了民主、科学、反帝反封建观念的滋养。这一时期，中国共产党领导的无产阶级红色文化与国民党反动派代表的大地主大资产阶级文化之间的二元对立已十分明显，对于进步青年而言，他们在两种文化中间并没有太多的回旋余地，

虽然彼时的知识青年普遍认为无产阶级红色文化更加符合民心，也更为科学地代表了未来社会的发展方向，但是其在当时相较于国民党反动派而言更为弱小的实情也是不能忽视的事实。基于此，面对唯有抱团才能"取暖"，只有把有限的力量集中在一起才有可能取得突破的现状，集合起来建立组织，就成为知识青年顺其自然形成的共识。因此，1930年代的北平曾出现多个左翼文化社团，而在众多社团中间，又以北方左联最为出名。

左联，顾名思义，即左翼作家联盟。对于北方左联而言，它虽然冠之以"作家"之名，然而在其存在期间的人员组成和工作发展，事实上与"作家"二字相差甚远。杨纤如就曾在回忆文章中表示，"既名之为左翼作家联盟，总得由作家来组成呀。潘训、谢冰莹可以称为作家，段雪笙也有过散篇零敲碎打，其余的人……就是些大学生了"，"盟员群众自不必说大多数是大中学生，即便领导机构的执委们也有不少是当时的大学生，比起上海的中国左翼作家联盟来，有着很大的不同。单说发起人的名单，上海左联就是以鲁迅领衔的一大排知名作家。领导机构的执委，在当时是知名作家，还留到今天的都是文艺部队的老帅了。北方左联则不然，它没有象上海那样发表一个缘起、宣言，列出发起人的名单；因为同情者知名人士不会把名字暴露在敌人面前，其他人又顾虑影响和号召力有限，终于并没有发表宣言。说到九个执委，除了少数职业革命家和有普通社会职业者外，大学生占了半数以上"[1]。至于缘何北方左联学生众多，陈北鸥曾经解释说，"北平在当时所以被称为全国文化中心，有一个最大的特点就是它是全国大学、中学最多最集中的地区。也正是由于这个特点，北平左联的成员大都是大学学生、中学教师、大学助教中爱好文艺的革命青年"[2]。陈北鸥的解释为我们揭示了北方左联的人员成因和1930年代北平社会的历史样貌，但这并不足以说

---

[1] 中国社会科学院文学研究所《左联回忆录》编辑组编：《左联回忆录》（下），中国社会科学出版社1982年版，第525—526页。

[2] 中国社会科学院文学研究所《左联回忆录》编辑组编：《左联回忆录》（下），中国社会科学出版社1982年版，第538页。

明缘何北方左联与位于上海的中国左联在人员结构上差别如此之大。须知,虽然上海的国立高校数量和就读国立高校的学生人数不比北平,但其并非教育的荒漠,彼时上海众多私立大学依然具备较高的教育水准,而上海高校的学生亦不缺乏爱国的热情与革命的精神,因此,学生众多的特点并不独属北平,那么,何以在驻沪的中国左联执掌者中鲜见学生呢?在笔者看来,原因主要有两点。首先,是北平与上海两座城市不一样的人口构成。由于北平长期作为政治、文化中心,工商业没有得到充分发展,因此,生活于北平的人士以政客和学生为主,其余行业均为这两个庞大人群服务,然而国都南迁后,曾经的北洋政客纷纷南下或作鸟兽散,故北平的主要人群便只剩下了学生。上海与北平不同,作为近代中国最大的工商业城市,上海经济繁荣、贸易便利,经济的发达带动了报刊、媒体、文学、艺术等领域的发展,也吸引了各领域的优秀人士在沪工作、生活。阅读近现代历史可以发现,几乎每个领域的重要人物都有过在上海居住的经历,左翼文学领域也是如此。由于上海名家众多、旗手林立,因而中国左联便无须学生参与其中,而是更加看重以鲁迅为代表的知名人士的支持。

其次,是党组织的力量在两座城市的不同作用。应当看到,不论是中国左联还是北方左联,没有党的指示和领导都是不可能成立的。左联是党在文艺战线的主力军,担负着文艺战场的作战任务。但不同之处在于,两座城市的党的力量延伸有着较大差别。上海是党诞生的地方,在党中央迁入中央苏区前一直是党中央的所在地,因此党在上海有着较为牢固的根基,党对上海工作的关注和投入也较其他城市为多。而位于北平的北方左联鉴于北方严峻的革命斗争形势,在接受党组织领导和自身开展活动方面受限颇多。从隶属关系上看,北方左联"都是由顺直省委(后改为河北省委)北平市委直接领导'左联'党团"[①],但是,由于1930年代党接连出现"左"倾错误,致使北平党组织不断遭到破坏,党的力量损失惨重,此举

---

① 中国左翼作家联盟成立大会会址纪念馆、上海鲁迅纪念馆编:《左联纪念集1930—1990》,百家出版社1990年版,第176页。

自然影响党对左联工作的指导,孙席珍就曾回忆说,"北平市委有时也就近对我们作过指示,但并不是经常的"①。因为北平党组织自顾不暇的现实状况,北方左联的成立才有了更多的自主性意味。陆万美在回忆北方左联的成立情形时指出:"当时,作家洪灵菲在党内担负着较重要的工作,从上海'中央局'被派到天津参加党的'北方局'的领导。他提出:应该在北平、天津也建立'左联',并决定由党员作家潘训、杨刚(女)、陈沂等同志立刻进行发动、筹组。潘训等先后分工找了曹靖华、台静农、白薇、谢冰莹、孙席珍、谷万川、张秀中、冯毅之、张喆之、柳风等十余人交换了意见,大家都热情积极,一致同意:应建立'北平左联'。"② 根据陆万美的说法,北方左联的成立很大程度上得益于洪灵菲的推动,而这也反映出党员在特殊时期开展工作的自主性和能动性。孙席珍的回忆也部分印证了陆万美的说法,他说:"一九三〇年秋冬之交,大约十月底或十一月初,潘漠华和台静农到北平西城我的寓所来找我。谈起北方文坛冷落,需要鼓动一下,把空气搞得热烈些;而且一向各自为战,力量分散,希望联合起来,有个组织,共同战斗。我当然竭力赞成。问组织什么团体好,漠华爽快地说:'中国左联已经在上海成立了,我们来个北方左联,你看如何?'","隔了两天,漠华单独到我家来,兴奋地告诉我:'大家热情很高,已有十几个人愿意参加发起'"③。而展望社成员刘尊棋作为后来加入左联的人士,也对这段历史作出了证明,他回忆说:"翌年(一九三〇)夏天,谢冰莹告诉我,北平准备成立中国左翼作家联盟的分盟。那时'展望社'的成员纷纷忙于自己的事,不大开会,流于散漫状态。"④

---

① 中国社会科学院文学研究所《左联回忆录》编辑组编:《左联回忆录》(下),中国社会科学出版社1982年版,第512页。

② 中国社会科学院文学研究所《左联回忆录》编辑组编:《左联回忆录》(下),中国社会科学出版社1982年版,第600页。

③ 中国社会科学院文学研究所《左联回忆录》编辑组编:《左联回忆录》(下),中国社会科学出版社1982年版,第495—496页。

④ 中共北京市委党史研究室、中共天津市委党史资料征集委员会编:《北方左翼文化运动资料汇编》,北京出版社1991年版,第308页。

由此看，北方左联与中国左联的最根本不同在于北方进步作家的集体缺席。那么，如果进步作家均不出面，还可以称之为左翼作家联盟吗？对此，杨纤如做出了解释，他说："这些作家的确也同情革命，但要他们参加实际活动不免有些顾虑。他们都有一定的社会地位，一旦公开列名革命团体，他们的社会地位就没有保障了。他们在暗中积极地支持，反而可以发挥更好的作用，所以决定不让他们公开出面活动。甚至连共产党员、创造社成员傅克兴即傅仲涛都不愿公开出名。应该说，以上诸人是始终支持北方左联活动的，而且也起了不小作用，作过不少贡献；但左联的日常实际活动，他们很少参加。"① 因此，鉴于上述种种原因，北方左联成立后选出的第一届执委会便成为职业革命家与大学生的集合体（见表3-1）。

表3-1 　　　　北方左联第一届执委会人员名单

执委姓名	职业
段雪笙	共产党员，职业革命家
潘训	共产党员，职业革命家
谢冰莹	女师大学生
张璋	辅仁大学化学系学生
梁冰	北大心理系学生
刘尊棋	燕京大学学生
郑吟涛	刘尊棋爱人，疑似大学教师
张郁棠	燕京大学学生
杨子戎	艺术学院戏剧系毕业生

注：表中内容参见中共北京市委党史研究室、中共天津市委党史资料征集委员会编《北方左翼文化运动资料汇编》，北京出版社1991年版，第301—304页。

由于执委会成员多为学生的缘故，左联的执委会便在北方左联与北平各校学生中间搭建起了互联互通的桥梁。得益于进步青年对

---

① 中共北京市委党史研究室、中共天津市委党史资料征集委员会编：《北方左翼文化运动资料汇编》，北京出版社1991年版，第299页。

北方左联的支持,自其成立后,北方左联在学生中的成员迅速增加,大多数学校都建立了左联小组。杨纤如就曾描绘说:"绝大部分的大学和一部分中学,都有基层组织。一般的,每校都有一个左联小组;规模大的、进步学生多的学校如北大和北平大学法学院,则多到两个、三个小组。我曾参加过北平大学艺术学院左联小组活动。中国大学、北平大学法学院、弘达中学的小组甚至女师大(此时已改名为北平大学女师学院,不久后又改为北平师范大学文学院)的小组中,我也认识很多人。"① 事实上,不独左联深受进步学生的青睐,北平其他左翼社团也同样受到了知识青年的热捧。张磐石就曾表示说:"一九三二年左右,北平的左翼文化团体很多,计有左联、社联、教联、剧联、语联、乐联、美联等等,人数也不少。北平的各学校都有左翼团体在活动,发展的顺序首先是北大、平大(特别是平大法学院更活跃);然后是师大、一些私立大学如中国大学、民国大学、朝阳大学;以后又向城外发展,到了清华、燕京、农大等大学,最后连汇文中学、贝满女中这样的教会学校也参加进来了。"②

上述历史告诉我们,在古老的故都,年轻的学生们对于革命、对于改变旧有的现状有着超乎意料的热情。在青年人怀抱革命、进步的志向下,任何与革命有关的左翼社团都会成为满足他们精神诉求的目的地。对于青年学生而言,找到并加入左翼社团,就如同在其身份上标记了革命、进步的标签,虽然从历史上看,北平的左翼社团并没有充分发挥其应有的作用,而青年学生们也未必懂得何为革命、如何革命,但对于这些年轻人而言,左翼、进步的符号是他们进入革命阵营的敲门砖,也是他们开展革命工作的首要前提。因此,当选左翼社团的一员便成为他们革命抉择的重要一环。于伶回忆其于1930年代到北平求学后苦于寻找党团组织和左翼团体的情形就颇具代表意味。他曾回忆说:"我问:这个读书会中有无党员团

---

① 中共北京市委党史研究室、中共天津市委党史资料征集委员会编:《北方左翼文化运动资料汇编》,北京出版社1991年版,第306页。
② 中共北京市委党史研究室、中共天津市委党史资料征集委员会编:《北方左翼文化运动资料汇编》,北京出版社1991年版,第273页。

员?他说没有。我追问:能否帮我找到党或团的关系?他不点头也没摇头,只是微微地笑。我急了:那末左联呢?北平有左联的,我苦于找不到!老王这才慢条斯理地说:介绍你先认识左联的人。就这样,我通过读书会认识了老王,由老王介绍,辗转认识了王志之,参加了左联北平分盟。"① 从这个意义上说,北平的青年人建立了左翼团体,而左翼团体的成立又反过来满足了知识青年的革命热情,两者的互生互长也最终促成了北平革命形势的升温。

二 左翼青年的革命书写与此期的革命文学

虽然北方左联真正的作家并不多,但是既然冠之以"左翼作家联盟"之名,那么进行文学创作和写作就成为这批年轻的"作家"们必须要进行的工作。当然,对于进步知识青年而言,他们选择革命文学创作并非其闲茶淡饭之余的养性与谈资,对他们而言,这是真真切切的革命实践。毕竟,作为意愿加入革命阵营的积极分子,他们能够出力的事情其实是有限的,毛泽东就曾对这一群体评价说,"他们既没有青龙偃月刀、嘶风赤兔马,又没有过五关斩六将的本领",对于知识青年而言,他们有的仅是知识,而他们能做的,也只有把知识与革命结合起来,用文化的武器与敌人作战。正如毛泽东所说,"笔杆子跟枪杆子结合起来,那末,事情就好办了"②。基于此,北方左联成立后,其成员亦围绕这一使命开展工作,比如有人回忆左联成员"讨论创作作品,每人提出创作计划,努力写出作品来。那时便提出写工人农民及劳苦大众,反映他们的生活,要求突破资产阶级文学的框框,学习用大众化口语,揭露黑暗,用新写实主义创作方法写出新兴文学,即无产阶级文学作品来"③。面对国民党镇压、破坏进步思想的行径,左翼人士亦想出多种办法进行应对,

---

① 中国社会科学院文学研究所《左联回忆录》编辑组编:《左联回忆录》(下),中国社会科学出版社1982年版,第566页。
② 《毛泽东选集》(第二卷),人民出版社1993年版,第257页。
③ 中共北京市委党史研究室、中共天津市委党史资料征集委员会编:《北方左翼文化运动资料汇编》,北京出版社1991年版,第306页。

比如"左联支部各小组的写稿者，分头向各种报纸的专刊、副刊投稿，如对北平的《世界日报》、天津的《大公报》、《益世报》等。第二种方式是经过一定关系编辑报纸上一种副刊，全部由左联支部组织稿件。当时在《北方日报》有个文艺性副刊《荒草》，就是这一类。第三种方式是自己筹款出版刊物，送到书摊去代售发行"①。当然，上述方法大多是在不得已情况下的变通之选，对于革命文人而言，其最主要的方式莫过于自己出版进步刊物来宣扬革命价值。在1930年代的北平，包括左联在内的各进步团体出版了约39种进步刊物（见表3-2），虽然这些刊物的存续时间长短不一，办刊质量亦参差不齐，但其在革命文学书写领域的尝试和功绩应该得到后人实事求是的评价。

表3-2　　　　北平进步团体出版的进步期刊

序号	刊物名称	编辑者	发行者
1	《星星》	星星社	星星社
2	《鏖尔》	鏖尔社	北平法大第三院程娜转
3	《转换》	转换社	北平师范大学程娜转
4	《转变》	转变社	北平师范大学席思浦转
5	《我们周报》	中国左翼作家联盟北平分盟	
6	《青年思潮》	火星社	
7	《北方文艺》	北方文艺社	北平师范大学周淑静女士
8	《北方青年》	北方青年社	北平燕京大学杨刚
9	《联友》	联友社	北大一院刘陶转
10	《时代教育》	时代教育社	北平师大李芳
11	《大众文化》	大众文化社	北平法政大学第三院
12	《大众新闻》	大众新闻社	北平大学法学院三院马非言
13	《尖锐》	北平尖锐社	北平东沙滩7号杨本贤

① 中国社会科学院文学研究所《左联回忆录》编辑组编：《左联回忆录》（下），中国社会科学出版社1982年版，第624页。

续表

序号	刊物名称	编辑者	发行者
14	《戏剧新闻》	戏剧新闻社	
15	《北国月刊》	北国月刊社	北平和平门外师范大学
16	《冰流》（半月刊）	北平冰流社	北京大学三院
17	《艺术信号》（半月刊）	艺术信号社	北平辅仁大学孟嘉转
18	《新大众》		
19	《文学杂志》（月刊）	文学杂志社	北平琉璃厂西北书局
20	《文学前线》	文学前线社	
21	《北平文化》	北平文化社	法学院第三院
22	《文化新闻》（半月刊）	文化新闻社	北平辅仁大学王芝平
23	《文艺月报》	文艺月报社	立达书局
24	《社会科学》（半月刊）	社会科学杂志社	北平辅仁大学罗册
25	《科学新闻》	科学新闻社	清华大学辛人
26	《北平文艺》		
27	《文史》	吴承仕	北平中国学院国学系
28	《大风》	北平中国大学大风诗社	西单人文书店
29	《泡沫》（文艺周报）	泡沫社	泡沫社
30	《盍旦》	齐燕铭　管舒予	
31	《新潮》		
32	《榴火文艺》	榴火文艺社	榴火文艺社
33	《新地月刊》		北平新华文学会
34	《浪花》（文艺月刊）	浪花社	浪花社
35	《文地》	唐诃	文地社
36	《时代文化》		
37	《文化动向》		
38	《群鸥》		北平石驸马大街18号 卞镐田收转
39	《新大众》		

　　注：表格内容参见中共北京市委党史研究室、中共天津市委党史资料征集委员会编《北方左翼文化运动资料汇编》，北京出版社1991年版，第493-611页。

从上述信息可见，此期北平的革命书写与各个学校的青年学生之间有着密不可分的关联，通过革命文学的书写创作，知识青年将自己与革命联结在一起。比如曾担任第十一届、第十二届中共中央书记处书记以及国务院副总理的谷牧就于1934年从山东老家北上北平，在北平期间，谷牧阅读了大量进步著作，据其介绍，"除了读中国现代进步作家的作品以外，我又读了外国的许多名著和进步著作，像法国莫泊桑、巴尔扎克的作品，俄国的车尔尼雪夫斯基的《怎么办》，日本厨川白村的《走出象牙塔》，苏联的革命小说《铁流》、《毁灭》等等，还读了李达的《社会学大纲》和日本河上肇介绍马克思主义的一些书"[1]。这些进步书籍的阅读为谷牧进行文学写作奠定了基础——"有一次领稿费时，我遇到了一个读过我的文章的投稿者，交谈起来颇为投机，便开始了交往。他叫王云和，后来他又介绍我认识了吕燮龙。他俩都是艺文中学的学生。他们说我写的东西多是反映农村现实的，符合普罗文学的需要，常找我聊天谈这些事情"[2]。而此期的谷牧更为人知的是他与进步期刊《泡沫》的创办，据其本人回忆，"谷景生同志给我布置了一项任务。他说，北平的党组织，经过宪兵三团的破坏，文艺界没有几个人了，要重新组织力量，可以办个文艺刊物，由他挂名，我做实际工作。这时，王云和、吕燮龙办了个叫《泡沫》的杂志，我参加了进去"。从此，《泡沫》就成为北平一众进步青年进行革命书写的阵地，"参加办这个刊物的还有北师大的学生杨彩（笔名'史巴克'）和清华大学的学生魏东明。后来成了著名作家的黄碧野，他的处女作——《窑工》，就是在《泡沫》上发表的"[3]，而谷牧本人也成为包括《泡沫》在内各进步期刊的常客——"谷牧则在山东会馆中勤奋地写作着《寂寞的灵魂》、《海上的斗争》、《王六》等一篇篇小说和速写，《泡沫》、《文化批判》、《北方日报》、《东方快报》等各种杂志和大小报

---

[1] 谷牧：《谷牧回忆录》，中央文献出版社2014年版，第17页。
[2] 谷牧：《谷牧回忆录》，中央文献出版社2014年版，第17页。
[3] 谷牧：《谷牧回忆录》，中央文献出版社2014年版，第18页。

的副刊上也频频出现着牧风的名字"①。有学者认为,谷牧此期的文学创作表明,"让他醉心的是对'革命'的书写,而非'密谋'革命的行动"②,此说甚确。应当看到,在 1930 年代,国民党统治区与中央苏区的革命样貌是不同的。这种不同既有客观条件的制约,也有每一个个体面对的主客观因素的限制,对于生活、成长于国民党统治地区的进步青年而言,革命行动固然需要他们的鼎力支持,但若仅有革命的行动而无为何要进行革命的宣传阐释,那么即便革命有理,在旁人眼中或许也与暴动无异。从这个意义看,知识青年所从事的革命书写虽然既不起眼也不轰动,但是它所起到的作用是不可以用数量标准来衡量的,事实上,正是由于包括知识青年在内的众多文化人的努力,党的主张和革命的思想意识才突破了国民党的思想防线,成为人们认可的准则,从这一点来说,革命书写功不可没。

那么,我们应该如何评价此期的革命书写呢?在笔者看来,对其评价要把握好以下两个维度:第一,需要认识到,革命书写首先是一种革命策略,其根本目的是揭发国民党的黑暗统治、壮大进步力量的统一战线,因此,革命书写必然带有较强的目的性和偏于实践的工具性;第二,我们也不必讳言,党在革命策略上的一些失误导致革命书写并非只有成功和胜利,其中也不可避免夹杂了不切实际的过激言论甚至是"左"倾错误言论。

具体来看,由于国民党和中共在政治上的敌对关系,国民党建政后,其思想管制部门就对左翼文学、普罗文学展开了持续不断的清剿。面对敌人气势汹汹的攻势,中共及其文化团体也毫不示弱地进行了针锋相对的斗争,其中,揭露、批判国民党治下社会大众的悲惨生活和国民党官吏豪绅的无耻盘剥就成为革命书写的一项重要

---

① 马俊江:《二十世纪三十年代北平小报与故都革命文艺青年——以〈觉今日报·文艺地带〉为线索的历史考察》,北京大学博士学位论文,2009 年,第 72 页。
② 马俊江:《二十世纪三十年代北平小报与故都革命文艺青年——以〈觉今日报·文艺地带〉为线索的历史考察》,北京大学博士学位论文,2009 年,第 72 页。

内容。比如，署名林蒂的作者在《泡沫》杂志上发表了《被压迫者群》的讽刺诗歌，在诗中作者写道："用暴力封住了我的口，不许我们说句不平的话，也不许我们诉一声心中的怨苦。终日的辛劳，漫长的操作，换来的是不够温饱的工资，同几条背脊上的血痕……非人的，地狱似的生活，榨尽了我们的精血，工作磨出了难堪的病痛……在这黑暗，杀人不见血的一面，我们鲜嫩的青春被埋葬下了，我们永远没有春天的欢欣，工作也提不起我们的热狂。阴霾布满了我们的周遭，恐怖老是刻刻的威吓着我们，拖带着一个疲惫的身心，我们不能熬下多久呢？手指着茫茫的黑夜，我们正祈待着一个爆炸！"① 这首诗鲜明地表现了统治阶级对工人的压榨，凸显了国民党治下人与人之间的极度不平等。作为革命书写的文学作品，诗歌本身自然离不开对革命因素的阐扬，而作者也在本诗结尾以"祈待着一个爆炸"这样一种隐晦的方式表达着自己对革命尽快到来的期盼。事实上，如果我们阅读一些左翼文学作品，就会发现"揭露黑暗——呼唤革命"是左翼文学书写常用的一种行文方式，对此，我们应该如何看待这种写作模式呢？笔者以为，与其将这种模式视为公式化、教条化的写作手法，不如深入思考为何文艺工作者偏偏在这件事情上实现了"殊途同归"？事实上，如果文艺工作者通过文字揭露了社会的种种黑暗、不平等之后，却发现除了革命再没有其他方式可以改变这一令人失望的现实，那么他们对革命的呼唤还会被理解为公式化的表述吗？毕竟，一个不争的事实是，不论国民党如何称赞其所谓的"黄金十年"，广大人民群众并没有从所谓"黄金十年"中得到属于他们的"黄金"，不仅如此，国民党对外妥协、对内压迫的蛮横统治却一次又一次让知识群众为之心寒，在这种情况下，知识人士又有何必要在文艺作品中表达对这个政权的留恋呢？

在这一时期，批判国民党的素材有很多，除揭露其对内统治的残暴外，国民党对外妥协投降的行径也是革命书写中的常见内容。其实，对于一般知识青年而言，其对国民党政府卖国投降行径的痛

---

① 林蒂：《被压迫者群》，《泡沫》第 1 卷，1936 年。

恨甚至超过了对其残暴统治的不满。以《新生》事件①的发生为标志，广大知识群众反日、反当局的情绪也达到了新的高度。1936年9月15日，由左翼期刊《浪花》改名而成的《今日文学》刊登了题为《在新文字班上》的报告文学。该作品便生动刻画了国民党当局蛮横禁止学校师生抗日爱国行为的场景，作品描写道：

> 可是，今天上午，省督学来了！他是政府派来查学的！他真是查学的么？不是！他是专门来禁止学生救国的，譬如咱学校，因为：××帝国主义夺了咱的好几省，我们贴标语反对，今天校长听说查学的来了，天不明，就叫校工们把反对××的标语都刷去，师范班的学生也不准开会说××的事情了！
>
> ……
>
> 他们为什么不叫学呢？我已经说过，现在的官，他们不打××，也不替我们民众谋利，只是替××杀中国人，压迫中国人！因××帝国主义和英国，美国各帝国主义都帮大官的忙，给他们飞机，大炮，来杀中国民众！要不是那些混蛋们早给我们杀掉了！帝国主义为什么愿意帮他们呢？因为帝国主义要什么，大官就给什么，较亲儿子还孝顺呢，要不是混帐们做引线，替帝国主义杀中国人，帝国主义也早给我们杀了！反正，他们是一伙，来杀中国的民众，杀我们！

---

① 《新生》事件是指，1935年5月4日，杜重远创办的《新生》周刊第2卷第15期刊载了《闲话皇帝》一文（艾寒松化名"易水"所写）。其中有一段涉及天皇的文字："日本的天皇，是一个生物学家，对于做皇帝，因为世袭的关系，他不得不做，一切的事，虽也奉天皇之名义而行，其实早就做不得主。接见外宾的时候，用得着天皇，阅兵的时候，用得着天皇，举行什么大典的时候，用得着天皇；此外天皇便被人民所忘记了，日本的军部、资产阶级，是日本的正真统治者……"此文刊后的第二天，上海的日文报纸马上做出反应，称《新生》侮辱了天皇，在上海的日本浪人和日侨也上街游行表示不满。紧接着，日本驻上海领事向南京国民政府和上海市政府提出抗议，要求他们向日本谢罪，严惩有关责任人，停止一切形式的反日宣传。迫于日本施加的巨大压力，南京国民政府查封了《新生》杂志，逮捕并判处杜重远一年零两个月的徒刑，此举迅速引起国内舆论哗然。杜重远被判入狱的消息传出后，各界人士义愤填膺，成立了"《新生》事件后援会"，一时间，出现"《新生》周刊话皇帝，满街争说杜重远"的情形，全国民众抗日救亡怒潮进一步掀起。

……

　　小朋友们！他们喝老百姓的血，在南方，他们飞机大炮炸死了无数的爱国同胞，在北方，他们杀死了许多爱国的学生……

　　小朋友们！以后我们可真明白了：谁是我们的仇人，我们要自己干起来！①

　　不论是《今日文学》还是其前身《浪花》，其成员"大多是北京大学、清华大学、北平大学、北平师范大学、中国大学等校学生中的爱好文艺的青年和一部分中学生"②。这群知识青年不是职业革命家，他们的文学写作也大多不受政党势力的操控，然而为何他们却在其文字中这般与当局过意不去呢？在《今日文学》的"编后"中，年轻的作者们道出了实情，他们说："我们是沦落在国防最前线的北国，因为不愿意当奴才，让敌人屠杀，暗害——所以在我们还有一瞬息间的生命，也要作瞬息间的斗争。中国是一个失去了一切光明与温柔的国家，他是被强暴者用种种卑污的手段来屠杀奴隶底抗争——所以我们再也不能坐视地等着灭亡，决定以诚恳及真实的态度在文学的领域里尽一份时代的任务。"③ 编者们如此悲愤是有其缘由的，前文曾述及，《今日文学》的前身是《浪花》杂志，而《浪花》的前身又可追溯到《泡沫》，不论是后人研究认为"《泡沫》被查封后，泡沫社的积极分子魏伯等又组织浪花社，创办了《浪花》文艺月刊"④，还是年轻的作者们向我们暗示"这期同读者见面是一个新的名字，或者会使大家惊奇"，"我们曾经编过两个刊物，但不幸都夭折了"⑤，都为世人打开了一扇知晓他们在编辑刊物时遭受痛楚与压迫的窗户，而这种伤害在编者们看来也绝不是"仅'悲痛'

---

① 苏林：《在新文字班上》，《今日文学》第1卷第3期，1936年9月15日。
② 范泉主编：《中国现代文学社团流派辞典》，上海书店1993年版，第355页。
③ 本社：《编后》，《今日文学》第1卷第3期，1936年9月15日。
④ 范泉主编：《中国现代文学社团流派辞典》，上海书店1993年版，第355页
⑤ 本社：《编后》，《今日文学》第1卷第3期，1936年9月15日。

与'愤恨'就算完结"①。因此，面对国民党当局对进步思想的百般敌视和打压，左翼人士只好拿起文学的武器展开奋力回击，而回击的方式和结果，自然就是革命书写的开展和革命文学的兴起。

除对敌人展开不妥协的斗争外，维护左翼进步组织内部的团结也是革命形势赋予此期革命书写的一项重要内容。北平的左翼团体对这项工作的开展鲜明地体现在其对国防文学口号的拥护上。国防文学是时在上海的周扬根据党的路线方针提出的文学口号，其目的在于借助国共合作组成最广泛的爱国主义文学阵地，从而共同对抗日本法西斯的侵略。虽然出于种种原因，这一口号自提出后一直争议不断，然而它毕竟抓住了当时中国最主要的矛盾，体现了中共关于抗日优先的思想方针，因此，如何准确、客观地认识国防文学口号的进步性并将其与提出者和异见者之间的个人恩怨做出合理切割，便考验着左翼团体的经验和智慧。对于北平左翼团体而言，其对国防文学的拥护还有着现实层面的考虑。众所周知，《何梅协定》签订后，华北日益沦落为日本的势力范围，地位本已一落千丈的北平更是成为国防边塞，面对此种局面，北平的进步人士不得不将重心转移到抗日自卫的任务上来，基于此，北平知识群体对国防文学表示支持也就在情理之中了。

比如，前文曾提及的《浪花》杂志就于1936年第1卷第1期上连续刊载了三篇关于国防文学的文章，在《国防文学的理论与实践》一文中，署名柳林的作者揭示了国防文学产生的客观必然，他说："半殖民地的中国受到了各帝国主义的更甚的压迫与剥削，而某帝国主义的疯狂的侵略，更企图继朝鲜，台湾，东北四省之后，使整个中国殖民地化，在此行将亡国的惨祸之下？赋有依赖性的民族资产者既不能独立的澈底的实行抗敌，代表地主资产者的最反动的封建的统治者只有出卖民族利益而苟安自存；对内是压迫与欺骗，对外则出卖与投降。而中国民族的惟一出路：只有人民大众所领导的反

---

① 本社:《编后》,《今日文学》第1卷第3期,1936年9月15日

帝抗敌的联合阵线的民族解放斗争,在此统一阵线之下,除了少数的汉奸之外,容纳所有的抗敌的党派,团体与民众",而作者所述的严峻情形反映在文学领域就意味着"各流各派的作家们一致联合起来参与救亡运动,在中国民众的意识领域里建立起'国防'的战线:'国防文学'便是在此历史的现阶段的中国的现实中的正确地把握了文学和政治的关系的文学的实践所必然产生的婴儿"①。署名洛底的作者则在《"国防文学"和作家的联合战线》一文中明确指出了国防文学所担负的任务,即"描写在帝国主义侵略和汉奸底出卖下,中国民众所受的痛苦,唤起民众底觉悟;描写帝国主义侵略之残酷,和汉奸出卖民族利益之无耻,以激发民众反帝斗争的情绪;歌颂民族英雄英勇的抗战行为,赞扬伟大的为民族生存而有的战斗,来鼓励民众,增加民众抗敌的决心;指示目前惟一的出路,和抗战底必胜前途,来坚定民众武装抗敌的意志和争取民族解放的自信"②。前文述及,国防文学是新形势下文学领域提出的新任务,这一口号一经提出,不仅反动人士迅速对其展开"围剿",企图将其扼杀于襁褓之中,就连一些进步人士也因斗争方向的转变而一时难以理解。对此,澄清国防文学的真义、辨明其与普罗文学的异同,并在文艺战场坚决回击国民党民族主义文学的进攻,就成为包括北平左翼人士在内的进步分子的任务。《浪花》刊发的三篇文章就对上述问题作出了解答。洛底回答了国防文学与普罗文学的异同,指出,"'普罗文学'是为世界劳苦大众争取解放,虽然也反对帝国主义底侵略,但主要的是抨击社会上的经济剥削如政治上的压迫",而国防文学的不同在于,它"把中国革命底反帝和反封建这两个任务之第一个提到了一个更迫切的阶段","主要是为全国的民众争取解放,号召全国民众,反抗帝国主义对中华民族领土和主权的侵略,反对汉奸出卖民族底利益,争取全国民众底解放"③;未白则揭露了国民党民族主

---

① 柳林:《国防文学的理论与实践》,《浪花》第1卷第1期,1936年。
② 洛底:《"国防文学"和作家的联合战线》,《浪花》第1卷第1期,1936年。
③ 洛底:《"国防文学"和作家的联合战线》,《浪花》第1卷第1期,1936年。

义文学的面孔：民族主义文学"歌颂民众的敌人为'民族英雄'——踏着民族的尸体而为自身谋福利的英雄们，制造许多'乌托邦'的国家环境，和尽力掩饰现实的真实。为了使民众都成为'顺民'，胜利时用'光荣'来麻醉，失败时用'忍耐'来欺骗。更要尽力灌输狭义的民族主义思想，敬仰神话似的勇士，目的在利用广大的群众为他们出力，忍耐，拼命，掠夺！"①

虽然刊载上述进步言论的《浪花》杂志终未能逃过国民党北平当局的查封，但它却向我们表明，北平的左翼团体已经接受并正确理解了我们党关于开展国防文学的指示，而这一事实也就意味着各进步团体在团结内部、一致对外的道路上作出了应有的贡献。

在介绍完此期北平革命书写的成就后，笔者还要花点笔墨讨论一下 1930 年代革命书写的问题和不足。前文曾经指出，评价此期的革命书写要把握两个维度，其中的第二个维度就是革命书写并非只有成功和胜利，其中也不可避免夹杂了不切实际的过激言论甚至是"左"倾错误言论。虽然站在后人的角度看，彼时造成"左"倾错误的因素有很多，但不可否认的是，它们都对党和左翼团体的发展造成了不利影响。对于北平左翼社团而言，其从属者的地位决定了北平的革命书写不可能独善其身，在 1930 年代初，伴随"立三路线"和盲动主义在全党的推行，北平的革命书写自然也出现了一些问题。且不论"武装保卫苏联"和"革命在一省或数省首先胜利"等错误口号给此期的革命书写效果造成的负面影响，即便其他左翼文章，也存在政治色彩过浓、过度渲染和夸张等问题。北平左翼人士张磐石就曾指出："我们的刊物往往搞得革命的政治色彩太浓，出不了二、三期就被查封了，有的在书摊上查到后就被没收了。在这一点上，我们不如邹韬奋、陶行知，他们出的刊物积极宣传抗日，形式活泼，被查禁后换个名称继续出，因此发行的时间长，影响的

---

① 未白：《国防文学与民族主义文学》，《浪花》第 1 卷第 1 期，1936 年。

面广。"① 此外，还有一些人对北平左翼团体的旗帜——北平左联深感不满，认为其未能发挥应有的作用，比如署名螺旋的作者就在《打击左联右倾机会主义》一文中认为"北平的左联，却意外的，贯彻了大众追随主义，通过了自我满足主义，而礼拜了右倾机会主义，作了尾巴的尾巴"，"在这种病态所支持下的今日北平左联。无疑的，是一个低能的契构"②。除此之外，一些文学作品的写作过于生搬硬套，政治目的过于突出导致文学场景前后脱节、不明表里也是此期革命书写不可忽视的问题之一。

三 自左翼而"左"倾：当年轻激进遭遇"左"倾思潮

有学者研究指出，自1928年至1930年代初，"北京学生党员的比重占绝对优势"③。而令人吃惊的是，这一优势还是建立在此期的中共北方党组织不断遭到破坏，而党内又存在着唯成分论错误风气的背景下。因此，这一事实暗示我们，此期北平党员的发展主线并非党组织自上而下制度化、有计划地发展吸收，而更多地体现为青年学生在马克思主义和党的理念的感召下，自身思想发生转变，进而寻求加入组织的心路历程。徐子佩在回忆其思想转变的过程时就表示说："只因我这时既不是团员，更不是党员……感受既不深刻，更不具体，只朦胧地在政治上、思想上感觉十分苦恼、郁闷、厌恶……也就为此，我更积极地阅读进步书籍，探索革命理论。由于我是学化学的，在学了唯物论、辩证法之后，我更坚定地相信，马列主义才是唯一正确的真理。也就从这时开始，我才以'朝闻道夕死可矣'的决心参加了革命工作。"④ 事实上，徐子佩思想的左翼化

---

① 张磐石：《我所了解的北平左翼文化运动》，载中共北京市委党史研究室、中共天津市委党史资料征集委员会编《北方左翼文化运动资料汇编》，北京出版社1991年版，第277页。

② 螺旋：《打击左联右倾机会主义》，载中共北京市委党史研究室、中共天津市委党史资料征集委员会编《北方左翼文化运动资料汇编》，北京出版社1991年版，第207—208页。

③ 周良书：《1927年—1937年：中共在高校中的建设》，《北京党史》2006年第3期。

④ 徐子佩：《一九二六至一九三一年党在清华大学的组织情况和活动情况》，《北京党史资料通讯》1984年第13期。

历程代表了彼时一众知识青年决心投入左翼阵营的所思所想。然而在这批年轻人的思想开始转变，进而寻求进步的过程中，他们的革命知识储备与具体的革命策略、现实的革命行动之间不匹配、不对等的情况也开始显现，这种情况带来的一个直接后果就是他们没有能力对 1930 年代我们党所犯的"左"倾盲动主义错误予以察觉，而盲目地跟从开展游行示威、飞行集会等在彼时被视为"革命"的行为，不仅造成了革命力量的损失，而且伤害了党在群众心目中的形象。

对于后世的研究者而言，1930 年代亲身经历过"左"倾思潮人士的回忆是我们在近一百年后的今天探察当时"左"倾状况的重要途径，对此，笔者有意做一番搜集，通过拼接起这些零散的材料，来展示当时我们年轻的党和年轻的学生对于斗争、对于革命的认知图景。

李正文曾在《回忆"北平左联"与"北平社联"》的文章中说："一九三二年地下党差不多十天或半个月就搞一次游行示威，多半都是在天桥集合，沿途高喊着口号，队伍拉到东安市场门口解散。这样频繁的游行，逐渐引起了国民党反动派的注意，警察开始抓人和驱散队伍了。当时，在我们党内，王明的'左'倾冒险主义占了统治地位……每次示威都会有人被捕，革命组织不断减员，即使这样，我们在每次示威后的小组总结时还说：'我们的示威，扩大了政治影响，取得了胜利。'"[①] 站在革命已经取得胜利七十多年后的今天，立足于革命胜利的因素已被社会各界反复归纳、总结的当下，我们可以认为 1930 年代的革命行动出现了一些失误，然而对于一个正在 1930 年代的北平参加革命行动，且无法预计今后的革命形势会如何发展的进步青年而言，让他们得出上述结论则是不可能的。而这也意味着，以游行示威、飞行集会为主要标志的"左"倾盲动主

---

① 李正文：《回忆"北平左联"与"北平社联"》，载中共北京市委党史研究室、中共天津市委党史资料征集委员会编《北方左翼文化运动资料汇编》，北京出版社 1991 年版，第 412 页。

义一旦发展起来，便不可能立即收尾。基于这种情形，参加示威的人们得出"我们的示威，扩大了政治影响，取得了胜利"的结论也就不足为奇了。事实上，当时的人们看待"左"倾冒险革命行动的眼光是与后人不同的。有人士就回忆说："在大街小巷写革命标语也是左联盟员的经常工作，特别是在红五月里，在纪念五一国际劳动节的前夕，左联的盟员冒着生命的危险，躲着警探特务的监视，在东西、南北城同时发动同志们书写粉笔大字的'反对帝国主义'、'拥护中国苏维埃政权'、'拥护无产阶级祖国——苏联'、'创造工农文化'等标语。每当纪念节日，这些标语就会准时在北平大街小巷出现"，而该人士认为，"这些标语使劳动人民欢欣鼓舞，而反动派则在惊惧颤抖"①。然而，同样经历过这段历史的李正文却不这么认为，他在其回忆中详细记述了飞行集会的具体流程：

> 我记得，当时我们两三个左联支部的十来个同志组成的小分队，平均每周要搞一次飞行集会。我们排着单行队伍，喊着"打倒日本帝国主义"，"打倒国民党"等口号，一到群众多的地方，就把板凳一放，站上一个同志，开始发表演说，开头第一句总是"劳苦大众们"，而不是老百姓熟悉的"同胞们"或"父老兄弟们"、"兄弟姐妹们"这一类通俗的称呼。紧接着就是慷慨激昂的演讲一通。内容也是千篇一律，把日本帝国主义侵略中国说成是日本妄图拿中国东北当作进攻苏联的跳板，结论不是"收复失地"而是"武装保卫苏联"。讲十来分钟，把"卢布"一扬，就宣告飞行集会解散，分头走开了。②

那么，这样的飞行集会有效果吗？答案是否定的。李正文指出：

---

① 陈北鸥：《回忆中国左翼作家联盟北平分盟的艰苦斗争》，载中共北京市委党史研究室、中共天津市委党史资料征集委员会编《北方左翼文化运动资料汇编》，北京出版社1991年版，第317页。

② 李正文：《回忆"北平左联"与"北平社联"》，载中共北京市委党史研究室、中共天津市委党史资料征集委员会编《北方左翼文化运动资料汇编》，北京出版社1991年版，第413页。

"听众并不欣赏我们这一套,有的莫名其妙,有的则认为'共产党胡闹',立即躲开。当时北平老百姓,把我们称为'闹学生'。事不过三,后来老百姓一看是'闹学生'就敬而远之,回避了,对我们大感兴趣的,却是那些头戴礼帽,身穿香云纱衣裤的国民党特务,他们开始是驱散队伍,后来见了就抓。"① 随着革命斗争的进行,一次次失败的教训也在不断地敦促青年进步分子思考,究竟什么样的革命方式才适合现阶段的革命形势?以青年学生为主体的北平党组织,应当采取什么样的革命样式才能在打击敌人的同时更好地保护自己,而不是相反。从1930年代的革命斗争史可以看出,能否将革命的热情与革命的实践很好地互补融合,而不是以革命的热情去指导革命的实践,是决定中国革命能否成功的一条重要指针。面对接踵而来的失败,1930年代的进步青年也进行了思考和改变,比如,杜如薪在其回忆中提到《血腥》杂志的改名过程就颇具代表性,他说:"从《血腥》到《血星》,虽只一字之差,但它却通过斗争的实践,经历了一段思想觉悟不断提高和深化的过程。开始办《血腥》时的主导思想是:东北沦陷后,日本帝国主义对中国人民进行了残无人道的屠杀,人民在流血,在遭难;蒋介石却在出卖,在投降……我们要团结人民,去唤醒人民,就让人民看看东北人民被屠杀的惨状,让东北人民的血腥味去刺刺人们的感官,使人民觉醒起来去奋斗,去抗争,去打倒日本侵略者。在这种思想指导下的《血腥》,它所发表的文章,就是血淋淋的揭露,血腥气味是很足的。为了使血腥气十足,文章的表现手法也多是自然主义的赤裸裸的暴露。这就是导致了我们的一些活动,带有很大程度的盲目冒险……经过斗争实践,经过学习,我们认识到:光有朴素的阶级感情和民族感情是不够的,要敢斗、还要善斗,讲团结,还要注意方法,用《血腥》气味刺激人们的感官,往往会产生盲动和冒险……因此,就把《血腥》改为

---

① 李正文:《回忆"北平左联"与"北平社联"》,载中共北京市委党史研究室、中共天津市委党史资料征集委员会编《北方左翼文化运动资料汇编》,北京出版社1991年版,第413—414页。

《血星》……血是红的,《血星》也就是鲜红鲜红的红星,这颗红星是我们党,我们无产阶级革命事业的象征……同时,我们的《血星》,也和中国工农红军的红星,和红军举的红旗,戴的帽徽的红星联系在一起,和他们的事业结合在一起,斗争在一起。"①

及至一二·九运动前后,存在于北平党组织和进步青年中的"左"倾冒险主义错误才逐步得到清算,经过一系列整顿,到了1936年,北平的党团状况才得到较大改善。自此,北平乃至中国的革命斗争、学生运动才可以说步入了正轨。当我们重新回头审视1930年代前期北平知识青年自左翼而"左"倾的思想和行为时,一方面,我们被知识青年们对马克思主义的笃信而感动;另一方面,我们又必须深入思考为何这一时期我们党的城市工作出现了一些错误,而众多执行城市工作任务的党员和进步青年不仅没有发觉其中的错误,反而不折不扣甚至变本加厉地执行错误呢?在笔者看来,其因归根结底在于没有正确认识革命热情与革命行动之间的关系。毛泽东曾经指出,"革命不是请客吃饭,不是做文章,不是绘画绣花,不能那样雅致,那样从容不迫,文质彬彬,那样温良恭俭让"②,因此,革命的形势需要革命的热情,对于一个革命者而言,也唯有始终保持高昂的革命热情,才有可能在复杂艰险的斗争环境中坚持到底。但是,革命的胜利固然需要革命的热情,但并不意味着只要有了革命的热情就可以取得革命胜利,特别是在具体的斗争环境中,理性、务实的分析判断往往要比单纯的革命热情更加重要。但不幸的是,1930年代早期的党和党员并没有认识到这一点,他们不缺乏革命精神和革命热情,他们缺少的恰恰是对革命形势和敌我力量的实事求是的分析,而这也是我们在从事党的其他工作时应当倍加注意并应从中汲取的重要经验教训。

---

① 杜如薪:《〈血星〉高照》,载中共北京市委党史研究室、中共天津市委党史资料征集委员会编《北方左翼文化运动资料汇编》,北京出版社1991年版,第382—383页。
② 《毛泽东选集》(第一卷),人民出版社1991年版,第17页。

第三节　未受重视的领域：中学的左翼声音

季羡林在回忆其高中老师胡也频的文章中曾提及这样的情形——"每次上课，他都在黑板上大书：'什么是现代文艺？'几个大字，然后滔滔不绝地讲了起来……我们这一群年轻的大孩子听得简直像着了迷。我们按照他的介绍买了一些当时流行的马克思主义文艺理论书籍。那时候，'马克思主义'这个词儿是违禁的，人们只说'普罗文学'或'现代文学'，大家心照不宣，谁也了解……我们这一批年轻的中学生其实并不真懂什么'现代文艺'，更不全懂什么叫'革命'。胡先生在这方面没有什么解释。但是我们的热情却是高昂的，高昂得超过了需要。当时还是国民党的天下，学校大权当然掌握在他们手中。国民党最厌恶、最害怕的就是共产党，似乎有不共戴天之仇，必欲除之而后快。在这样的气氛下，胡先生竟敢明目张胆地宣传'现代文艺'，鼓动学生革命，真如太岁头上动土"[1]。这一情形告诉我们，1930年代左翼思想的传播阵地其实并非大学一隅，当时的中学（特别是高级中学）事实上也是左翼思想传播的重要阵地。然而，出于种种原因，当今学界对1930年代左翼思想在中学传播的研究是不充分的，事实上，不论是彼时的中学教材还是中学生所办期刊，都有许多体现马克思主义、左翼思想的文字表达，当然，对于中学刊物而言，它们又有着与高校所办期刊不同的特点，因此，将中学的左翼思想予以揭示，对于丰富左翼思想的传播图景、区分中学与高校左翼思想的存在样貌，是有着重要意义的。

一　中学教材中的马克思主义——以张希之《中国文学史》为中心的考察

若以学术影响力而言，不论是作者张希之还是其撰写的《中国

---

[1] 季羡林：《忆念胡也频先生》，《季羡林散文全编》（二），中国广播电视出版社1999年版，第324—325页。

文学史》①，在文学界均算不得十分出名。然而本部分之所以将其单独列出，原因在于他的文学史著作是在1930年代的北平为数不多的以马克思主义和唯物史观作为指导思想的高中教材。自书中信息可知，该书是面向国立北平大学附属高级中学高三年级的选科教材，虽然其研究探讨的是中国文学在历史上的发展，然而唯物史观的运用却使这本书成为与以往"固守着一般传说的记述，只作一系统的整理""只顺着朝代的次序开一个书目，列一个人名表"②的旧式文学史不同的创新之作，而这样的一本新式著作自然会对平大附中学子的求知问学产生不同以往的影响。

那么，张希之是何许人？他的文学史著作既然有着鲜明的唯物史观立场，莫非他是中共人士或者左翼人士吗？答案并非如此。据《中华民国史大辞典》介绍，张希之自北大文学院哲学系毕业后，曾留学日本，回国后，他历任"北京大学讲师、陆军第四十五师秘书兼政工大队长、湖北省教育学院教授、湖北省教育厅主任秘书长、河北省训练团教育长、国民党河北省党部委员、立法院立法委员"③等职，由此可见，张希之并非左翼人士，而是一位具有国民党当局色彩的人物。然而，就是这样一位任职岗位横跨学界、政界乃至军界的国民党人，却在其著作中公开表示"'唯物史观'是惟一的科学的研究方法"，"努力地把'唯物史观'应用于文学的领域，从经济的社会的诸条件，解释一切问题"④。他的《中国文学史》便是在这一思想的指导下写出的文学研究著作。

自该书内容可知，作者虽然撰写的是文学史著作，然而其对文学史研究的方法论却十分看重。从目录可见，作者首先用三章内容对"文学史方法论""文学史范围论"和"中国文学底史的观察"三个具有提纲挈领意义的主干性问题进行了阐述，而作者的马克思

---

① 该书又名《中国文学流变史纲》，见该书目录页。
② 张希之：《中国文学史》，北平大学附属高中印制1934年版，第1页。
③ 张宪文、方庆秋、黄美真主编：《中华民国史大辞典》，江苏古籍出版社2001年版，第1042页。
④ 张希之：《文学概论》，北平文化学社印行社1933年版，第2页。

主义观和唯物史观思想也大多在这三部分中得以亮明。在第一章"文学史方法论"中，张希之指出，"（一）为什么产生这样文学作品？（二）为什么各时代底文学作品在内容上形式上不住地演变？"① 这两个问题是文学史的基本问题，作者根据唯物史观的基本观点对这两个问题作出了解答。张希之指出，解答"为什么产生这样文学作品"，离不开分析作家这一文学创作的主体，对此，唯心论和唯物论有着不同的解释。作者指出，"在唯心论者看起来，文学作品是文学作家的天才创造，这很显然的是把文学作家当作孤立的东西看待。实际上讲，人类不能离开社会而独立存在。他底一切性质，习惯，思想，行为等都是为现实生活，社会环境所决定"②。对于文学家而言，影响其创作的客观因素很多，而作者尤其重视文学家所属社会阶级的影响，他说："文学家所属的阶级是影响作家的第二种因素。这种因素，较之'家庭'和'氏族'尤为重要……就文学本身来讲，在阶级的社会里，文学是一种阶级的文化。我们晓得在原始时代，社会阶级尚未形成，当时之所谓文学——'歌谣'，是表现大众的生活，大众的思想，大众的感情，而大众在闲暇的和疲倦的时间，也都有享乐的权利。所以那时的文学是没有阶级性的。及生产技术发展到了一定的程度，社会上形成了两个对立的阶级——'统治阶级'与'被统治阶级'，这时，统治阶级占了优越的地位，他们既没有生活难的压迫，又没有劳作的必要……富有从事于文化的闲暇时间，于是文学便离开了大众而入于他们底掌握，成了一种专门的东西。"③ 而基于阶级地位的不同，"在一般没落阶级，他们底生活趋于颓废的享乐，把文学当作一种茶余酒后的娱乐品。这样所产生的作品，自然是修辞琢句斗靡夸奢的形式。反之，在某一阶级受压迫或正在新兴的时候，他们底生活是挣扎、奋斗，在这种阶级群里所产生的文学，一方面要表现本阶级底苦痛，一方面，是要揭穿敌

---

① 张希之：《中国文学史》，北平大学附属高中印制1934年版，第8页。
② 张希之：《中国文学史》，北平大学附属高中印制1934年版，第8页。
③ 张希之：《中国文学史》，北平大学附属高中印制1934年版，第9、11—12页。

对阶级的罪恶。这样的文学,当然是具有通俗质朴,不尚雕琢的形式"①。

作者在回答第二个问题"为什么各时代底文学作品在内容上形式上不住地演变"时也依据唯物史观表示说:"创作文学的作家和文学反映的现象,都为'现实生活''社会环境'所决定。我们知道人类的生活不住的在变动,由渔猎而牧畜,由牧畜而农业,由农业而工商业,因生活方式之改变,社会也随着变迁,由原始氏族社会而建封(应为封建——笔者注)社会,由建封(应为封建——笔者注)社会而资本主义社会。现实生活,社会环境既不住的变迁,当然,文学也随着变迁。"② 值得一提的是,虽然表述如此,但作者并不简单地将社会发展视为有规律的线性向前的模式,他解释说:"我们应当注意的,上面所述的社会发达的过程,只是为避免理解的混乱,所以仅在一面把握并表明构成社会之诸因素的关系罢了。而在实际之上之发达过程是非常复杂的。因为在构成社会的诸因素间是行相互作用的,经济基础固为决定社会上层建筑的要因,而上层建筑在转变的过程中,也会作用于经济基础,或促其急剧的转化、或牵制其暂时的停滞。恩格斯曾说:'在这些一切要因间有相互作用。在其中经过无数的偶然性,结局,经济的运动为必然的而遂行。'这是很正确的。"③ 作者在此所述内容事实上就是恩格斯关于历史创造的"平行四边形"法则的经典解释。恩格斯在《致约翰·布洛赫》的信中这样说道:"历史是这样创造的:最终的结果总是从许多单个的意志的相互冲突中产生出来的,而其中的每一个意志,又是由许多特殊的生活条件,才成为他所成为的那样。这样就有无数互相交错的力量,有无数个力的平行四边形,而由此就产生出一个总的结果,即历史事变,这个结果又可以看做一个作为整体的、不自觉地

---

① 张希之:《中国文学史》,北平大学附属高中印制1934年版,第15页。
② 张希之:《中国文学史》,北平大学附属高中印制1934年版,第16页。
③ 张希之:《中国文学史》,北平大学附属高中印制1934年版,第38页。

和不自主地起着作用的力量的产物。"①

在教材中,作者对唯物史观的"热捧"并非限于文学理论部分,在讲授具体的文学样式和作品时,他甚至运用了阶级分析方法来辅助文学史讲解,从而使读者在感受文学美感的同时对当时的社会状况有了更深入的了解。以诗经的讲授为例,作者认为:"在诗经中,我们可以看出复杂的阶级意识。一般没落的贵族,因为自己生活发生问题,眼看着前途日趋于暗淡,所以不免忧闷,诗经小雅的节南山,魏风的园有桃,邶风的北斗等都是表现没落贵族忧闷的情绪……在另一方面讲,一般'被统治阶级'被'统治阶级'苛征暴敛,征供徭役,在这样阶级尖锐化的时期,他们底憎恨反抗的意识,自然要发生,如魏风的伐檀……这很清楚的是描写工人在河边休息的时候,对于一般不劳而获的贵族沉痛的攻击和诅咒。这便是阶级意识的觉醒!"②

当然,张希之运用唯物史观研究中国文学的尝试在1930年代的北平可谓一新鲜事物,对此,彼时的学界有不同看法实属正常。比如,文学评论家李长之就对张希之在另一本著作《文学概论》中的唯物史观运用进行了评价,认为"作者是用唯物史观来研究文学的,可是作者这种唯物史观的思想还没有固定。换一句话说,就是他研究文学的哲学的出发点,还没有树立牢稳,也就是他自己的一贯的思想,还没有成熟。这在一方面,是一件好处,因为惟其如此,他才可以有更远大的进步,对他自己说当然是这样的。在另一方面,却是一个坏处,因为不固定,不牢稳,不成熟的结果,使他的主张,遂不能太一致和太清晰"③。虽然李长之对张希之的唯物史观运用在一定程度上提出了批评,但仔细观之便知他批评的只是运用唯物史观的具体方式,而非唯物史观本身,比如李长之指出的"作者因为是用新兴的社会科学的观点去研究文学的缘故,在方法上便不能离

---

① 《马克思恩格斯书信选集》,刘潇然等译,人民出版社1962年版,第467页。
② 张希之:《中国文学史》,北平大学附属高中印制1934年版,第61—62页。
③ 伍杰、王鸿雁编:《李长之书评》(三),河北教育出版社2006年版,第100页。

开唯物辩证法,但是他忽略了唯物辩证法的整个性"① 便是在唯物史观的操作层面提出的意见。从这一则例子中,我们也可看出唯物史观对1930年代的文学研究产生的巨大影响。

二 马克思主义在中学期刊中的存在形态

前文述及的是中学教材中的马克思主义思想,而在本部分,我们的关注焦点将转向中学生创办的期刊。一直以来,关于1930年代的马克思主义研究,中学②和中学期刊都不曾成为重点,究其原因,并不是此期的中学校刊中没有马克思主义的思想表达,因为,如果我们认真翻阅1930年代的中学刊物,就会发现存在于中学期刊中的进步思想绝非少数。那么,造成对其研究稀少的原因究竟是什么呢?笔者以为,目前学界对中学和中学生这一群体的错位认识,是其对1930年代的中学马克思主义"视若无睹"的重要原因。

所谓错位认识,是指现在的学人对1930年代的中学所具有的影响力的估计与彼时中学的实际影响力之间存在落差。于今天看来,中学生在思想、智力方面均不成熟,在性格方面亦处于养成阶段,对于这一处于思想成长过程中的群体,我们自然不能以其中学时期的思想来推断其成人后的认知。然而在1930年代的社会环境下,彼时的中学生与我们现在对中学生的认识,事实上有很大错位。在教育不普及的民国时期,高中学生就已算得上精英人群了,对此,中学生们是了然于胸的。有学生就指出:"因我国中学生,比较得少。所以别的责任就要分到我们的身上。何况又是在教育破产,不振兴,和不普及的我国呢?"③ 当然,作为学生,他们在欣然接受"册封"为精英人士的同时,还要继续学习各种文化知识,而这一特点也鲜明地体现在对待马克思主义的态度上。

---

① 伍杰、王鸿雁编:《李长之书评》(三),河北教育出版社2006年版,第102页。
② 需要作出说明的是,本文所指的中学,除非作出特别的说明,均指的是高级中学。
③ 文清:《我国中等学校学生日前的责任》,《育英半月刊》第4卷第1期,1935年。

就其表现形式而言，一方面，彼时的中学期刊刊载了许多关于马克思主义的具体知识，以此向中学生普及，帮助其掌握马克思主义的理论和方法；另一方面，在对一些具体事情的分析上，部分文章已经展现出运用马克思主义的能力，从而使文章的科学性与理论性大为提升。可见，对于中学期刊而言，它既是传授马克思主义和进步思想的平台，又是锻炼运用马克思主义的试验田，这一双重特点告诉我们，不应再忽略中学对研究、传播马克思主义的贡献，而对中学的马克思主义展开研究，不仅十分必要，而且颇具价值。

从普及马克思主义的角度看，此期北平的中学期刊主要依托以下几个方面向读者介绍马克思主义知识。第一类是在"名词解释"栏目中刊登体现马克思主义的名词。比如，《育英半月刊》曾辟出空间对"观念形态"做出阐释。该文解释说："观念形态，是新兴社会科学书籍里面习见的名辞。照唯物史观来说，社会的经济构造是现实的基础，而法制上，政治上，宗教上，艺术上，教育上以及哲学上——简单地说，就是观念上——的各种形态（亦即所谓观念形态）都是建立在这个基础上的上层建筑。"[①] 又如《大同》曾对新兴文学中的写实主义做出解释，该解释区分了新旧两种写实主义，指出"从唯物辩证法的观点看，艺术的当面任务不只在描写'事实如此'，同时要写那'应当如此'……新写实主义能写出世界的动向，所以它内部是可以有一些理想的成分的，不过这种理想是真实的理想，不是空想"[②]。

第二类是向读者推荐进步书籍和进步作家的文学作品。例如，《大同双旬刊》在1935年第1卷第3、4期刊登了《给研究自然科学的同学们介绍一本书》的文章，在文中作者充分肯定唯物辩证法，指出"那么能够把上面的错误纠正过来，很正确的认识事物的方法是什么呢？只有'唯物辩证法'，他应用到任何领域都妥当的，因为

---

① 《小常识：观念形态》，《育英半月刊》第4卷第1期，1935年。
② 《写实主义》，《大同》第1卷第2期，1935年。

他是由自然之中发现的,并且使他在自然之中发展起来"①。除此之外,作者还将恩格斯的《自然辩证法》一书推荐给读者,并对其适合的读者范围做出了界定。

作为教育机构,各个中学自然也少不了各式各样的讲座,因此,在中学期刊上刊登学者的讲座文稿也是1930年代中学期刊介绍马克思主义的途径之一。《大同半月刊》曾刊登《社会科学的任务——刘庆泉女士讲稿》的文章,刘庆泉在文中指出:"我们知道各种科学都是由于社会的需要,或者由于所存在之阶级的需要而产生的。布尔乔亚为其自己实际生活的要求,创造了他自己的社会科学……他们所研究的是怎样维持资本主义社会的秩序,怎样保证资本主义社会中所谓之'正常发展'的问题。换言之,即是如何保证布尔乔亚取得润利,如何能保障他们对于某一阶级的支配权,如何实施教育,使某一阶级善于服从他们的剥削,如何采取对付外国的政策,以保护其本国布尔乔亚的利益……但是普罗列塔利亚也和布尔乔亚一样,他们也有他们的利益,欲望和实际生活,所以他们也有他们的社会科学,他们的社会科学的方法论就是'唯物史观'。因为它的帮助,普罗列塔利亚对于社会生活中最复杂的问题才能了解;社会主义者才能正确推测普罗列塔利亚的独裁,及各种政党,团体和各阶级在过渡时期中的态度。"② 从上可见,此期的中学期刊不论采取何种方式普及马克思主义,其立论的前提都是将马克思主义作为认识社会、解释世界的科学的思想理论,而这 褒义性立场也成为中学的马克思主义认知中最鲜明的特点。

马克思主义的普及推动了中学生对唯物史观书籍的关注,通过阅读这类书籍,一些中学生逐渐感受到马克思主义的魅力并在文中表达了赞佩之情。署名长城的作者就表示说:"这时看许楚生译的

---

① 格克:《给研究自然科学的同学们介绍一本书》,《大同双旬刊》第1卷第3、4期,1935年。
② 李楷记述:《社会科学的任务——刘庆泉女士讲稿》,《大同半月刊》第1卷第2期,1933年。

'唯物史观与社会学——布哈林'时,方才感到莫大的兴趣和欣悦,是的,我敢断然的说,所谓'洞房花烛夜,金榜及第时'的快乐也不过如此。"① 与此同时,在一些中学期刊中,运用马克思主义立场、方法分析问题的文章也日渐增加,比如天津的《南中学生》1932年第1卷第10期刊登了《我们的新教育方向之公开讨论》一文,该文运用阶级分析法分析了当时中国的教育问题。文章指出:"一时代的支配阶级的思想,常是支配这社会的思想,此外全是所谓异端奸说……同时他们又造出来一切他们所谓的道德,来束缚,蒙蔽人们的耳目。"在对受教育人群进行阶级分析时,作者指出:"试看我们学生的家长,至少是个小地主,再有官吏,军阀,买办,资本家。我们的经济来源完全是靠他们,他们也希望造着他们自己的典型,造就出他的子弟来,承继他的事业……所以教育只是社会上一部分有特殊地位的人,得以享受的,而这一部分人,是不劳而获的,但是穷人天生的都是笨货吗?天生的不该受教育吗?他们自小就要帮着家长维持生活,那里有读书的福气!书不是穷人念的!有钱的人就有智识,没有钱的人就没有智识!"② 在此,作者向读者揭示了在阶级社会中,教育只是统治阶级培养后代、维护对被统治阶级的长久统治所使用的工具的本质。虽然对于被统治阶级而言,他们同样渴望接受教育,然而其与统治阶级悬殊的经济差距已在事实上宣告了他们与教育的无缘。

在另一篇文章《现代青年的人生观》中,署名依英的作者运用马克思主义对人生观进行了分析。他指出:"人生观是社会阶级关系在人类意识上的反映:人类在社会生活中,随了生产力之发展,构成了一定的生产关系而形成经济基础,在此基础上,就发生与此相应的社会意识。所以,人生观亦在社会关系中产生,而在社会意识中反映……社会意识亦有阶级对立的成分。这样,社会意识就随阶

---

① 长城:《一年来读书的总结算》,《大同半月刊》第2卷第3期,1932年。
② 刘华:《我们的新教育方向之公开讨论》,《南中学生》第1卷第10期,1932年。

级之分化而分化,当然,人生观亦随社会意识之不同而不同。"① 对于青年而言,认清社会是树立正确人生观的前提,作者认为,1930年代的社会是"资本主义已发展到最后阶段金融资本帝国主义时代,一面是资本主义第三期的经济恐慌的来临,一面是占地球六分之一的苏联的社会主义建设伟大的成功,世界革命的形势日益成熟,革命的高潮就要到来;因此,现代社会乃是资本主义正向着社会主义飞跃的社会"②。面对如此左翼、革命的语言表达,我们很难想象它仅仅出自一本中学刊物,而这一事实也提醒我们,左翼思想在1930年代的存在,或许比当今学界揭示出来的要普及得多、重要得多。

在此期中学期刊发表的文章中,不仅有如上文所示的对社会主义社会的呼唤,也有运用政治经济学原理分析中国与世界的政治经济秩序,还有使用马克思主义文艺理论探讨文学作品应当采取的创作原则,等等。可见,此期的马克思主义已逐步深入中学生的思想世界,并对这一群体产生了实实在在的影响。那么,1930年代存在于北平中学的左翼思想究竟因何而起?我们将在下文继续探讨。

三 中学左翼思想的生成分析

应当看到,左翼思想在中学的生成是其在北平乃至在全国兴起的缩影,因此,我们在探讨左翼思想在北平中学的发展壮大时,既应该考察那些独属于中学的生长特点,同时,也不应忽略一些带有普遍性、整体性的成长原因。

基于此,我们认为,以下几个因素是左翼思想在北平中学传播开来的重要推动力。首先,是1930年代知识界对马克思主义的关注和认可。关于这一点,学界近年来的研究成果已经进行了非常细致的阐释,笔者在此不欲赘述。但需要指出的是,对于彼时的中学生而言,他们虽然被视为知识人士,但是这些十五六岁的年轻人尚不具备完全独立的分析和思考能力,因此,教师的思想倾向和教材的

---

① 依英:《现代青年的人生观》,《南中学生》第 1 卷第 4、5 期,1932 年。
② 依英:《现代青年的人生观》,《南中学生》第 1 卷第 4—5 期,1932 年。

选定便非常重要。前文述及张希之编写的《中国文学史》以唯物史观作为指导思想，成为 1930 年代文学史教学研究领域的创新之作，而进步教师引导学生学习左翼思想进而达至认同也有具体的例证可循。梁斌在其回忆录中就说道，"来了一批新的教员，学生们的精神面貌，也为之一振。北方局的内部刊物《红旗》也能看到。组织上在内部募捐，印了一批社会科学讲义，有六七本，每本四十页至七十页，每天晚上读一本。自此，我读书的兴趣转移了，开始读大本书，读社会科学……读了各种历史唯物论和辩证唯物论……我叫我三哥买了一批书：河上肇的《政治经济学》、恩格斯的《家族、私有财产及国家之起源》、列宁的《国家与革命》、马克思和恩格斯的《共产党宣言》……当时还不懂得改造世界观，实际上起了这个作用。读了这些书，我才懂得革命文学，下决心作一个革命作家"[①]。

其次，民族主义影响下知识人士对国民党当局不满是推动左翼思想传播的外在因素。由于国民党政府对内不能强国富民、对外不能抵抗日本帝国主义侵略，致使其在知识人士心中的形象一落千丈，并屡屡成为知识界诟病的对象。张友渔就曾指出，"在当时的国民党统治区，能登揭露国民党的东西，就颇能赢得一些进步读者的好感"[②]。而九一八事变和一二·九运动的发生更加剧了统治当局与爱国群众之间的对立和紧张，面对青年学生和知识群众并不过分的爱国诉求，执政的国民党当局却选择用"扣帽子"的暴力方式予以回应。此举激起了包括中学生在内的北平各界人士的强烈不满，时有学生就撰文指出："紧急法令的颁布，断丧了救国学生的命运。许多热血的青年，加上个什么'赤'字，便被'传'去了。可是，说也奇怪，传去的学生全是作救亡运动的人！难道这些青年却都是不纯的份子？这真令人不能相信……现在中国已危亡到这步，某些人不但不以为意，反而要将一班有血性的热血青年杀绝，真不知道他们

---

① 梁斌：《一个小说家的自述》，中国青年出版社 1991 年版，第 80 页。
② 张友渔：《报人生涯三十年》，重庆出版社 1982 年版，第 20 页。

是什么意思！更不知道中国是不是他们的祖国！"① 在一般知识人士看来，既然国民党不能担负起保卫国家、保护人民的职责，那么人民就只好对其统治投下否决的选票，而这一思想过程的生成也即意味着人们已经在思想层面做出了抛弃国民党另寻高明的决定。

再次，是北平党组织和进步团体在中学的耕耘。虽然1930年代的北平党组织不断遭受国民党当局的镇压和破坏，但其仍然顽强地在各个中学发展着进步的力量。资料显示，1933—1937年，北平东城区委曾下辖汇文中学、十七中、精业中学等中学党支部；1934年初，南城区委曾下辖安徽中学、广安中学、念一中学等党支部；1936年，北区区委曾下辖河北省立第一高中、求实中学等党支部。② 这些中学党组织的设立显示出我们党对中学工作和中学生群体的重视。除了在组织上将中学纳入党的发展对象外，以北平左联为代表的进步团体也在中学开展了卓有成效的马克思主义宣传教育工作。孙席珍就回忆说，"（北方左联）正式盟员虽不多，但各校均设有读书会（或文学研究社等），由盟员组织领导，总人数可能超过一百。除了上述各校外，记得清华大学、辅仁大学、中法大学、民国大学、大同中学、汇文中学和贝满女中等，也曾有过读书会一类的组织。盟员小组会不定期召开，次数并不太多；读书会目的重在政治宣传，也介绍阅读一些苏联文艺理论和作品，相机传递一些印刷品（大多是油印的），活动比较更经常些"③。

最后，国民党的间接助力也是左翼思想发展的原因之一。有学者研究指出，面对科学的马克思主义，就连国民党所办期刊也无法不落入马克思主义的"窠臼"④。事实确实如此。在北平，有人士就

---

① 清：《给同学们的一封信》，《大同周刊》第2卷第3期，1936年。
② 以上材料出自北京市地方志编纂委员会《北京志·共产党卷》，北京出版社2012年版，第65—66页。
③ 孙席珍：《关于北方左联的事情》，中国社会科学院文学研究所《左联回忆录》编辑组编：《左联回忆录》（下），中国社会科学出版社1982年版，第497页。
④ 相关研究成果参见张太原《二十世纪三十年代国民党主流报刊上的马克思学说之运用》，《中共党史研究》2014年第2期。

对国民党办期刊《文艺战线》做出这样的评价——"有人说《文艺战线》右倾,但我的观察,《文艺战线》却是一个真正提倡普罗作品的刊物……所以《文艺战线》不但不右倾,恐怕还是左倾的生力军呢"[①]。我们知道,国民党宣传部门对马克思主义和普罗文学一直秉持否定、查禁的立场,但是马克思主义却没有因为国民党的查禁而销声匿迹,甚至反而出现在国民党自己创办的刊物上,对此,我们不必"怪罪"国民党人太过无能,毕竟,面对科学的马克思主义,拒斥是无法解决问题的。

[①] 小雪:《读〈文艺战线〉十八期跋后》,《文艺战线》第 1 卷第 19 期,1932 年。

第四章
北京高校左翼思想的复杂性存在

如果我们深入挖掘上一章所述之知识青年，就会发现这些年轻人大多有着自己的"组织"，即他们所就读的学校。作为传播马克思主义和进步思想的重要场域，高校一直以来都受到学界的关注，然而出于种种原因，学界目前还相对缺乏对高校传播左翼思想的细节挖掘和对进步思想在高校传播的复杂态势的揭示。鉴于此，本章拟把关注重点由对知识青年的考察转移到对他们所在高校的考察，以期通过研究来揭示1930年代北平高校和高校学人在左翼思想传播领域的生动图景。

事实上，以南京国民政府1929年2月27日颁布《整饬学风令》为标志，左翼思想在高校的传播就进入了复杂微妙的多方博弈阶段。从国民党的角度看，统治当局通过颁布种种法令，妄图以高压姿态强行禁止学生运动和进步思想的传播，而彼时的校方虽然很难认可国民党的蛮横行为，但出于稳定学校秩序、专注学问、繁荣学术的考量，也不愿意看到学生运动的发生和"激进"思想的传播。但是，如果将马克思主义限定在学术的范围内，展开学术上的研究，那么他们也大多会不予置问。高校校方"透露"的讯息自然为高校学人们所捕捉，因此，一些同情、认可马克思主义的学者就在高校"保护伞"的庇护下展开或者研究马克思主义或者运用马克思主义的立场、观点、方法研究其他社会科学的学术实践。在这一过程中，马克思主义逐渐为学者们所知，一些起初并不认可马克思主义的学者也渐渐改变了他们对待马克思主义的态度。对于学生而言，他们受到高校校方和教师的双重影响,因此,一些即便后来并未走上进步道路的学生也在其求学期间对马克思主义保持了相当的关注,甚至有一些学生撰写了马克思主义的学术论文并在学术期刊上公开发表。基于上述因素,我们有理由相信,对马克思主义在高校多维存在的态势进行探索是有必要、有价值的,因此,本章将在分析考察具体因素和历史事实的基础上,专以北京大学为例,来探求1930年代的马克思主义在这所最富盛名、最具代表性的高等学府生动而又坎坷的存在样貌。

第一节 政、学博弈下左翼思想的学术化变通

1930年代高校出现的"学术回归"思潮是国民党当局和高校校长们相向推动的结果。虽然从表面看两者的目标是一致的,但是他们的出发点却大相径庭。国民党之所以热衷学术回归,其目的在于借以打压日益兴起的学生运动,进而为三民主义和党化教育在高校的推行铺平道路,而高校校长们对学术回归的推动,虽然暗含了规避学生运动的意味,但实则更看重为学术研究的开展创造稳定的学术环境。这一内在区别也为之后国民党在大学推行党化教育时高校学人的抵触和排斥埋下了伏笔。面对裹挟着三民主义的国民党对高校的大举"入侵",深忧思想自由、兼容并包之风不再的知识分子做出了强烈的回应。以胡适为代表的自由主义知识分子纷纷撰文,抨击党化教育对高校和思想界的侵害。在众多知识分子的抵制下,党化教育自始至终都没有达到国民党预期的目的,而幸运的是,具有良知的知识分子对党化教育的抵制反而在一定程度上保护了高校的马克思主义。面对三民主义的退却,马克思主义得以继续在高校驻足,不过,在"学术回归"的特殊环境下,此时的马克思主义主要以学术的面貌出现。

一 国民党"整饬学风"意图与党化教育的铺开

对于曾见证一系列学生运动的国民党而言,其深知学生运动的

威力和影响,因此,自国民党取得统治地位后,执政当局就迫不及待地推出了一系列法令,妄图"未雨绸缪"地将学生运动消灭在萌芽阶段。1929年2月27日,南京国民政府颁布《整饬学风令》,在该训令中当局就表示说:"今幸障碍已除,武功粗毕,青年责任,惟在自成。宜懔古人思不出位之戒,遵总理努力学问之训,自此率循校则,人勉厥志。学校政务,责之当局,务弗仍习嚣堕落,恣行越轨。教育行政机关,于学生举动亦宜加注意,如有侵轶轨范,即行纠正。地方行政长官于学生举动妨及治安者,宜协同教育行政机关严予裁制,务使学风丕变,蔚成良模。"① 于内容看,此训令对于学生享有的权利和应尽的义务只字不提,却对学校当局、教育行政机关和地方行政长官在面对学生"造反"时应行使的职责做了明确要求。从中可以看出,国民党政府自其掌权之初就未曾考虑过学生的利益,反而天然地把自己与学生摆在了统治与被统治的对立位置。除这一命令外,1930年12月9日,蒋介石又以国民政府行政院院长的名义发布了《告诫全国学生不得掀动学潮书》。在告诫书中,蒋介石希望学生"为三民主义之忠实信徒,为中华民国之未来主人,毋蹈歧趋,辨顺逆,明是非,尊师保,重学术,己立立人,自救救国,然后克尽对国家社会之职责,若仍蹈习故常,茫然罔觉,行动越轨,言论悖谬,放弃本身之职责。甘为反动之工具,则为校规所不许,国法所不容,发纵指使者,已罪无可恕,盲从附和者,亦属咎有应得"②。而仅仅时隔两天,国民政府教育部又颁布了《关于整饬学风的训令》。在该训令中教育当局严词指出:"如再有甘受反动派之利用,仍前嚣张,恣行越轨者,政府为爱护青年贯彻整饬学风计,惟有执法严绳,以治反动派者治之,决不稍事姑息。良莠不除,嘉禾不生,尚有一二学风最坏无法整顿之校,即不得已而至全校解散亦

---

① 中国第二历史档案馆编:《中华民国史档案资料汇编·第五辑第一编政治(四)》,江苏古籍出版社1994年版,第22页。
② 中国第二历史档案馆编:《中华民国史档案资料汇编·第五辑第一编政治(四)》,江苏古籍出版社1994年版,第43页。

所弗惜。"① 应当讲,上述严令不可能从根本上杜绝学生运动的发生,因为从中我们可知,国民党当局从未认真思考过为何会发生学生运动。虽然彼时的当局者迷,但旁观者却是清楚的。有人士就揭示了学生运动频发的真因,署名臧晖的作者指出,学生闹运动并非与国民党过意不去,而是因为机会不公、学习无用:"在这个变态的社会里,学业成绩远不如一纸八行荐书的有用。学业最优的学生,拿着分数单子,差不多全无用处;各种职业里能容纳的人很少,在这个百业萧条的年头更没有安插人的机会;即有机会,也得先用亲眷,次用朋友,最后才提得到成绩资格。至于各种党部,衙门,机关,局所,用人的标准也大概是同样的先情面而后学业。"② 但是国民党不这么看,在他们眼中,学生运动几乎就等同于中共的"挑拨"和"煽动",因此,只要出现学潮,当局不分青红皂白地就将其归罪于共产党对无知学生的"蛊惑",然而矛盾的是,既然当局认定无知学生是因为受了中共的"蒙骗"才走上街头,那么当局又为何执迷于使用暴力来解决问题呢?特别是,他们的对象仅仅是一群手无寸铁的读书人。但是,不论国民党政府作何考虑,事实告诉我们,彼时的执政党的确不得青年学生的喜欢,因此,当国民党要求三民主义进入校园并粗暴取缔马克思主义等进步学说时,青年学生们往往秉持不屑一顾、我行我素的态度,而基于这种非暴力、软对抗的应对方式,国民党人控制学生的政治意图自然也无法达到预期的目的。

因此才可见得,国民党煞费苦心、不遗余力地意图将高校纳入自己的掌控之中,不仅在制度层面设置了一个个禁区,而且在意识形态领域也频频"调兵遣将",其中,党化教育就是一个重要举措。有学者认为,党化教育从国民党在广东时期就已开始,③ 及至国民党完成形式上的统一后,当局更是加快了党化教育的推进速度,其中,

---

① 中国第二历史档案馆编:《中华民国史档案资料汇编·第五辑第一编政治(四)》,江苏古籍出版社 1994 年版,第 46 页。
② 臧晖:《论学潮》,《独立评论》第 9 期,1932 年。
③ 参见卢毅《事与愿违的党化教育——以 1949 年以前的国民党为例》,《福建论坛》(人文社会科学版)2014 年第 5 期。

各级学校（特别是高等院校）无疑成为党化教育的实施重点。1928年7月28日，白崇禧以国民党北平政治分会的名义向国民政府提议在北平实行三民主义教育，他指出："查北平旧为学校丛集之所，年来受军阀秕政之影响……于学问实际多未讲求……一般青年学子因管教之不严，或干预政治，越俎代谋，或曲解学说，误入歧途，贻害政治社会……今应责成教育行政主管机关，严加整顿……并实行三民主义化，树立教育之精神，以固党国百年之基础。"[①] 可见，这里的三民主义化，实际上就是党化教育。之后，国民党制定了一系列法令、条例，党化教育就此铺开。1928年7月30日，南京国民政府公布了各级学校增加党义课程的暂行条例，在条例中，南京国民政府指出，"为使本党主义普遍全国，并促进青年正确认识起见，各级学校除在课程内融会党义精神外，须一律按本条例之规定增加党义课程"，根据这一条例，当局对大学的党义课程规定为"一、建国方略；二、建国大纲；三、三民主义；四、本党重要宣言；五、五权宪法之原理及运用"，并要求"专门大学注重使学生分析研究其理论体系及实施步骤，或运用方法"[②]。1930年6月14日，国民党中央训练部公布了审查党义教科书的暂行办法，要求党义教科书"以总埋全部遗教为最高原则，以本党历次全国代表大会宣言决议案，及第三届历次中央全体会议宣言及决议案为依归"，并对大学专门学校的党义教材做出了"随时审查，不限日期"的安排。[③] 1931年9月8日，国民党中央执行委员会将其拟定的"三民主义教育实施原则"致电国民政府。在"原则"中，中执会对高等教育阶段的党化教育目标定位为"学生应切实理解三民主义的真谛，并具有实用科学的智能，俾克实现三民主义之使命……训育应以三民主义为中心，

---

① 中国第二历史档案馆编：《中华民国史档案资料汇编·第五辑第一编教育（二）》，江苏古籍出版社1994年版，第1010页。
② 中国第二历史档案馆编：《中华民国史档案资料汇编·第五辑第一编教育（二）》，江苏古籍出版社1994年版，第1073—1074页。
③ 中国第二历史档案馆编：《中华民国史档案资料汇编·第五辑第一编教育（二）》，江苏古籍出版社1994年版，第1112—1114页。

养成德、智、体、群、美兼备之人格"①。以此观之,党化教育是国民党巩固自身统治、加强统治权威的具体措施,也是"一个主义、一个领袖、一个政党"向知识界延伸的直接表现。

对于马克思主义和左翼进步思想来说,三民主义和党化教育显然不是它们的朋友,在"一个主义"的叫嚣下,马克思主义受到了国民党宣传机器的持续围剿。更为不利的是,作为关于无产阶级解放条件的学说和中国共产党的立党思想基础,马克思主义虽然在1930年代广受一般知识人士的欢迎,但是由于国民党对马克思主义的禁止和国共两党的对立状态,国统区的马克思主义确实面临了极大的挑战、遭遇着空前的困难。

二 校长治校的艰难抉择与知识群体对思想自由的坚守

国民党对青年学生的不信任以及把自己与知识青年摆在对立位置的做法无疑给各高校校长出了难题。蒋梦麟就曾抱怨说:"在那时候当大学校长真伤透脑筋……学生要求更多的行动自由,政府则要求维持秩序,严守纪律。出了事时,不论在校内校外,校长都得负责。"②对于夹在中间的校长们而言,他们既要遵守国民政府的相关法令,又要尊重青年学生公开表达意见的权利,在双方皆不能得罪的前提下,校长们可以施展的空间就非常有限了。但幸运的是,高校毕竟是从事教育、研究学问的机构,对于这些"在钢丝上行走"的高校执政者而言,推动学术回归、鼓励钻研学术既是他们对大学本质的准确把握,也是他们找寻到的可以缓冲当局和学生对抗的有效方式。

在1930年代,北京大学依然处于执北平乃至全国高校之牛耳的地位,而北大的一举一动,也无不成为其他高校学习、参照的示范。作为1930年代前半期的北大校长,蒋梦麟对北大学术氛围的恢复和

---

① 中国第二历史档案馆编:《中华民国史档案资料汇编·第五辑第一编教育(二)》,江苏古籍出版社1994年版,第1035页。
② 陈平原、夏晓虹编:《北大旧事》,北京大学出版社2009年版,第67页。

营造做出了重要贡献。对于北大而言,由蔡元培校长提出的"思想自由、兼容并包"原则已深深地扎根在北大学人心中。因此,作为蔡元培的继任者,蒋梦麟在重掌北大时也旗帜鲜明地表达了对这一原则的尊崇和维护,他在《北大之精神》一文中就写道:"本校具有大度包容的精神,……本校自蔡先生长校以来,七八年间这个'容'字,已在本校的肥土中,根深蒂固了。故本校内各派别均能互相容受","本校具有思想自由的精神,……本校里面,各种思想能自由发展,不受一种统一思想所压迫,故各种思想虽平时互相歧义,到了有某种思想受外部压迫时,就共同来御外辱"[①]。在继续秉持开放包容办学理念的前提下,蒋梦麟对1930年代的北大进行了一系列改革,而这些改革的一个共同指向,就是恢复北大曾经辉煌的学术地位,树立崇尚研究、立志学术的目标旨趣。为了使彼时热衷各类政治运动的学生踏实读书、专注学业,"自1932年始,学校制定、公布并实行《国立北京大学学则》、《国立北京大学旁听生规则》、《国立北京大学转学规程》等一系列教学管理规章制度,《学则》依据教育部《大学规程》的有关规定实行学分制,至少须修满132个学分方可毕业。文学院开设《科学概论》为院内各系一年级共同必修课,以期文科学生能够掌握一定的自然科学知识,理学院则设国文课为共同必修课,以增强理科学生的人文修养。为本科生、研究生开设的300余门课程中,专业课、选修课较前相对增加,亦保留了五四运动以来开设的'马克思学说研究'、'劳动及社会主义史'等社会科学理论课"[②]。此外,北大还于1932年成立了研究院,从而将研究生的招生和培养提上了日程。除上述措施外,蒋梦麟还在其他方面进行了一系列改革,这些改革使北大"进入了一个相对稳定的快速发展时期。专业课程设置趋于完备,师资力量日渐雄厚,学术研究建树颇多,制度规范日臻完善,教学设备的购置、图书资料

[①] 参见杠家贵主编《北大红楼:永远的丰碑(1898—1952)》,社会科学文献出版社2012年版,第197—198页。

[②] 杨河主编:《海纳百川 有容乃大——北京大学文化研究》,高等教育出版社2011年版,第28页。

的收集与馆藏、校舍校园的建设都达到了前所未有的水平"①。同时，这些改革也增加了学生学习的时间和钻研学术的兴趣，从而在一定程度上降低了学生"走上街头"的可能，因此，当一二·九运动发生时，作为五四运动和"九一八"示威运动旗手的北大却罕见地落在了北平其他高校后面，而对这一疑问的解释或许就可以从蒋梦麟对北大的学术化改造中找到答案。不过需要指出的是，蒋梦麟虽然大力推行学术回归的治校方略，但是他并不反对北大师生研究和传播马克思主义，而从后文中我们可以知道，在蒋梦麟治下，此时的北大甚至形成了一段研究马克思主义的热潮。

此外，此期历史的复杂性还在于，虽然党化教育对左翼思想和马克思主义传播造成了极大冲击，但其思想专制、意识形态独裁的目的也对其他社会思潮产生了影响，其中，以拥护自由主义的人士作出的反应最为强烈。作为自由主义的代表人物，胡适在国民党建政初期就不遗余力地批评国民党的党化教育。他在评论时任国民党宣传部部长叶楚伧讲话的文章中讽刺道："上帝可以否认，而孙中山不许批评。礼拜可以不做，而总理遗嘱不可不读，纪念周不可不做。"除此之外，胡适还对国民党的思想专制给予了毫不客气地批评，他说："现在国民党所以大失人心，一半固然是因为政治上的设施不能满人民的期望，一半却是因为思想的僵化不能吸引前进的思想界的同情。前进的思想界的同情完全失掉之日，便是国民党油干灯草尽之时。国民党对于我这篇历史的研究，一定有很生气的。其实生气是损人不利己的坏脾气。国民党的忠实同志如果不愿意自居反动之名，应该做点真实不反动的事业来给我们看看。至少至少，应该做到这几件事：……（3）废止一切钳制思想言论自由的命令，制度，机关。（4）取消统一思想与党化教育的迷梦。"② 署名青士的作者在《党化教育》一文中也指出："三民主义的利弊，正误，是

---

① 杨河主编：《海纳百川　有容乃大——北京大学文化研究》，高等教育出版社2011年版，第29页。
② 胡适：《新文化运动与国民党》，《新月》第2卷第6—7期，1929年。

另一个问题。但是把三民主义当作圣经看待,不许人批评,不容人探讨,硬强迫麻醉一般青年人去信仰,去服膺,这是同我理想中教育应有的精神是绝对冲突的。国民党员做纪念周,读党义,举行各种'党教'的仪式,这是国民党自己的问题,我们无所反对,但是强迫全国各级学校学生举行同样的仪式,这是我们所反对的。"① 我国近代科学奠基人之一的任鸿隽也无法苟同国民党的党化教育,他本着"因为这个问题的重要,所以我们要提出谈谈,唤起国人的注意……我们若是多所顾忌,而不敢讨论眼前的重要问题,便是放弃国民的权利"② 的精神,在《独立评论》接连发表了《党化教育是可能的吗》《再论党化教育》两篇文章,指出,"党化教育便可实现吗? 我们可以不迟疑地回答说不可能……教育的目的与党的目的完全不同……我们只看国民政府的教育部,对于发展教育,改良教育的计画,一点没有注意,但小学的党义教科书,却非有不可。教科书与党义有不合的地方,非严密审查不可。老实说来,教八九岁的小孩们,去念那些甚么'帝国主义''不平等条约''关税自主'的教科文字,不但不能得他们的理解,简直于小孩们心灵的发展有重大的妨害……我们曾听见中小学校的党义教课,怎样的学生不感兴趣;大学校的党义教员,怎样的被学生轰了又轰,赶了又赶。这不见得是因为教员的不济,而是因为党义这一门功课,实在不为学生所欢迎。党义不为学生所欢迎,也不是党义之过,而是凡挟贵得势的主义,所必得的结果"③。也有人对党化教育的繁文缛节、流于形式表达了批评,著名研的作者认为,"课程中尽量采用党的教材,不但要想把全部的三民主义,灌输给学生,叫他们生吞活剥。并且国语文中充满了革命伟人的伟大史传……仪式上竭力模仿党的形式。纪念周不消说,就是寻常集会,也一定瞻谒总理遗像,恭读总理遗

---

① 青士:《党化教育》,《教育与职业》第 132 期,1932 年。
② 叔永:《再论党化教育》,选自谢泳编《独立评论文选》,海峡出版发行集团、福建教育出版社 2012 年版,第 24 页。
③ 叔永:《党化教育是可能的吗》,选自谢泳编《独立评论文选》,海峡出版发行集团、福建教育出版社 2012 年版,第 8—10 页。

嘱……墙壁间满粘着党的标语……血淋淋, 恶狠狠, 杀人放火的挂图, 也常常悬挂在校舍之内……学生们奔命于党的运动……不单中等以上学校的学生参加, 有时小学生亦要去参加。并且往往不是志愿的, 是以罚惩为强迫的。学生们真觉有'疲于革命'之感"①。

面对知识界对党化教育的持续抨击, 加之党化教育自身的诸多问题无法得到解决, 于此情形就连国民党人都甚为不满。有国民党人就指出, "中央年来厉行党义教育, 国内大中小学均有党义课程之设置。惟综其结果, 不但成效难收, 反使一般学生感觉三民主义之空虚干燥与无意义"②。而一般学生更是对党化教育深恶痛绝、毫不领情。夏鼐在其日记中就回忆说: "下午考试党义, 任做一题: (1) 三民主义所以解决次殖民地或弱小民族问题; (2) 孙中山思想系统何以始于民族终于民主？发卷后未到两分钟, 便有人出来交卷, 教师只好苦着脸说: '至少要一百字才好！' 但是那学生连睬也不睬便走了, 接着又有好几人交了卷子出来。我自己做第二题, 十几分钟后, 也便出来了。但是考试时间表上却排着二小时呢！这种党义真是无聊, 去年崔敬伯教时, 我第一次去听时有三人, 第二次只有两人, 第三次我不听了, 不知是否还剩有一人, 后来我便始终没有去上过课, 结果却得一 E。今年换了王德斋, 我只第一次去听, 欲一瞻风采, 后来不再去听, 这算是第二次见面。所谓党义教育, 原来如此。"③ 在党化教育存在的问题没有有效改进, 而知识人士又极力抵制的情况下, 各级学校的党化教育日渐形同虚设, 这一情形也使国民党试图控制知识界和思想界的算盘最终落空。对于马克思主义而言, 党化教育的最终失势为马克思主义在知识界、学术界扩展影响扫除了最大的障碍, 从某种意义上说, 1930 年代的马克思主义之所以能在高校得到比较广泛的普及, 与其他进步思想对党化教育的抵制和斗争有着密不可分的关联。

---

① 研:《党教育》,《上海教育》(上海 1928) 第 1 期, 1928 年。
② 中国第二历史档案馆编:《中华民国史档案资料汇编·第五辑第一编教育(二)》, 江苏古籍出版社 1994 年版, 第 1083 页。
③ 《夏鼐日记》, 华东师范大学出版社 2011 年版, 第 190—191 页。

三　以学术面貌出现的左翼思想

学术化的马克思主义是 1930 年代国统区各高校马克思主义的主要存在形态。笔者在前文中已对这一形态的形成原因作出介绍，简言之，马克思主义作为一种科学的思想理论，需要在学术层面对其进行分析研究，而高校的性质又决定了它应当对重要的社会思潮展开学术上的研究探讨，因此，基于这种机缘巧合，马克思主义就主要以学术的面貌出现在此期的高校当中。作为以学术面貌出现的马克思主义，其自然有着不同于一般意义上的马克思主义的特点，具体而言，大致有以下几点。

首先，学术马克思主义的出现繁荣了马克思主义的学术研究，促进了唯物史观的传播。理解这一点并不困难，笔者曾在前一章考察了北平的中学教材和期刊中的马克思主义，对于彼时的大学而言，喜欢马克思主义的人更是不在少数。有人就指出，"现在人人谈马克思主义，人人谈唯物论"[1]。而且，相比于高校教师，大学生对马克思主义的态度更加积极，所谈内容也更为直接、透彻。比如，李大钊之侄、时为清华大学学生的李兆瑞就在《健行月刊》《清华周刊》等刊物上发表了《辩证法唯物论的哲学大纲》《社会主义经济思想小史》等文章，对马克思主义的相关思想学说作了比较准确的分析评价。而李达在燕京大学的演讲《辩证法的逻辑》深受燕大师生的欢迎，负责李达讲座记录的杨明章就在刊发这篇讲座的前言中表示，"本文是李先生在本校社会科学研究会讲演的记录，因为许多人要我拿去发表，只得急促整理成篇送出来应付"[2]。

其次，需要认识到，在当时，研究马克思主义并不意味着信仰马克思主义。事实上，马克思主义之所以能在 1930 年代广受欢迎，一个重要基础就在于有一大批马克思主义的研究者在持续地推动。在这个群体当中，白区的中共党员和左翼进步人士是骨干和核心，

---

[1] 李白余：《辩证法唯物论的哲学大纲》，《健行月刊》第 2 卷第 3 期，1930 年。
[2] 李达讲，杨明章记录：《辩证法的逻辑》，《燕大周刊》第 7 卷第 2 期，1936 年。

发挥了不可替代的重要作用。除他们之外，一般知识人士也在不同的方面发挥了重要作用。对此，我们一方面应该充分肯定这批人的贡献，但另一方面也要认识到，虽然一般知识人士研究马克思主义，但是在信仰层面，他们未必是马克思主义的信徒。例如，曾于1930年代任教北大的陶希圣被称为"中国近日用新的科学方法——唯物史观，来研究中国社会史，成绩最著，影响最大"①，他的学生何兹全也曾评价老师说："他标榜唯物史观、辩证法。使他成名的、在学术上高出别人的，确是辩证法和唯物史观。"② 但是，陶希圣并不是一个马克思主义者，虽然他运用马克思主义在学术研究领域取得了重要成绩，但是他"对马列理论的运用，以排除阶级斗争学说为前提"③。陶希圣的儿子陶恒生也认为，"他的思想方法接近唯物史观，却并不是唯物史观。他重视马克思、恩格斯的作品，更欣赏考茨基的著作"④。同样的情况还表现在当时的北大学生郭湛波和林伯雅身上，这两人在学期间均发表了研究马克思主义的学术论文，在文中亦对马克思主义表示了赞赏，但是从他们后来的人生轨迹看，此二人却又加入了国民党，成为三民主义的支持者。因此，理论与实践的悖反状况一定程度地存在于此期的高校马克思主义研究者当中，而这也是学术马克思主义的一个重要特点。

最后，还应当看到，彼时高校学人对马克思主义的研究往往是有选择的。前文提及陶希圣"对马列理论的运用，以排除阶级斗争学说为前提"⑤ 就是对马克思主义进行选择性研究的情形。总体来看，在这一时期，高校学人对马克思主义三大组成部分中的哲学、政治经济学的研究较多，而对科学社会主义和共产主义的关注相对

---

① 郭湛波：《近五十年中国思想史》，上海世纪出版集团2010年版，第163页。
② 何兹全：《爱国一书生——八十五自述》，华东师范大学出版社1997年版，第54页。
③ 李红岩：《20世纪30年代马克思主义思潮兴起之原因探析》，《文史哲》2008年第6期。
④ 陶恒生：《高陶事件始末》，中国大百科全书出版社2012年版，第7页。
⑤ 李红岩：《20世纪30年代马克思主义思潮兴起之原因探析》，《文史哲》2008年第6期。

较少。当然，任何现象的出现都有其背后的原因，马克思主义政治经济学之所以受到关注，很大程度上归因于1930年代初西方资本主义国家的"大萧条"危机对中国产生的余波和影响。而知识人士之所以对科学社会主义少有提及，并不是因为他们不认可科学社会主义，而是因为国民党当局对于含有社会主义、共产主义字眼的书籍、文章等进行了严酷的查禁和打压，从而制造了异常严重的白色恐怖，使知识人士难以通过公开的出版物来研究、宣扬科学社会主义。

第二节 高校马克思主义研究举隅：基于北大学人的介绍

毫无疑问，马克思主义学术化的趋向是以对马克思主义进行学术研究为前提的，而从事研究的主体就是高校学人。基于马克思主义领域研究成果分量的不同，这一时期的北大学人可以划分为代表性学者和其他学人，因此，本节内容也将依据这一区分展开研究。

一 代表性学者的马克思主义研究成果

许德珩和陈启修（义名陈豹隐——笔者注）是此期北大研究马克思主义的代表性学者。实事求是地讲，这一时期北大的代表性学者并不多，究其原因，在于作为国立高校，北京大学受到政府当局的"关照"和控制颇为严苛，凡稍有左翼倾向的学者便会被国民党当局请去"约谈"或训诫，因此，许德珩和陈启修及其他进步教师、学生不可避免地成了国民党军警、法院传唤的常客。另外，对于北大自身而言，前文曾提及，彼时的北大校长蒋梦麟虽然不反对北大学者研究马克思主义，但对左翼思想（特别是左翼的革命行动）芥蒂颇深，并且采取了一系列措施予以打压，在这一治校策略的影响下，始终坚持左翼理论和左翼政见的学者便在某种程度上受到了校方的压制和孤立，成为学者群中的少数。因此在1930年代的北大，马克思主义研究领域的学者并不是北大学人的主流。不过，对于甘愿冒风险也依然坚持研究马克思主义的许、陈二人来说，不论其学术成果价值如何，单凭他们执着的精神，我们也应当予以尊重，同时也应当对他们的马克思主义研究成果给予应有的审视。

1. 许德珩及其《社会学讲话》

许德珩，原名许础，字楚生，江西德化（今江西九江）人，教育家和社会活动家，九三学社创始人，曾任全国政协副主席和全国人大常委会副委员长。1915年考入北大，五四运动时期是著名的学生领袖之一。1920—1927年赴法勤工俭学，回国后先是在广州、武汉、上海等地从事唯物史观和社会主义理论的教学、研究与翻译，后于1931年7月应聘回到北大任教，直到抗日战争爆发才不得不南下。

这一时期，许德珩研究马克思主义的代表性成果是1936年由好望书店出版的《社会学讲话》（上卷）。许德珩本人曾回忆说："回到北平后，我即致函北大当局请假半年。在这半年的时间里，我把历年教书的讲义重新加以整理，先写出了《社会学讲话》上卷，约三十多万字，由北平大学法商学院开办的好望书店出版。"① 虽然该书冠以"社会学"之名，但是书中重点研究的问题以及用以指导研究的方法却是马克思主义的。比如在第二编中，作者用整整一章的篇幅来具体阐释历史唯物论；在第三编中，作者以唯物辩证法为考察重点，全面阐述了唯物辩证法的基本法则、辩证法的六对范畴、辩证法与形式论理学以及辩证法观察事物的态度；第四编考察了"人类社会之形成及其意义"；第五编则在前面的基础上继续深入，"从社会存在之纵的过程，来说明社会之发展"②。但不论是考察社会形成还是考察社会发展，唯物史观都是贯穿其中的理论指导，而生产力与生产关系则作为具体的考察准绳，更是得到了始终如一的贯彻，即如许德珩所言："社会的基础是物质的生产力"③，"一切社会制度都不是从天上掉下来的，而是生产力发展的结果"④。应当肯

---

① 许德珩：《为了民主与科学——许德珩回忆录》，中国青年出版社1987年版，第205页。
② 许德珩：《社会学讲话》，北平：好望书店1936年版，第311、405页。
③ 许德珩：《社会学讲话》，北平：好望书店1936年版，第370页。
④ 参见《张友仁回忆文集》，北京大学出版社2012年版，第171页。

定,《社会学讲话》充分体现了许德珩对于唯物辩证法和唯物史观的深刻造诣。该书出版后,不仅对广大青年学生,而且对社会各界人士都产生了巨大的影响。

2. 陈豹隐及其马克思主义哲学和经济学论著

陈豹隐,原名陈启修,四川中江人,经济学家。1917年毕业于日本东京帝国大学,随后就被蔡元培聘任为北大法学院教授兼政治系主任。1923年,受北大派遣前往欧洲访学、考察,1925年秋回国,继续在北大执教,同时也在北京其他几所高校讲授马克思主义课程。1927年再次东渡日本,1929年8月返回北大。

精通多国语言的陈豹隐是马克思《资本论》的首个中译本的译者,而该译本在上海昆仑书店出版的时间为1930年3月,即他从日本回国担任北大教授的半年之后。陈豹隐在充分利用自己的外语优势钻研、翻译马克思主义经典著作的同时,更以学者的如椽之笔写出了大量关于马克思主义哲学和经济学的研究文字,其中堪称其代表性成果的是《社会科学研究方法论》《经济学原理十讲》《经济学讲话》这三部专著和《马克司哲学的基础和在一般社会科学上的地位》《马克司经济学在一般经济学史上的地位》[①] 两篇论文。

《社会科学研究方法论》一书于1932年由好望书店出版。该书分为上下两篇,上篇阐述了社会科学的地位及其方法论,下篇则围绕"唯物辩证法"这一中心论题,用五章的篇幅,分别从"认识基础论""认识的具体方法论""宇宙观点论""思索方法论""实践方法论"这五个视角和层面,结合当时学界对各种观点的评述和辨析,对唯物辩证法作了较为全面系统的阐述。

《经济学原理十讲》一书分上下两册,相继于1931年和1933年由好望书店出版。陈豹隐任教北大期间出版的《经济学原理十讲》(上册)包括了十讲当中的前五讲,分别是"经济学的意义""资本经济的意义""资本经济制下的经济现象(一)营业和企业""资本经济制下的经济现象(二)市场组织""资本经济制下的经济现象

---

① 这两篇文章在原文中即使用"马克司"。

(三）各种经济活动的相互关系"。在这五讲当中，陈豹隐梳理了西方资产阶级经济学各流派和代表人物的思想观点，并娴熟地运用马克思主义的理论与方法，对资本主义制度下的经济活动作了深入细致的分析。尤其值得一提的是，在该书的每一讲中，作者都密切联系当时中国经济的理论探索和实践活动展开具有针对性的分析和讨论，鲜明地呈现出学以致用的务实学风。

《经济学讲话》的出版者同样是好望书店，出版时间为1933年。与《社会科学研究方法论》《经济学原理十讲》等书一样，该书也是作者在北大等高校授课的讲义和听讲者笔记的基础上"大加补削而成"①。该书最突出的特点在于对马克思的剩余价值理论作了全面系统的阐发。如果说剩余价值是马克思最重要的两大发现之一，那么陈豹隐关于马克思剩余价值理论的阐发，对于这一经典理论乃至整个马克思主义经济学理论体系在中国的传播和发展，无疑发挥了桥梁和纽带的作用。

二 其他学者涉及马克思主义的学术研究

虽然在1930年代的北大，马克思主义研究领域的代表性学人并不多，但此期这一著名学府的马克思主义研究却并不逊色。之所以如此，一个重要原因就在于有诸多北大学人对马克思主义给予了关注，并撰写出了颇具价值的研究成果。从这个意义上说，当我们分析北平高校马克思主义的研究状况时，如果忽视这一群体的作用，那么对于此期马克思主义研究图景的描述就必然是不全面的。也基于此，我们把此期对马克思主义有所研究的学者列述如下。

1. 邓秉钧与所撰《马克思生平及其著作》

邓秉钧，又名邓高镜，字伯诚，湖南宁远人，1917年即被蔡元培校长延聘为北大哲学系讲师，1930年代初仍在该系担任教职，后辗转于北京的几所高校和图书馆类机构。1930年5月出版的《北大学生》月刊创刊号上，载有邓秉钧所撰《马克思生平及其著作》一

---

① 陈豹隐：《经济学讲话》，北平：好望书店1933年版，"自序一"。

文。该文全文包括"导言""马克思之生平""马克思著作中之五要义""结论"共四大部分,其中"马克思之生平"被分作"少时之境遇""长期之苦斗""性行之大略"三方面内容,"马克思著作中之五要义"则被确指为"价值论""资本集聚论""阶级斗争说""唯物的人生观""革命之方法极其成功之要素"。然而可惜的是,创刊号上只发表了这篇文章的第一部分(即"导言"),后三部分再也未见登载。而"导言"则用较大篇幅探讨了马克思革命辩证法的思想来源、显著特征和产生背景等内容。

2. 卢郁文及其统制经济和唯物史观研究

卢郁文,又名光润,字工温,河北卢龙人,1929年到英国伦敦政治经济学院留学,一年后回国,即被聘为北大经济系讲师,后又辗转任教于其他高校。抗战胜利后,卢郁文出任国民党新疆省政府委员兼财政厅厅长,中华人民共和国成立初期先后担任政务院参事、国务院副秘书长等职。1933年,他围绕统制经济这一主题发表了多篇文章,其中刊发在《交通经济汇刊》1933年第4期上的《统制经济问题——卢郁文先生在本院讲演》一文,不仅阐释了统制经济的概念,说明了统制经济与自由经济的区别,而且提出了"统制经济是手段不是目的,是方法不是主义,不能与三民主义并称,也不能与共产主义并称。可以用统制经济达到三民主义的社会,同时也不是不可以用统制经济的方法,达到共产主义的终极目的"这样一种振聋发聩的论断。① 在他看来,"苏俄是用统制经济达到他们共产主义的目的,美国行统制经济是用以恢复资本主义的繁荣"②。后来,他在刊发于《文化前哨》杂志1937年第2期上的《论民族自救》一文中,对唯物史观(特别是马克思主义的阶级斗争学说和社会结构理论)作了深入细致的分析和阐明,澄清了对于唯物史观的一些"误用"和"误解",展示出了较为深厚的马克思主义研究功力和水平。

---

① 卢郁文:《统制经济问题——卢郁文先生在本院讲演》,《交通经济汇刊》第4期,1933年。

② 卢郁文:《统制经济问题——卢郁文先生在本院讲演》,《交通经济汇刊》第4期,1933年。

3. 陶希圣及其对唯物史观的运用

陶希圣，湖北黄冈人，1915年考入北大预科，1922年毕业于北大法学院。此后，他做过商务印书馆编辑，后又在南方多所高校辗转任教。执教上海大学时，他读到了布哈林所著《唯物史观》的中译本，遂对马克思主义学说产生了浓厚的兴趣，曾在一段时间内多方求购马克思主义经典著作的英译和日译本，作认真的阅读和深入的研究。1929年11月，他与人合译的日本学者河西太一郎等所著的《马克思经济学说的发展》一书，由上海新生命书局出版，其后，还策划出版了恩格斯的《家庭、私有制和国家的起源》等马克思主义的经典和研究著作。1931年，陶希圣被北大法学院聘为教授，从此开始了他为期6年的北大教授生涯，直到抗战爆发。1930年代，陶希圣以唯物史观为治学的方法论指导，是许多人的共识，就连他的论敌王宜昌当年对此也曾明确予以肯认，并把陶氏所著《中国社会之史的分析》《中国封建社会史》《中国社会与中国革命》《中国问题之回顾与展望》等作为这方面的代表性著作。当时堪称学术新锐的北大学子郭湛波在其成名著作《近五十年中国思想史》中写道："中国今日用新的科学方法——唯物史观，来研究中国社会史，成绩最大，就算陶希圣了。"① 陶希圣执教北大期间尽管鲜有以马克思主义为对象的专门论著，但唯物史观却是贯穿在他的中国社会问题研究中的方法论原则，即如他本人所言："民国20年至26年（1931—1937年），我在北京大学讲课及演说，又往天津、济南、太原、南京、武昌讲课及演说，全是以社会史观为研究古来历史及考察现代问题之论点与方法。……我所持社会史观可以说是社会观点、历史观点与唯物观点之合体。"② 进入21世纪之初，著名史学家何兹全先生更是"不持偏见、公正"地严肃指出："主编《食货》半月刊和在北京大学教书时代的陶希圣，他的历史理论和方法正是辩证唯物史观。使陶希圣高明超出他的同辈史学家的正是他的辩证唯物史观。

---

① 郭湛波：《近五十年中国思想史》，北平人文书店1936年版，第239页。
② 参见陶晋生《陶希圣论中国社会史》，《古今论衡》1999年第2期。

宣传他的《中国政治思想史》的广告就说：'国内的唯物辩证法叙述古代政治思想史发展概况及各派主张之详细内容者，本书实首屈一指。'"①

4. 郭湛波及其辩证法论著

郭湛波，原名郭海清，河北大名人，现代思想史家，1928—1932年就读于北大哲学系。在读期间，郭湛波对辩证法思想史产生了浓厚的兴趣，倾注了极大的热情和心血进行相关的学术研究，进而完成并发表了一系列成果。1929年底，他在《新晨报》副刊第443—445号上连载了《辩证法研究》一文；1930年11月，所著《辩证法研究》一书由景山书社公开出版。其后，他先是在《北大学生周刊》1931年第1、2期上连载了《形式逻辑与辩证法之比较研究》一文，后又在《百科杂志》1932年第1期上发表了《中国辩证学的进展及其趋势》一文。

5. 林伯雅及其劳动价值论研究

林伯雅，广东香山（今广东中山）人，1930年前后就读于北大法学院经济系。1930年5月，他在《北大学生》创刊号上发表了《价值观念的变迁及近代两大学说的认识》一文，该文以较大篇幅阐述了马克思的劳动价值论，并在篇末括注有下述文字："十八年，十二月，廿八日于北大三斋。"1931年3—6月，他将听课时记录的陈豹隐教授《产业合理化》的长篇演讲加以整理，经陈豹隐审阅后发表在《北大学生》第4—6期，该文的篇末亦括注有"一九三一，八，一九。伯雅记于三斋"的文字②。另外，林伯雅还于1930年6

---

① 何兹全：《我所经历的20世纪中国社会史研究》，《史学理论研究》2003年第2期。

② 千家驹在所撰《我在北大》的回忆文章中写道：当年的北大学生"宿舍分第一、第二、第三、第四共四个。第一宿舍亦称'西斋'，在马神庙，以理科学生为多。第二宿舍称'东斋'，在沙滩，以文科学生为多。第三宿舍在北河沿，以法科学生为多。第四宿舍为女生宿舍"。见中国人民政治协商会议全国委员会、文史资料研究委员会编《文史资料选辑》第95辑，文史资料出版社1984年版，第44页。李浩泉的博士学位论文亦称："'斋'是屋舍之意，当时北大学生宿舍多是命名为'某斋'，如'东斋'、'西斋'等。"见李浩泉《民国时期北京大学学生社团活动研究》，博士学位论文，华中师范大学，2012年，第157页。

月在《北大广东同乡会年刊》第 4 期上发表了《土地问题与中国》一文,文中联系马克思等的有关论述探讨了当时中国的土地问题,提出了分步骤实现土地国有的主张。

事实上,此期北大的学者中对马克思主义有所研究的并非只有上述几人,而彼时北平的高等教育界对马克思主义有所涉及的高校也并非仅北大一家。对于后人而言,马克思主义在国民党治下高校的传播绝非"马克思主义是科学的真理"所概括的那样简单,其中必然的、偶然的因素的交互叠加和互相作用无时无刻不在影响着马克思主义在高校的命运,有鉴于此,笔者拟在下文中做一分析,通过具体的历史材料来重现马克思主义在北大传播的细致图景。

第三节 左翼思想复杂性存在的个案考察:以北京大学为例

在中国早期马克思主义的传播史上,高校是一个重要阵地,进步师生是一支重要力量。俄国十月革命以后,全国各地多所高校竞相开设马克思主义课程、举办讲座和讲演,推动着马克思主义在中国传播的不断扩展。当时,北京大学和上海大学堪称北方和南方高校中的典型代表。在北大,因为李大钊、陈独秀、邓中夏以及"马克斯学说研究会"等人物和团体的推动,同时有赖其"兼容并包"的学术氛围,马克思主义"在北大的讲坛上、出版物中、社团活动中,处处都能闻到它的气息,感到它的存在"[1]。在上海大学,瞿秋白、蔡和森、安体诚、张太雷、施存统、李季、萧朴生等通过开设课程和发表讲演,使马克思主义学说在广大青年学生中产生了广泛的影响。[2] 然而,大革命失败后,国民党当局以"整顿学风"为由展开意识形态高压,并强力推行党化教育和三民主义进高校,令马

---

[1] 萧超然等:《北京大学校史(1898—1949)》,上海教育出版社 1981 年版,第 72 页。

[2] 李向勇:《论民主革命时期中共高校党建与马克思主义传播》,《党史研究与教学》2009 年第 2 期。

克思主义在高校传播所面临的形势更复杂、遭遇的困难更多。尽管如此，基于兴趣、学养和信念而进行马克思主义传播，仍是诸多高校师生的不二选择。到 1930 年代，全国各地高校马克思主义传播的具体形式多种多样，其中以讲授课程最为普遍。其中，北平师范大学历史系开设有"唯物史观"课程，讲授内容包括"（一）唯物论在马克思学说中之地位（二）生产力与生产关系（三）各社会形态之发展与唯物论（四）唯心论与唯物论之异点"等。① 北平大学法商学院开设有"社会科学方法论"课程，讲授内容包括"唯物辩证法之理论及应用"等。② 安徽大学教育系开设有"西洋哲学史"课程，讲授内容包括"新唯物论时期，叙述现代辩证法的唯物论之现势"。③ 北平大学法商学院开设有"经济学原理"课程，讲授内容包括"生产论、货币论、剩余价值论、工资论、利润及生产价格论、商业资本与商业利润"等。④ 中央大学法学院开设有"经济学名著——马克思资本论"课程，讲授内容包括"马克思之著作、马克思思想之历史背景及其个性"和"资本论中之重要问题"等。⑤ 此外，中央大学、北平大学、北平民国学院、广东国民大学等开设的"社会主义史"课程，暨南大学、岭南大学、四川大学、复旦大学等开设的"社会主义"课程，清华大学、私立中国学院等开设的"西洋政治思想史"课程，四川大学开设的"欧洲政治思想史"课程，北平中法大学开设的"经济学原理"和"社会经济学"课程，私立中国学院开设的"经济学"和"经济思想史"课程，中央大学开设的"劳动经济"课程，北平大学开设的"政治学"和"社会进化

---

① 《国立北平师范大学一览》，载张研、孙燕京主编《民国史料丛刊》第 1067 册，大象出版社 2009 年版，第 165 页。

② 《国立北平大学法商学院一览（1934 年度）》，载张研、孙燕京主编《民国史料丛刊》第 1065 册，大象出版社 2009 年版，第 177 页。

③ 《安徽大学一览》，载张研、孙燕京主编《民国史料丛刊》第 1088 册，大象出版社 2009 年版，第 179 页。

④ 《国立北平大学法商学院一览（1934 年度）》，载张研、孙燕京主编《民国史料丛刊》第 1065 册，大象出版社 2009 年版，第 222 页。

⑤ 《国立中央大学法学院一览》，载张研、孙燕京主编《民国史料丛刊》第 1082 册，大象出版社 2009 年版，第 415—416 页。

史"课程,中央大学开设的"政治史"和"现代政治学说"课程,青岛大学开设的"社会学"课程,暨南大学开设的"社会思想史"课程,中山大学、四川大学开设的"社会政策"课程等,也都把马克思主义作为重要讲授内容。① 不过相比较而言,北京大学无论是开设课程之多还是讲授内容之全,在国内高校中均可谓翘楚。然而截至目前,学界对于这一时期包括北京大学在内的高校马克思主义传播,重视程度相对不足,不惟全面、系统的成果尚付阙如,而且以具体人物、著述、事件为对象的专论也不太多见。有鉴于此,笔者拟在搜集、梳理相关档案和文献资料的基础上,以北京大学为个案,对1927年至1937年的马克思主义在国内高校中的传播作一细致的考察。

一 马克思主义在北大传播遭遇的困难和挑战

南京国民党政府成立后,开始全面加强对全国的政治和思想控制,遂使马克思主义在包括北大在内的各高校的传播遭遇了前所未有的困难和挑战。

前文曾提及,1930年12月11日,国民政府教育部颁布《教育部关于整饬学风的训令》,强硬表示:"学生惟当一意力学,涵养身心,凛古人思不出位之训诫,奉总理三民主义为依归,不得干涉教育行政,致荒学业。如再有甘受反动派之利用,仍前嚣张,恣行越轨者,政府为爱护青年贯彻整饬学风计,惟有执法严绳,以治反动派者治之,决不稍事姑息。"② 作为五四运动和数次学生运动的策源地,北京大学自然成为国民党当局整饬的重点,因而对北大传播马克思主义的期刊和学生的查禁和抓捕不遗余力。1929年1月,国民党中央执行委员会颁布《宣传品审查条例》,明确将"宣传共产主

---

① 陈峰、孙顺顺:《20世纪30年代大学课程中的马克思主义》,《青岛科技大学学报》(社会科学版)2016年第3期。
② 中国第二历史档案馆编:《中华民国史档案资料汇编·第五辑第一编政治(四)》,江苏古籍出版社1994年版,第46页。

义及阶级斗争者"① 视作"反动"宣传品。据此条例及后续法令，1930年，国民党当局出台《教育部、公安局关于查禁进步刊物的训令》，指责北大"图书部收藏杂志刊物中内有属于中央查禁之刊物多种"，并称"由该部中携出《青年半月刊》第二十六期一本书面上有'国立北京大学图书部'紫色图章。经查此书皮面虽标题为《青年半月刊》，而内容实即奉令查禁之《列宁青年》。类此刊物在贵校图书部中尚复不少"。据此，国民党当局责令北大对照《查禁刊物一览表》，"自行检查，悉数送局"②。除类似此种告知、训诫外，查禁红色期刊、解散进步社团、抓捕革命青年是国民党当局阻遏马克思主义传播和实行思想钳制最常用的手段。而在这些方面，北京大学亦受影响最深。

根据档案记载，1931年和1932年，北京大学第一院编辑出版的《低潮》和《战旗》杂志，相继被国民党当局以"一则抨击本党领袖，肆行摇惑观听；一则极力诋毁本党并宣传共产主义"③ 和"内容多系诋毁中央之言论"等为由，严令停止出版，"以杜反动宣传"④。1932年，仅在《教育部转发行政院、军政部等关于防范共产党活动给北京大学、北平大学的训令及学校的函件》中，北京大学就有《自决》《联友》《深光》《苏友》《新战线》共5种期刊被扣上"鼓吹阶级斗争"的帽子而遭查抄，被查抄期刊的数量为全国高校之最。⑤ 同年，国民党中央执行委员会宣传委员会第3361号密函还称："兹查获《理论与现实》刊物一种，诋毁政府并鼓吹阶级斗

---

① 中国第二历史档案馆编：《中华民国史档案资料汇编·第五辑第一编文化（一）》，江苏古籍出版社1994年版，第75页。
② 《教育部、公安局关于查禁进步刊物的训令》，北京大学档案馆藏，档案号BD1930013。
③ 《教育部密令准中央宣传部密函该大学出版品有反动份子主持令仰从严取缔具报》，北京大学档案馆藏，档案号BD1931019。
④ 《教育部查禁进步刊物的密令及有关函件》，北京大学档案馆藏，档案号BD1932014。
⑤ 北京大学历史系《北京大学学生运动史》编写组：《北京大学学生运动史（1919—1949）》，北京出版社1979年版，第108页。

争,似属共匪发行。"因该刊载有"北平沙滩北京大学第一院号房转"等字样,第3361号密函即要求教育部"密饬北京大学当局严厉查究该刊物编辑人"①。到1933年,北京大学又有《先锋》和《社会研究》两种刊物因被定性为"确系赤匪反动宣传品"而遭查禁。②总之,在国民党当局异常严酷的查禁下,"当时许多刊物不得不数次更名,或在版面上出现大块'天窗'"③。

在查禁进步期刊的同时,解散进步社团也是国民党当局"甚为重视"的事情。1930年12月4日,北大社会科学研究会成立,其"大纲"声言要"以辩证法的唯物论来研究:1. 社会科学的理论及实际问题;2. 国际的及国内一切政治经济状况"④,并且出版《社会科学季刊》作为代表刊物。然而,该研究会的学术活动却被国民党当局视为宣传赤化的"反革命行为"。1931年,国民党北平党务整理委员会致函北大,宣称"贵校社会科学研究社系少数左倾份子假借研究社会科学之名义而阴施其赤化之宣传思想",要求"学校当局勒令解散并惩办主动份子",同时还请北平公安局"严密注意其活动",甚至附上该研究会主要成员名单以便"从严取缔以遏乱萌"⑤。此外,1932年国民党当局在查禁《战旗》杂志时,鉴于该刊系由"北京大学第一院战旗社所发行",遂在"通饬各省市党部及各邮件检查厅严予查禁扣押"的同时,"密令北京大学取缔该校第一院战旗社之活动"⑥。

与查禁进步期刊、解散进步社团相比,抓捕进步学生无疑是更

---

① 《教育部转发行政院、军政部等关于防范共产党活动给北京大学、北平大学的训令及学校的函件》,北京大学档案馆藏,档案号BD1932018。
② 《教育部关于密查"先锋""社会研究"两刊物通讯人与北京大学的来往公函》,北京大学档案馆藏,档案号BD1933018。
③ 北京大学历史系《北京大学学生运动史》编写组:《北京大学学生运动史(1919—1949)》,北京出版社1979年版,第108页。
④ 《北大社会科学研究会第一次执行委员会记录》,《北大日刊》1930年12月8日。
⑤ 《国民党北平党务整理委员会关于解散社会科学研究社给北大的来往函件》,北京大学档案馆藏,档案号BD1931013。
⑥ 《教育部查禁进步刊物的密令及有关函件》,北京大学档案馆藏,档案号BD1932014。

严重、更蛮横的处理方式。在这方面，国民党当局"任性"十足。1932年，国民党当局仅以北大经济系四年级学生刘文衡翻译"《伊里基主义》英译本序及其人言及论文颇有为共产党宣传反动之嫌"①，就将其抓捕。到1935年，由于国民党当局抓捕学生过多，北大校方不得不在期末考试前致函北平公安局，表示"查该生范铭盘、李之琏、尹景湖等，平日在校，颇知用功，操行尚优，近已学期考试在即，深恐久羁囹圄，荒弃学业，相应函请钧座查照，迅予向党部疏通，并设法保释，俾得同参加考试，以维学业。相同情况还有北京大学函请释放白家驹、吕翕声、马飞鹏、王举恩、吴澜滨、王德晗等"②。

为了阻止马克思主义的传播，国民党当局还采取拙劣手段罗织罪名，借以"敲打"积极分子。例如，1931年，自称北平大学法学院学生的吴月笙、陈碧庵、袁加松联名"控告"北京大学教授许德珩、陶希圣和北平大学法学院政治学系主任陈启修、教授刘侃元等"宣传共产"。"控告信"写道："现在最属可忧者厥惟共产党。仅在共产党之活跃，本党尚能镇压之而有余，其可忧复可罹者则其思想言论之弥漫是也。为其思想言论之有力传布者，则为本期北京大学所聘之教授许德珩、陶希圣，北平大学法学院政治系主任陈启修及教授刘侃元等……考其言论则无不随时宣传共产党主义，而于本党之主义及总理言论加以轻描淡写……又查以上诸人，除讲课外常聚集学生在私宅中研究马克思主义，推尊列宁为近代唯一之人物。"③根据这封"控告信"，国民党中央执行委员会秘书处第22492号公函要求教育部彻查北京大学教授许德珩等宣传共产一案，随之教育部密字第182号令"密令"北京大学和北平大学两校校长等"会查具

---

① 《教育部转发行政院、军政部等关于防范共产党活动给北京大学、北平大学的训令及学校的函件》，北京大学档案馆藏，档案号BD1932018。
② 《北京大学、北平大学关于释放被捕学生给北平市公安局的函》，北京大学档案馆藏，档案号BD1935021。
③ 《教育部密令：学生陈碧庵等三人控告许德珩宣传共产案》，北京大学档案馆藏，档案号BD1931011。

复"。虽然因北京大学表示"具呈者并非本校法学院学生,以致所控告即无从办理",北平大学亦表示"查属院学生名册,并无其人"①,此事不了了之,但国民党当局冒用学生名义编造"控告信"向高校施压,企图通过"敲打"积极分子以遏制马克思主义传播的用心,却是十分明显。

显然,作为新文化运动和五四运动的策源地,北京大学在1927年至1937年间受到国民党当局的多方打压。国民党当局制造的意识形态高压和白色恐怖,使这一时期包括北大在内的各高校马克思主义传播的环境相当恶劣,遭遇的困难和挑战也相当巨大。

二 北大课堂教学中的马克思主义传播

1929年9月,国民政府教育部部长蒋梦麟曾在一次谈话中强硬表示:"刻下北平学风,坏到极点,以后方针,决取严厉手段,学生只准念书,不准干涉校政,可以说没有说话的余地。"② 而其自执掌北大后,也自认为"一度曾是革命活动和学生运动漩涡"的北大"已经逐渐转变为学术中心了"③。但是,他未曾想到的是,其"谨守蔡校长余绪"的努力和"为学问而学问的精神"④,也为马克思主义在北大的传播打开了另一扇大门。毕竟,"学生惟当一意力学"本身即预设了师生之间从知识传授的角度围绕马克思主义展开探讨和交流的前提。而且,当时也有北大学人明确表示:"无论我们信仰马克思的议论与否,我们若留心现今社会问题,总应该加以深切的研究。"⑤ 因此在这一时期,马克思主义的传播不仅未在北大消歇,反而继续以多种方式存在和发展,而开设课程进行课堂传播便是其中之一。

---

① 《北平大学法学院学生陈碧庵等控告北京大学教授许德珩等宣传共产一案的有关函件》,北京大学档案馆藏,档案号 BD1932006。
② 《蒋梦麟谈北方教育 对八院要求复大事 谓将不惜以停办为最后之应付》,《世界日报》1929年9月28日。
③ 蒋梦麟:《蒋梦麟自传:西潮与新潮》,团结出版社2004年版,第276页。
④ 卢毅:《后五四时代部分北大师生的非政治倾向》,《安徽史学》2010年第1期。
⑤ 邓秉钧:《马克思生平及其著作》,《北大学生》创刊号,1930年。

档案资料和文献记载显示：从 1929 年到 1936 年，多位北大教师开设了多门以马克思主义为主体或重要讲授内容的课程，且几乎每年都有新的课程推出。

当局管控正紧的 1929 年，北大课堂上的马克思主义传播便已开始。1929 年 11 月 27 日，《北大日刊》刊登的"课程介绍"，就对北大教育系教师邱椿所开设的"唯物主义与教育"一课作了推介和说明："本学科的出发点有二：（1）教育哲学的唯物史观（2）唯物主义的教育哲学。内容分三部：（1）根本原则：讨论唯物的宇宙观，人生观，知识论，教育哲学等；（2）唯物的教育价值论；（3）比较与批评：即将唯物的教育哲学与唯心的，人文的，自然的，唯用的教育哲学比较其异同，并批评其得失。"无独有偶，资料显示：1929 年冬，北大社会科学院也曾开设"社会主义之理想及其统系""社会主义与社会运动"等课程。[①] 顾名思义，它们对科学社会主义的理论与实践应有一定的阐述和讨论。

作为一名曾积极参加五四运动，随后留学美国并在哥伦比亚大学取得哲学博士学位，继而前往德国慕尼黑大学从事教育学研究的青年学者，邱椿无疑对当时在西方思想界影响力剧增的马克思主义学说怀有学习和研究的兴趣，而"课程介绍"本身也确证了他对马克思主义唯物史观和唯物辩证法的认同。而他将马克思主义引入教育学领域从而建构的"唯物主义的教育哲学"，也可以被看作否定"唯心的，人文的，自然的，唯用的教育哲学"的一种创造性尝试。毋庸置疑，唯物史观原则及其运用是"唯物主义与教育"这门课的主导思想和重点内容。到 1935 年，已获聘为北大教授的邱椿又开设了"近代教育思潮"这门课，基本内容是"叙述近代六大派教育思潮"。其中，"社会主义与民族主义"和"机械论与唯物主义"被列为第二和第三大思潮[②]。由此可见，唯物主义、社会主义是邱椿这位

[①] "社会主义及苏联文献展览说明"，参见《国立北京大学五十周年纪念特刊》，国立北京大学出版部 1948 年版，第 3 页。

[②] 《国立北京大学一览（1935 年度）》，载张研、孙燕京主编《民国史料丛刊》第 1063 册，大象出版社 2009 年版，第 173 页。

教育学教授在北大课堂上乐此不疲的讲授内容。

到 1930 年代初,北大经济系开设了"资本论研究"和"马克思经济学批判"① 两门课程。它们之所以被开设,是因为此前"北大经济系教的都是资产阶级庸俗经济学",学生们听得都耳朵起了茧。千家驹曾回忆说:"我在经济系读了四年,对经济系的课程却一门也没有好好听过。什么'边际效用说',什么凯恩斯的'充分就业论',都不屑我的一顾。我自己整天关在宿舍里死啃马克思、恩格斯的经济理论。凡是当时北京可以买得到的马克思、恩格斯的著作(均为英译本,中译本极为少见),如《资本论》、《反杜林论》、《哲学的贫困》、《政治经济学批判》等等,我都仔细地阅读。"② 既然学生对马克思主义经济学说有着浓厚的兴趣,于是北大经济系尝试"添了两门选修课,一门是《资本论研究》,一门是《马克思经济学批判》,讲师为同一人"。千家驹回忆说:"我当时喜出望外,就去听他的《资本论研究》。那知这位讲师对《资本论》竟一窍不通,他手里拿着一本英译《资本论》第一卷,书还是新的,大概买回来不久,照本宣读,把英文译为汉语。《资本论》第一章是商品,小标题是使用价值与价值(价值实体与价值量),我就站起来问他,括弧里的价值实体与价值量是指'使用价值'与'价值'呢,还是指价值中又分价值实体与价值量呢?那知道他一解释便完全错了,他被我问的面红耳赤下不了台。下课之后,我给这位老师写了一封信,内容是说:'……对你讲《资本论研究》,我却不能同意,因为我发现你对《资本论》一无所知,所以希望你把这门课停掉。'"③ 尽管由于任课老师知识积累不足、现学现卖,从而导致课堂讲授效果不佳,但是这两门课的开设却是不争的事实。附带一提,"资本论研

---

① "马克思经济学批判"这门课的名称,千家驹在《我在北大》中写作"马克思主义批判"。参见《文史资料选辑》第九十五辑,中国文史出版社 1984 年版,第 45 页。

② 千家驹:《我在北大》,《文史资料选辑》第九十五辑,中国文史出版社 1984 年版,第 47 页。

③ 千家驹:《从追求到幻灭:一个中国经济学家的自传》,香港:时报文化出版企业有限公司 1993 年版,第 56—57 页。

究"课程的开设与蒋梦麟的态度也有着直接的关系。近来，有人撰文指出：蒋梦麟主张实行学术民主，曾"亲自规定马克思的《资本论》是经济系的必修课"①。

这一时期，北大经济系学生对马克思主义学说的热情普遍很高，因而该系开设的相关课程也较多。1931 年，该系教授陈启修就为四年级学生开设了必修课"马克思经济学说及其评判"②。1932 年和 1933 年，他又相继开设了选修课"马克思经济学说及其批评"和四年级必修课"马克思经济学说"等课程③。他精通多国语言，且思维敏锐、能讲善写，堪称当时北大马克思主义传播者中的一位佼佼者。他一方面善于把马克思主义哲学和经济学的最新知识，通过课堂讲授给学生，另一方面又善于联系各种学术思潮和社会实际，作出自己的分析判断和概括总结，从而结撰出若干重要成果。其中，1931 年出版的《经济学原理十讲》（上册）、1932 年出版的《社会科学研究方法论》、1933 年出版的《经济学讲话》和《经济学原理十讲》（下册），都是他在北大等高校授课讲义和听讲者笔记的基础上"大加补削而成"④。千家驹回忆说：陈启修"是北大的名教授"，"是讲马克思主义经济学的，非常叫座"⑤。由于学生们对于听陈启修的课充满兴趣，因而后来当他们听说"陈启修下学年有离开北大消息"之后，就"向学校及陈启修询问真象"，并"设法挽留"⑥。

除了陈启修之外，秦瓒、赵乃抟两位教授也在北大经济系分别

---

① 李忠、叶向忠等：《继承北大"兼容并包、思想自由"的遗产》，《炎黄春秋》2008 年第 6 期。
② 参见《法学院院长布告》，《北京大学日刊》1931 年 9 月 22 日。
③ 萧超然等：《北京大学校史（1898—1949）》，上海教育出版社 1981 年版，第 202 页。检诸萧超然等编《北京大学政治学系与行政管理学系史》一书所载政治系 1933 和 1934 年度课程表，陈启修开设的课为"马克思学说研究"，是为经济系、政治系四年级学生合开的一门课。
④ 陈豹隐：《经济学讲话》，北平：好望书店 1933 年版，"自序一"。
⑤ 千家驹：《我在北大》，《文史资料选辑》第九十五辑，中国文史出版社 1984 年版，第 45 页。
⑥ 中国第二历史档案馆编：《中华民国史档案资料汇编·第五辑第一编政治（四）》，江苏古籍出版社 1994 年版，第 96 页。

开设了讲授马克思主义学说的课程。秦瓒早年留学于美国哥伦比亚大学，取得了经济学硕士学位后回国，自1928年起担任北大经济系教授，到1930年代初开课讲授"马克思学说研究"。资料显示，此后秦瓒教授还多次开设过这门课。① "马克思学说研究"的讲授内容包括："（一）马克思的哲学；（二）马克思的经济学说；（三）马克思的批评者。"② 可见，秦瓒这门课所讲的内容，除了马克思主义经济学之外，还涵盖了马克思主义哲学。尤其值得一提的是，一些站在马克思的对立面、作为马克思学说批评者的学者，其批评意见也被秦瓒纳入课程的内容中，这是十分可贵的，体现了其学术气度和对于马克思主义真理属性的确信。赵乃抟于1922年毕业于北京大学经济学专业，1923年赴美国哥伦比亚大学学习经济理论，1929年在哥伦比亚大学取得哲学博士学位，次年回国，1931年被聘为北大经济系研究教授。从1931年开始，他为经济系一到四年级学生开设了"经济学原理""英文经济学选读""经济理论"等课程。1933年，他又新开了"社会主义"一课③。对于这门课的内容，有资料显示："内容分空想社会主义、科学社会主义、其他社会主义等。"④ 可见，科学社会主义理论肯定是"社会主义"这门课程的重点讲授内容。此外，他在1935年主讲《经济学史》，其内容"从重商主义及重农主义之经济政策和经济思想进而研究经济科学之发展；由英国古典学派之学说推求美国学派，法国学派，德国学派，奥国学派之特征（此推求与社会主义史及现代经济理论相衔接）"⑤，显然社会主义在讲授内容中也占有一定的比重。

---

① 《1929—1936年北京大学开设的有关马克思主义和社会主义学说的课程》，北京大学校史馆藏。
② 《国立北京大学一览（1935年度）》，载张研、孙燕京主编《民国史料丛刊》第1063册，大象出版社2009年版，第255—256页。
③ 《1929—1936年北京大学开设的有关马克思主义和社会主义学说的课程》，北京大学校史馆藏。
④ "社会主义及苏联文献展览说明"，参见《国立北京大学五十周年纪念特刊》，国立北京大学出版部1948年版，第3页。
⑤ 《国立北京大学一览（1935年度）》，载张研、孙燕京主编《民国史料丛刊》第1063册，大象出版社2009年版，第245页。

政治系教授许德珩这时也开设了同类课程。他曾在五四运动中担任北大学生领袖,后来赴法国勤工俭学,回国后几经辗转,于1931年被北大聘为教授。当年,他就为经济系、法律系的二年级和政治系的三年级合开了必修课"社会学",还为经济系、政治系的二年级合开了选修课"社会进化史"。[①] 1932年,他继续开设"社会进化史"。1933年至1934年,他又开设了"社会制度研究"等课程[②]。"社会制度研究"这门课,"内容分封建制度、近代资本主义制度和社会主义制度三部分"[③],"一般地讲述社会制度之起源、发展和变革的总过程。其中特别注意的有三点:(a)欧洲中世纪社会所经过的Feudalism封建制度——从研究封建制度之经济的、法律的、政治的以及思想和形态来观察中国历史上封建制度之性质及其经过的程序。(b)近代资本主义制度——研究近代资本主义之发展及其特质;资本主义发展于中国社会之影响。(c)社会主义制度——社会主义之经济的建设,及其政治的法律的趋向"。在课程介绍所附的参考书中,明确列有马克思主义经典作家的著作和日本学者关于唯物史观的教材。[④] 1935年的《国立北京大学政治学系课程一览》显示,他还为政治学系三年级"政治制度组"和"国际关系组"的学生开设了"社会学本论"一课。1936年,他又出版《社会学讲话》(上卷),并在自序中讲道:"这本书是几年以来在各大学担任社会学课程的一种讲义。"后来,他回忆说:《社会学讲话》(上卷)乃是"把历年教书的讲义重新加以整理"[⑤] 而成。检视该书内容可知,"历史的唯物论""唯物辩证法"是其最基础、最核心,同时也是篇

---

① 参见《法学院院长布告》,《北京大学日刊》1931年9月22日。"社会学"这门课,到1935年几乎每年都要开设。
② 萧超然等编:《北京大学政治学系与行政管理学系系史》,内部资料,1998年,第24—25页。
③ 萧超然等:《北京大学校史(1898—1949)》,上海教育出版社1981年版,第203页。
④ 萧超然等编:《北京大学政治学系与行政管理学系系史》,内部资料,1998年,第31—32页。
⑤ 许德珩:《为了民主与科学——许德珩回忆录》,中国青年出版社1987年版,第205页。

幅最大的部分，并且对一切政治、经济和社会问题，以及对一切人物思想学说的分析评价，无不是以马克思主义的立场、观点和方法为指导的。既然如此，那么在其课堂讲授中，马克思主义理论无疑就是主体性的一个部分和贯穿其中的一根红线。

卢郁文也是讲授同类课程的人物之一。他于1929—1931年留学英国，从伦敦政治经济学院取得了经济学硕士学位后回国，获聘北大经济系讲师。1931年至1934年，他主讲《经济学概论》。1933年，又开设"劳动运动及社会主义史"。1935年，课程名称微调为"劳工运动及社会主义史"。这门课包括两大方面的内容：一是社会主义的历史发展，"首述乌托邦社会主义，次述科学社会主义，末述其他社会主义，如费宾主义，社会民主主义，工团主义，基尔特主义等"；二是劳工运动，"首述劳工组合之起源及机构，次述劳工运动之三个途径（政治的，经济的，合作的），末述劳工运动之国际的发展（第一，二，三国际）"[①]。据此可知，科学社会主义和世界工人运动发展史是这门课的重要内容。

除了上述诸人之外，这一时期，北大还有若干教师主讲的某些课程对马克思主义相关内容有较多涉及。例如，张奚若于1931年至1935年间连续开设的必修课"西洋政治思想史"（其中1934年由萧公权主讲），其内容"讲述欧洲自上古至现代各重要政治思想家之政治学说，及其在历史上之影响。尤注重希腊及近代著名思想家，如柏拉图、亚里士多德、浩布斯、洛克、卢梭、赫格尔，及马克斯（即马克思）等"[②]。马克思既然被张奚若推重为近代著名思想家，那么后者在课堂上关于前者政治思想的讲授，自然不会单薄。再如，陶希圣在1931年秋被聘为北大教授后的数年间，是时人公认的国内"第一批用社会学的眼光来研究古史的人"。"所谓'社会学的眼

[①] 《国立北京大学一览（1935年度）》，载张研、孙燕京主编《民国史料丛刊》第1063册，大象出版社2009年版，第247页。

[②] 参见萧超然等编《北京大学政治学系与行政管理学系系史》，内部资料，1998年，第24—31页。

光',实际便是历史唯物论的别样讲法"①。当时的学术新锐郭湛波曾评价说:"中国近日用新的科学方法——唯物史观,来研究中国社会史,成绩最著,影响最大,就算陶希圣先生了。"② 而1931年进入北大读书与陶希圣有师生关系的何兹全后来也"不持偏见、公正"地回忆说:"主编《食货》半月刊和在北京大学教书时代的陶希圣,他的历史理论和方法正是辩证唯物史观。使陶希圣高明超出他的同辈史学家的正是他的辩证唯物史观。"③ 何兹全还在回忆时坦承说:"在北大四年,对我影响最大的是陶希圣。他开'中国社会史'和'中国政治思想史'两个课程,在课堂里他讲'历史唯物主义'和'辩证法',引了不少人听他的课。我走上研究中国经济史和社会史的路,不能说不是受了他的影响。"④ 陶希圣也曾明言:"民国20年至26年(1931—1937年),我在北京大学讲课及演说,又往天津、济南、太原、南京、武昌讲课及演说,全是以社会史观为研究古来历史及考察现代问题之论点与方法。……我所持社会史观可以说是社会观点、历史观点与唯物观点之合体。"⑤ 可见,陶希圣任教北大期间,在讲授"中国社会史"等课程时,马克思主义的唯物史观和辩证法是被作为考察分析中国社会等问题的方法论指导来使用的,而他的课之所以受到普遍欢迎,正与他对唯物史观和辩证法的融会贯通和熟练运用密切相关。

综上所述,1929年至1936年,北大开设的马克思主义课程至少有21门。这些课程大致可分为三类:第一类以马克思主义为主体内

---

① 李红岩:《20世纪30年代马克思主义思潮兴起之原因探析》,《文史哲》2008年第6期。
② 郭湛波:《近五十年中国思想史》,上海世纪出版集团2010年版,第163页。该书于1935年由北平人文书店以《近三十年中国思想史》为题首次出版,1936年增补后改名为《近五十年中国思想史》再度刊印。
③ 何兹全:《我所经历的20世纪中国社会史研究》,《史学理论研究》2003年第2期。
④ 参见邹兆辰《我的人生与治学之路——访何兹全教授》,载邹兆辰《变革时代的学问人生——对话当代历史学家》,首都师范大学出版社2011年版,第5页。
⑤ 参见陶晋生《陶希圣论中国社会史》,《古今论衡》1999年第2期。

容，包括"马克思经济学说及其评判"（陈启修）、"马克思经济学说及其批评"（陈启修）、"马克思经济学说"（陈启修）、"马克思学说研究"（秦瓒）、"资本论研究"（佚名）、"马克思经济学批判"（佚名）等，凡6门；第二类以马克思主义为重要内容，包括"唯物主义与教育"（邱椿）、"社会主义之理想及其统系"（佚名）、"社会主义与社会运动"（佚名）、"社会主义"（赵乃抟）、"社会学"（许德珩）、"社会进化史"（许德珩）、"社会制度研究"（许德珩）、"社会学本论"（许德珩）、"劳动运动及社会主义史"（卢郁文）、"劳工运动及社会主义史"（卢郁文）等，凡10门；第三类以马克思主义为内容之一，包括"西洋政治思想史"（张奚若）、"中国社会史"（陶希圣）、"中国政治思想史"（陶希圣）、"经济学史"（赵乃抟）、"近代教育思潮"（邱椿）等，凡5门。当然，这样的一种划分只具有相对的意义。

三　北大学术讲演中的马克思主义传播

学术是高校赖以立足的根本。在蔡元培打下的坚实基础上和蒋梦麟的大力倡导下，1927年至1937年之间，北大的学术气氛空前浓厚，其一个重要标志，就是学术讲演的热烈开展。对于这一时期马克思主义在北大的传播来说，学术讲演是一种重要的形式和平台。

在通过学术讲演传播马克思主义的活动中，教授是一支重要的力量。发表宣传马克思主义的学术讲演，对北大教授而言是一个历史传统。早在1921年7月，北大法科教授兼政治门研究所主任陈启修，就曾在砺群学会作了题为《社会主义底发生的考察和实行条件底讨论与他在现代中国的感应性及可能性》的讲演。1922年5月5日，北大"马克斯学说研究会"举行马克思诞辰104周年纪念大会，他与李大钊、顾孟馀、高一涵等都在北河沿法科大礼堂发表了讲演。1925年5月5日，在由广东全省学生联合会、香港学生联合会、中华全国总工会等团体共同发起的，于广东大学礼堂隆重举行的纪念马克思诞生107周年大会上，他又以北京大学教授的身份出席并发表了关于马克思生平及其学说的讲演。30年代，他继续在课堂讲授、著书立说和学术讲演三大领域齐头并进，取得不俗的成绩。就学术讲演而言，1931年6月，当欧美资本主义世界正遭遇严重经济危机而苏联社会主义建设却高速推进之时，他以《产业合理化》为题，系统阐述了资本主义各国和苏联因制度不同而在产业合理化方面导致的不同结果，并得出结论，即"资本主义合理化因为目的上的差异，和统制力上的强弱远不及社会主义合理，其结果也当然不可同日而语。所以前者的结果，好似回光返照，不几年间就发生大恐慌，而后者前途正方兴未艾"①。这篇讲演的价值在于：它除了揭示了资本主义难以克服的弊端和社会主义的光明前景外，还在相当程度上填补了中国学术领域的一项空白。据演讲的记录者林伯雅所言："产业合理化，是现代一个重要的特殊经济问题，和世界恐慌，有密切的关联；想明了世界恐慌的现状和趋势，不可不先了解它。这个问题在欧美各先进国家，早有普通的研究而且快要变为陈旧了；在中国到现在却还算是一个新颖的问题；学术界对于它的空气，依然十分沉寂。虽间有零篇短稿，出现书坊，然而有系统的研究，极其少见"，而陈启修的这篇讲演则"广博精辟，我们认为有介绍的必要；因此把它笔记下来，付之《北大学生》，供社会人士的参看"②。事实上，在30年代的北大，陈启修是颇受学生欢迎的学者之一。郁达夫曾回忆说："据北平来的人谈，在北平的大学教员中，胡适而外，陈启修可以算是一个红教授——这个所谓红，当然不是说他的思想赤化，而是他尚为一般学生所欢迎的意思。"③ 陈启修之所以受到学生的欢迎，当然与他时常谈及社会主义和马克思主义的相关名词存在着直接的联系。

除了陈启修从经济学角度对社会主义所作的揭示外，邱椿也从教育学角度作了类似的推进。1929年11月10日，他在北大第二院

---

① 陈启修：《产业合理化（续）》，《北大学生》第1卷第5—6期，1931年。
② 陈启修：《产业合理化》，《北大学生》第1卷第4期，1931年。
③ 郁达夫：《陈启修的党生活》，载上海周报社编《当代史剩》，上海：上海周报社1933年版，第337页。

大讲堂,为北大教育学会的师生作了题为《社会主义的教育》的讲演。前已述及,邱椿在美国和德国留学多年。然而就是这样一位具有系统的西方教育背景的学者,却对社会主义的教育赞不绝口。例如,他在讲演中强调:"社会主义的教育不是资本主义的教育","社会主义的教育是养成勤劳知足安分的工人","社会主义的教育是和平的自由的……是世界的,大同的","社会主义的教育,是无产阶级共有共管共享的教育,这种教育可以说是完全站在无产阶级的利益上的教育理论与实施",等等。在他看来,社会主义的教育比欧美资本主义的教育层次更高,更能代表全人类的意愿。他说:"美国的教育使人合作互助以发展资本家的利益……英美的教育,虽是发展个人的天才养成领袖,但不是为民众而奋斗的领袖",而社会主义的教育一个重要特征是"平民劳动阶级的教育",其目标在于"养成互助合作的习惯,以发展无产阶级的利益"。在讲演的最后,他甚至乐观地表示:"旧教育已陷于四面楚歌的绝地,不久就要寿终正寝了,只有社会主义的教育足以救国,只有社会主义的教育,足以医治中国教育之宿病。"① 他的这篇充满对社会主义期待和向往的讲演经人整理后,先是在《北大日刊》1929 年 11 月 23 日至 12 月 4 日连载刊出并引起极大的反响,后又被《山东教育行政周报》和《陕西教育周刊》转载,从而使他的社会主义教育观(特别是他所倡导的体现马克思主义立场和观点的社会主义教育学说)在全国各地得以传播开来。

马克思主义在北大的传播也少不了学生的身影。如果说他们在课堂讲授形式下的马克思主义传播中只是被动的接受者,那么在学术讲演的平台上则俨然成为一支不可小觑的生力军。查考《北京大学日刊》(第 15、16 册)可知,自 1929 年 5 月至 1931 年 5 月的短短两年中,北大学生发表的明显含有马克思主义思想元素的讲演就有 20 次之多,其中又以 1930 年最为密集,仅在 12 月就达 13 次。具体情况见表 4-1。

---

① 邱椿:《社会主义的教育》,《北大日刊》1929 年 11 月 23 日、1929 年 11 月 26 日、1929 年 12 月 1 日。

表 4-1　1929 年至 1931 年北大学生含有马克思主义思想元素的讲演统计

日期	主办者	讲演者	题目
1929.5.21	北大演说辩论会	李乐俅	革命的人生
1929.6.4	北大演说辩论会	夏次叔	政治理想应建筑在平等的经济基础上面
1929.12.5	北大演说辩论会	蔡宾王	帝国主义协谋之危机与我国应付之方略
1930.11.28	北大演说辩论会	冀丕扬	资本主义的世界系统,其发展与其必然的灭亡
1930.12.2	北大演说辩论会	张清丽	苏联五年计划的国际影响
1930.12.2	北大演说辩论会	陈嘉琨	我对于极端唯物论的讨论及我见
1930.12.5	北大演说辩论会	徐才炽	从经济的观点推世界政治联合之趋势
1930.12.5	北大演说辩论会	徐万军	王莽的封建社会主义
1930.12.5	北大演说辩论会	杨尔璜	形式论理学与辩证法
1930.12.8	北大演说辩论会	徐权	新文学的认识
1930.12.11	北大演说辩论会	梁辉章	资本主义的世界系统,其发展与其必然的灭亡
1930.12.12	北大演说辩论会	冀丕扬	资本主义的世界系统,其发展与其必然的灭亡
1930.12.16	北大演说辩论会	徐权	新文艺的认识
1930.12.19	北大演说辩论会	杨尔璜	机械唯物论底缺陷
1930.12.19	北大演说辩论会	王衍礼	苏俄新经济政策及其五年计划的比较观
1930.12.19	北大演说辩论会	徐权	赣东红色区域的状况
1930.12.19	北大演说辩论会	郭树松	台湾革命与东方殖民地解放运动
1931.3.6	北大演说辩论会	杨尔璜	旧唯物论底批判
1931.3.6	北大演说辩论会	王象咸	谈谈帝国主义
1931.5.15	北大演说辩论会	王俊让	帝国主义给予中国智识阶级的影响

注:表中内容系根据《北京大学日刊》第 15、16 册(人民出版社 1981 年版)整理而成。

纵览表 4-1 所列题目,不难发现,北大学生们的讲演内容有一个不同于教授们的显著特点,即关注的问题相对集中且现实感较强,这显然与青年对时代和社会问题的极度敏感有关。在民族危机深重、时局动荡不安的 1930 年代,基于"为中国寻找根本出路的殷切政治情怀"[①],北大学生不约而同地把批判资本主义、探讨苏联成就、关

---

① 程美东:《为寻路而进行的文化批判》,《中国社会科学报》2015 年 6 月 17 日。

注革命运动作为讲演的焦点和重心。而在上述诸多颇具现实特征的讲演题目中，也有杨尔瑛的《形式论理学与辩证法》《机械唯物论底缺陷》《旧唯物论底批判》等涉及马克思主义理论的学术性讲演。

值得注意的是，上述讲演活动并非北大学子自娱自乐的小众行为，而是有着超出北大范围的广泛影响。1929 年 5 月 15 日，《京报》在题为《北大学院演说辩论会昨举行练习会》的报道中写道："闻昨日到会听讲者，除会员外，并有非会员及他校学生云。"[①] 而据《演说辩论会简章》可知，学生们的每次讲演活动均有北大教师出任导师，负责"在本会每次演习时评定演员之优劣，并指导其得失"[②]。其中，1929 年 5 月 13 日的演说辩论会，邀请了"导师鲍明铃、马裕藻评判"[③]。5 月 20 日举行的一次练习会，邀请了"导师黄右昌、刘半农出席指导"[④]。1931 年 5 月 15 日举行的北大演说辩论会第 35 次练习会，邀请了陈启修、秦瓒作为导师出席指导。另据《北大日刊》记载，1930 年 11 月 7 日，北大演说辩论会通过了添聘导师的议题，决定"陈大齐、王烈、何基鸿、樊际昌、刘复、黄右昌、秦瓒、王化成、浦薛凤仍续聘外，兹添聘陈启修、胡适、杨子馀、嵇文甫诸先生为本会导师"[⑤]。添聘之后的演说辩论会导师名单几乎涵盖当时北大最知名的学者群体，其中陈启修等则是以研究、传播马克思主义而著称的学者。总之，通过北大演说辩论会等相关社团平台的搭建，以及师生之间的有效互动，北大马克思主义传播就具备了较为稳定的受众群体和比较可靠的渠道保障。

四 马克思主义在北大得以传播的原因分析

由上述可知，虽然这一时期马克思主义在北大的传播面临着非常不利的形势，但是仍然在课堂教学和学术讲演等活动中持续有效

---

① 《北京大学史料》第 2 卷下册，北京大学出版社 1993 年版，第 2693 页。
② 《北京大学史料》第 2 卷下册，北京大学出版社 1993 年版，第 2693 页。
③ 《北大演说辩论会通告五月十三日》，《北大日刊》1929 年 5 月 14 日。
④ 《北京大学史料》第 2 卷下册，北京大学出版社 1993 年版，第 2693 页。
⑤ 《北大演说辩论会开会员全体大会记事》，《北大日刊》1930 年 11 月 10 日。

地进行着。究其原因,大致包含以下几方面。

1. 马克思主义的科学性使然

马克思主义的科学性是马克思主义突破重重障碍在北大得以持续传播的最根本的原因。作为"伟大的认识工具"和"人们观察世界、分析问题的有力思想武器"①,马克思主义自其创立之日起,就是在敌视和排斥的环境中发展起来并逐渐扩大影响的。特别是到了19世纪后期,随着资本主义社会阶级矛盾和阶级斗争的不断尖锐与激化,马克思、恩格斯对资本主义本质的揭露和批判日益深入人心,辩证唯物主义方法和科学社会主义理论被越来越多的人尊重和信仰。事实上,1927年至1937年间,北大学人对马克思主义的科学性已形成比较清醒的认识。当时,作为北大哲学系教师的邓秉钧面对马克思"一方面受人骂,一方面又受人极端的崇仰"的矛盾现象,充分肯定了马克思运用辩证法"深观默察资本主义发展的进程,灼然见得其中含有极大之相反性",以及因此而作出的"将来必使其自身颠覆"的科学判断。他明确表示:"无论我们信仰马克思的议论与否,我们若留心现今社会问题总应该加以深切的研究","这是无论何种政治信仰的人所不能否认的"。②而在北大求学期间就撰写了《近五十年中国思想史》一书的郭湛波,在谈及其书所使用的方法时说:"本书自有一种观点和方法,所用的方法是新的科学方法——即唯物辩证法和辩证法唯物论——作者之所以用这种方法,并非有什么成见,和信仰什么主义;只是相信在今日只有这种方法能解决问题,较为妥当,不得不用它。"③ 可见,马克思主义所具有的科学性是包括北大学人在内的先进分子克服外界造成的障碍、推动马克思主义在各个领域广泛传播的最根本的原因。

---

① 习近平:《在哲学社会科学工作座谈会上的讲话》,人民出版社2016年版,第13页。
② 邓秉钧:《马克思生平及其著作》,《北大学生》创刊号,1930年。
③ 郭湛波:《近五十年中国思想史》,上海世纪出版集团2010年版,"再版自序"第5页。

2. 北大马克思主义者的薪火相传

众所周知，李大钊、陈独秀是中国第一代马克思主义者的代表，是马克思主义在北大乃至全国传播的领军人物。1927年4月，李大钊不幸被奉系军阀逮捕杀害。而在此前，陈独秀也因革命事业的需要离开了北大。但是，第一代马克思主义者播下的种子已经在北大生根发芽。在北大马克思主义的成长过程中，李大钊无疑发挥了最重要的作用。郭湛波曾高度评价李大钊在马克思主义学术史上的重要地位，指出：他"是唯物史观最彻底最先倡导的人；今日中国辩证法，唯物论，唯物史观的思潮这样澎湃，可说都是先生立其基，导其先河；先生可为先知先觉，其思想之影响及重要可以知矣"①。许德珩也曾亲承李大钊对其思想、人格的影响。他在回忆录中写道："大钊同志刚来北大任图书馆主任时，我就结识了他。素仰其人的我，能够得以亲聆教益，十分欣喜。"② 在许德珩眼中，李大钊总是"以诚朴谦和的态度，含着微笑热情地接待向他求教的青年，诚恳而细致地畅谈自己的看法"③。更令许德珩钦佩的是李大钊对世界大势的认知和把握。他认为："惟有大钊同志不同凡响，他发表了题为《庶民的胜利》的著名讲演……揭示了战争爆发的真正原因，传播了关于战争的深刻根源是存在于经济事实之中，是在于资本帝国主义制度。这就从根本上阐述了马克思主义的基本原理。"④ 如果说许德珩是以李大钊学生的身份接过了北大马克思主义传播的接力棒，那么陈启修则是起初与李大钊一起协力推进北大马克思主义传播的同伴。早在留学日本期间，他就参加了李大钊提议的丙辰学社的筹建，

---

① 郭湛波：《近五十年中国思想史》，上海世纪出版集团2010年版，第103页。
② 许德珩：《为了民主与科学——许德珩回忆录》，中国青年出版社1987年版，第35页。
③ 许德珩：《为了民主与科学——许德珩回忆录》，中国青年出版社1987年版，第35页。
④ 许德珩：《为了民主与科学——许德珩回忆录》，中国青年出版社1987年版，第37页。

"通过丙辰学社的筹建,他和李大钊建立了亲密友谊"①。1919 年秋,他来到北大法商学院任教,从而与李大钊建立了更加紧密的联系。1920 年,他开设了马克思主义经济学概论。同年 9 月,他与李大钊合作,在北大政治系举办"现代政治"讲座,讲授十月革命后的苏维埃俄国、世界各国工人运动的情况以及中国劳工状况等内容。1921 年,他在北大马克思学说研究会的《资本论》研究组担任导师,指导学生学习《资本论》。在 1922 年 5 月 5 日举行的马克思诞辰 104 周年纪念会上,他又与李大钊、高一涵等作了讲演。② 30 年代初,他从国外回来后依然在北大的讲坛上传播着马克思主义的真知灼见。1932 年,他在北大经济系开设"马克思经济学说及其批评"课程,作为选修课向全体学生开放。1933 年下半年,他把这门课程改名为"马克思经济学说",并使之成为法学院政治学系、经济学系四年级学生的必修课。除此之外,他还发表了多篇探讨马克思主义经济学问题以及运用马克思主义研究实际问题的文章,从而在北大马克思主义传播史上书写了重要的一页。

3. 北大党组织的有效推动

中共成立后,北大的基层组织也应运而生。然而,到 1930 年前后,北大党组织多次遭到破坏,开展革命活动异常艰难。1932 年 10 月 8 日,中共河北省委巡视员在写给其省委的报告中说:此期北大"党只有五人,没有发展,团由五人减到三人,反帝由二十余人减到十五人,社联只有五人,左联也只有四五人"③。然而,即便是在敌人异常强大、自身实力弱小的情况下,北大党组织也没有放弃推动党员和进步学生学习马克思主义的工作。1929 年刘少奇赴北大巡视指导党的工作时,北大党支部文化教育干事傅于琛向他汇报说:"知

---

① 参见《陈豹隐——我国早期马克思主义经济学家》,载西南财经大学财政税务学院主编《光华财税年刊 2005》,西南财经大学出版社 2005 年版,第 154 页。
② 参见《陈豹隐——我国早期马克思主义经济学家》,载西南财经大学财政税务学院主编《光华财税年刊 2005》,西南财经大学出版社 2005 年版,第 155 页。
③ 中央档案馆、河北省档案馆合编:《河北革命历史文件汇集》(甲)第 10 册,内部资料,1997 年,第 15 页。

识分子必须加紧对社会科学的研究……我表示赞同当时出现的赶学日文，钻研政治学、经济学、哲学、社会发展史等社会科学的学习热潮。"① 刘少奇也明确指示："我们要认真学习社会科学，学习马列主义的革命理论……要通过对社会经济和文化生活的研究，正确地分析阶级斗争和政治形势。"② 即便在革命遇到暂时挫折时，北大的中共党员也没有失去信心，而是通过学习革命理论来坚定理想信念。"北大在校同志一方面因许多同志牺牲而感到悲痛；另一方面由于革命失败而感到惶惑。为了认清革命的前途，大家都感到有学习革命理论的必要。"③ 事实上，北大的中共党员对于学习革命理论的诉求，和北大作为高等学府所具备的优势，是正相契合的。在当时，一方面陈启修、许德珩在北大讲学，为进步青年了解、学习马克思主义起了积极的作用；另一方面，作为文化故都，北平有较多进步书籍可供阅读，包括《资本论》和马恩全集都有出版。基于这样的便利条件，在校党员"转向革命理论的探讨，而且兴趣极高，纷纷成立读书会之类的社团组织"④。以毕业后留校任教进而加入中共的夏次叔为例，他就是在校期间通过认真学习"李大钊系统介绍马克思主义哲学、政治经济学和科学社会主义的文章《我的马克思主义观》，列宁的《国家与革命》，毛泽东先后在《中国农民》和《向导》上发表的《中国社会各阶级的分析》和《湖南农民运动考察报告》"，逐渐认识到"中国的前途不是'三民主义'而是'社会主义'，中国的希望不是蒋介石控制的国民党，而是中国共产党，只有中国共产党才代表中国的劳苦大众，也只有劳苦大众的参与中国革

---

① 傅于深：《关于刘少奇同志视察北京大学党支部的回忆》，载王效挺、黄文一主编《战斗的足迹——北大地下党有关史料选编》，北京大学出版社2001年版，第236页。
② 参见傅于深《关于刘少奇同志视察北京大学党支部的回忆》，载王效挺、黄文一主编《战斗的足迹——北大地下党有关史料选编》，北京大学出版社2001年版，第236—237页。
③ 胡曲园：《大革命失败后北京大学党组织概况》，载王效挺、黄文一主编《战斗的足迹——北大地下党有关史料选编》，北京大学出版社2001年版，第233页。
④ 胡曲园：《大革命失败后北京大学党组织概况》，载王效挺、黄文一主编《战斗的足迹——北大地下党有关史料选编》，北京大学出版社2001年版，第233页。

命才有光明的前途"①。可见，虽然这一时期北大党组织对马克思主义的宣传多以分散、个体，而非集中、组织的形式进行，但在推动马克思主义的传播方面，依然取得了显著的成绩。

4. 北大兼容并包校风的保驾护航

自蔡元培担任北大校长以后，思想自由、兼容并包成为北大最鲜明的校风。1930年代初，蒋梦麟在《北大之精神》一文中写道："本校具有大度包容的精神……本校自蔡先生长校以来，七八年间这个'容'字，已在本校的肥土中，根深蒂固了。故本校内各派别均能互相容受"，"本校具有思想自由的精神……本校里面，各种思想能自由发展，不受一种统一思想所压迫，故各种思想虽平时互相歧义，到了有某种思想受外部压迫时，就共同来御外辱"②。蒋梦麟对北大精神的概括，既是出自对蔡元培时期北大历史的回顾，也是他本人掌舵北大期间的理想与追求。

北大的思想自由、兼容并包，从前述许德珩、陶希圣两教授遭到"控告"后北大的回应中即可得到印证。国民党当局因所谓"北平大学法学院学生陈碧庵等呈控北京大学教授许德珩等宣传共产"，责令北大和北平大学"会查具复"。北大校方在一纸复函中，以"具呈者并非本校法学院学生"为由驳回当局的要求，而对许德珩、陶希圣"宣传共产"的指控则未置一词、不予理会。在数次就查禁进步期刊与当局的交涉中，北大的复函也每每以"查本校各学院并无此种团体名称，显系有人借名义淆惑社会视听"③"查本校学会名单，并无先锋社之名，全校学生中又无名刘北新者……严询第一院号房工役，亦坚称未代该两刊物传递信件，并不知先锋社在何处，刘北新为何人；似此情形，显系不肖之徒假借本校名义以利宣传"④

---

① 苏良才、苏明刚：《夏次叔传》，中共党史出版社2010年版，第24—25页。
② 参见杜家贵主编《北大红楼：永远的丰碑（1898—1952）》，社会科学文献出版社2012年版，第197—198页。
③ 《教育部查禁进步刊物的密令及有关函件》，北京大学档案馆藏，档案号BD1932014。
④ 《教育部关于密查"先锋""社会研究"两刊物通讯人与北京大学的来往公函》，北京大学档案馆藏，档案号BD1933018。

云云，一概应付过去。显而易见，如果没有思想自由、兼容并包理念的保驾护航，北大的马克思主义传播必将遭遇更多挫折，取得的成绩和产生的效果亦势必大打折扣。毕竟，1930年代初，执政根基逐渐巩固的国民党当局并不讳言，他们就是要加强对各级学校学生的思想言论和行为的管制，因此在宣传三民主义和推行党化教育方面不遗余力，对高校的压力也显著增大。1931年，国民党中央训练部明文规定：中等以上学校的党义教师须"时时与学生接近，借以匡正其思想言论行动"，"随时调查学生平日所阅刊物及其所发表之言论"，"随时调查学生平日交友种类及其行动"①，并且，国民党教育主管部门还要求高校在招生时加试"党义"课程，并规定考生"必须及格，方可录取"②。在这样的环境之下，北大马克思主义传播仍然得以持续开展并取得不俗成就，与其校风密不可分。

有学者曾撰文回顾马克思主义在中国的百年传播历程。关于土地革命战争时期马克思主义的传播，他指出："这一时期，马克思主义传播分成两条战线，一条是党内战线，一条是党外战线。"③ 这一结论无疑非常正确。换个视角来看，民主革命时期马克思主义在中国传播的主力军，主要就是由两路人马组成，即革命根据地的中共党人和国民党统治区的高校进步师生。正是因为这两大主力军的共同努力，马克思主义在中国的传播才得以冲破重重阻力，实现持续发展，造成广泛和深刻的影响。北大作为中国最早传播马克思主义的高等学府，作为早期中共创始人的主要活动基地，它的前途和命运早已同马克思主义和中共紧密相连。1927年至1937年北大进步师生所从事的诸多途径的马克思主义传播，就是革命年代马克思主义在高校传播的一个缩影，也生动地彰显了马克思主义理论的生命力。

---

① 中国第二历史档案馆编：《中华民国史档案资料汇编·第五辑第一编教育》，江苏古籍出版社1994年版，第1085页。
② 《北京大学史料》第2卷中册，北京大学出版社1993年版，第881页。
③ 杨金海：《马克思主义的传播与中华民族的百年命运——写在大型电视文献纪录片〈思想的历程〉播出之际》，《马克思主义与现实》2011年第4期。

第五章
对 1927—1937 年北京左翼思想的总体把握

在探讨左翼思想时，如果将关注点仅仅置于左翼思想发生的内在理路是不够的。因为，左翼思想虽是以思想史的形态存在，但其产生和发展却又有着社会史的意义，因此，对左翼思想的揭示应该把内在理路与外在理路并行考察，把思想史与社会史相互观照，由此才能够比较完整地揭示左翼思想的面貌。

近现代中国的历史也提醒我们，内在与外在、思想与社会，二者缺一不可。马克思主义就是在救亡图存的时代主题和十月革命的炮火声中传入中国的，其后，这两条相互并行且互有交叉的发展路径便得以确立：李大钊、瞿秋白、毛泽东等先进的中国共产党人从思想层面对马克思主义的中国形态（即马克思主义中国化和中国化的马克思主义）进行了创新和发展，并以其思想成果向外延展，影响了众多追求进步的知识人士；而国民党残暴的对内统治、屈辱的对外妥协和日本帝国主义对中国的侵略使国内局势动荡不安、国人心头乌云密布，在这种情况下，思索何种方法和主张可以救国救民就成为知识人士萦绕不去的思想实践。鉴于此，马克思主义和以其为核心的左翼思想在被知识人士选中的同时，也就兼而具备了内生性的思想发展与外在的冲击反应并存的特点。通过研究 1927—1937 年北京的左翼思想发展，我们能够明显地感受到，左翼思想的萌生与发展是其内生的理论发展需求与外在的政治、社会环境冲击的共同产物，而知识青年和进步人士对左翼思想的接受，也无不经历了思想内因和社会外因的双重考验。

基于第一至四章的研究基础，本章将以结果为导向，总结左翼思想的十年发展所产生的积极意义和影响，笔者认为，"左翼进步思想得到了进一步传播"、"党组织因势利导的效果逐渐显现"以及"知识青年开始确立追求进步、投身革命的思想指向"可以作为对这一时期左翼思想发展的定位和评价。

第一节　左翼进步思想得到了进一步传播

前文曾述及马克思主义在1930年代中国的广泛传播，对此学界已有较多的研究和阐释。对于1927—1937年的北京来说，以马克思主义为内核的左翼进步思想同样得到了广泛传播，对于这一情况，当时的报刊作出过明确报道。1932年8月16日，北平《小日报》刊发了一篇题为《北平思想界之左倾》的文章指出："除了清华和燕京这两双学校，是道地的美国金元文化外，其余的学校，便大部分都为左倾思想之策源地，那些左倾分子，在学校里，居然有公开的演讲、公开的刊物，任何的团体里，都有他们的分子……尤其是一些什么社会主义唯物史观马克思列宁斯大林等有关的著作，在北方真是销路迅速、利市百倍……北平的思想界的威权者，本来是胡适等一流人，但现在北平的思想界人简直大部分都不受他们的支配，胡适等一流人在北平已不很受人欢迎。"[①] 虽然这篇文章的基调并非认可左翼思想，但是它却揭示了当时北平的知识青年对左翼进步思想的欢迎和对马克思主义经典作家著作的热捧，以及对以胡适为代表的立场保守落后的学人的不满。这一情形表明，左翼进步思想不仅在知识青年中间得到了广泛欢迎，而且在社会层面发展迅速，其影响力不可低估。

对于这一时期左翼进步思想传播的特点，我们可以从两个方面来把握。其一，从理论传播层面看，它表明马克思主义在中国的传播更加系统，科学的思想理论得到了更加准确的理解和阐述。五四

---

① 寒水：《北平思想界之左倾》，《小日报》1932年8月16日。

运动前后，马克思主义受到了中国各派别人士的关注。一时间，早期共产主义先进分子、国民党人甚至无政府主义者都纷纷下大力气翻译、介绍马克思主义的代表性著述及其理论，其中，李大钊、陈独秀、瞿秋白、蔡和森等早期中国共产党人更是在传播、讲授、发展马克思主义方面费力颇多、功勋颇著。在共产主义先进分子的引领下，进步知识分子对马克思主义的学习热情不断高涨，一批具有马克思主义理论功底和造诣的知识人士逐渐成长起来。及至1930年代，在既有的马克思主义传播所实现的"从无到有"的基础上，进步知识分子对马克思主义的"从有到好"提出了更高要求。其中颇有代表性的是许德珩对既有的《哲学的贫困》译本质量不满，故而亲自翻译《哲学的贫困》的过程。许德珩在回忆其翻译这部经典著作时指出："杜竹君先生所译的《哲学之贫困》，尤其是我久想要读的一本。在没有读杜先生的译本以前，我听见有人说过'看不大懂'。自然，以马克思的著作之那种深刻的理论和经典式的文句，是不同于普通一般的书籍那样容易读的，而且这本书是批评式的体裁，有些地方如果不对照他所批评的蒲鲁东的著作，即使是读原书，也有时还是不容易懂得的。不过，等我读了杜先生的译本，再把马克思的原著对照起来，才晓得所谓的不懂，并不是原书不能叫人懂，乃是翻译得不能令人懂；并且有许多地方，原书说得是很清楚明白的，而翻译出来倒反而把它弄模糊了，或者竟然翻错了，说反了，令人无法理解。我一直对照校阅下去，发现几乎没有几页不错的，而且有些错误并非由于翻译时不小心，乃是出于对原文的推测与臆断……总之，隔不了几页，必定有一两处不可谅解的错误出来。象这样一部重要名著，竟然如此马马虎虎的翻译，真是有些对不起读者和著者。在这样的情况下，我才不揣冒昧，把从前译而未尽束之高阁的稿子，拿出来继续翻译下去，让它出版。"① 基于对这部经典著作的尊重，许德珩参照了法文本、英文本和日文本来进行翻译，

---

① 中共中央马克思恩格斯列宁斯大林著作编译局马恩室编：《马克思恩格斯著作在中国的传播》，人民出版社1983年版，第61—66页。

由此纠正了杜竹君译本中的诸多误译之处，从而最终给读者呈现了一部高质量的马克思主义经典著作。

其二，从影响力角度看，左翼思想的传播表明掌握马克思主义的人群已从知识精英扩展至社会大众。如果说 1910—1920 年代尚有李大钊、陈独秀、瞿秋白等共产主义先进分子在为马克思主义摇旗呐喊，那么对于 1930 年代国民党统治区的马克思主义传播而言，则几无领军人物登高而呼。但是，这一时期白区的马克思主义却丝毫没有消失匿迹，仅就北平来说，马克思主义就广泛地存在于多种报刊、书籍以及知识青年的头脑当中，潜移默化地影响着苦苦思索民族未来、努力追求国家进步的有识之士。对此，美国学者易社强（Israel. John）在其研究一二·九运动的著作中，通过分析时为燕京大学学生的黄华所写的《中国法西斯运动现状》一文，肯定性地认为，黄华"相当早地掌握了运用马克思主义基本原理分析重要社会现象的能力，尽管他直到 1936 年才加入中国共产党"，并且明确指出，黄华的文章反映出"马克思主义的分析架构在当时的中国知识界颇为流行"[1]。黄华所写的《中国法西斯运动现状》一文是 1935 年出版的《燕大周刊》第 6 卷第 9 期"法西斯主义诸问题特辑"中的一篇，事实上，除了黄华的这篇文章外，该讨论专辑所刊载的其他文章所使用的分析方法和基本的立场观点也几乎都是马克思主义的。比如，署名泛平的作者在《法西斯运动在中国》一文中就指出，"这种革命决不是国民党那种浮浅的主义和薄弱的信条所能担任的，也更不是只为缓和资本主义崩溃的法西斯运动所能解决的——中国根本就没有走上资本主义阶段，中国的民族资产阶级早已被各资本主义国家的商品充斥所吞没了。中国的社会只是一个民族资产阶级尚未兴起而封建残余势力尚未肃清的半封建社会（也就是半殖民地国家的特色）"[2]。基于燕京大学学生所写的运用马克思主义立场观

---

[1] John Israel, *Rebels and Bureaucrats: China's December 9ers*, University of California Press, 1976, p. 33.

[2] 泛平：《法西斯运动在中国》，《燕大周刊》第 6 卷第 9 期，1935 年。

点方法分析问题的文章,如果再联想到张太原所揭示的"在国民党主办或控制的报刊上,马克思学说却常常自觉不自觉地被提起或运用。唯物辩证法、社会形态的演进及社会主义的趋势、中国反帝反封建的任务等这些本来属于共产党人的理论主张时隐时现,甚至马克思、恩格斯的名字也并不是完全禁忌的"①。由此我们就能够充分地感受到,在这一时期,马克思主义已经成为人们颇为关注,并且在分析问题、研究问题时所绕不过去、非用不可的理论和方法,而这也鲜明地体现了马克思主义在社会各界的深入程度。

第二节 党组织因势利导的效果逐渐显现

纵览中国共产党的历史可知,当党的路线方针政策符合中国革命的实际时,党的革命事业就会向前发展、不断推进;反之,如果党的路线方针政策偏离了中国实际,那么党的事业和革命形势就会遭遇挫折甚至是暂时的失败。对于1927—1937年这十年来说,中国共产党在国民党统治地区的路线方针政策也经历了从出现偏差到逐步纠正并最终确立正确的斗争路线的转变。表现在组织、动员进步学生的爱国运动方面,则可以概括为实现了从"盲目行动"到"因势利导"的转变。

从时间维度看,中国共产党在北平的"盲目行动"主要存续于1928年至1936年之间。所谓"盲目行动",指的是在"左"倾错误思想的影响下,盲目追求与敌人在城市展开"决战",盲目利用各种纪念日开展飞行集会、散发传单、示威抗议、公开演讲等行动。基于既有的历史结论和对这一时期全面客观的认识,学界认为上述所提及的种种做法不仅不能够有效地打击敌人,反而暴露了自己的实力、破坏了群众对党的良好观感。对此,《北京志·共产党卷·共产党志》在描述这段历史时直言不讳地指出,"由于党内'左'倾错

---

① 张太原:《二十世纪三十年代国民党主流报刊上的马克思学说之运用》,《中共党史研究》2014年第2期。

误的指导，中共北京（平）市委曾于 1927 年秋和 1930 年秋两次筹备组织中心城市暴动，还经常利用纪念节日搞飞行集会、游行示威。在党的组织建设方面，过分强调党内工农成分和领导干部单纯工人成分，突击性地开展接收新党员的活动；无视客观形势，不断开展反右倾斗争，打击不同意见的同志。这些做法使北平的革命力量遭受严重损失，党组织及外围团体屡遭破坏。从 1931 年 9 月至 1935 年 12 月，中共北平组织及外围组织遭受 10 余次大的破坏，市委领导 40 多次易人，被捕的党团员和进步群众上千人"[1]。而经历过这段历史的当事人更是深感"左"倾错误的危害，曾担任北平左联组织部部长的冯毅之就指出："我现在回忆起来，当时我们的'左'倾思想相当严重，对革命形势的估计和工作方法很有问题……对革命的估计是……国民党的统治亦朝不保夕，共产党人只要敢于在广大工农群众面前提出革命口号，就会一呼百应，蜂拥而起，立即掀起狂风暴雨般的革命浪涛。盲目乐观、把革命看得极容易。我记忆清楚，当时在同志们谈话中，曾幼稚可笑地担心和忧虑，管理北平市的大权若一旦掌握在我们手中，那怎么办？能不能管理好？！"[2] 在这种错误思想指导下的革命行动自然不得人心，比如飞行集会，冯毅之就认为"飞行集会也很有问题……同志们混入群众中，看暗号，听指挥，共同行动。暗号指挥一出现，大家就立即散发传单标语、并一齐高呼革命口号。密探警察赶到，同志们就飞行四散，个别同志被捕也难免，群众也随之惊恐逃避。尤其是在艺人说唱、群众聚会的地方，进行飞行集会更是不得人心，影响坏……这方法除了冒险暴露身分，并无好的作用和影响"[3]。

对于这样不计后果的盲动行为，党内有识之士无不忧心忡忡，

---

[1] 北京市地方志编纂委员会：《北京志·共产党卷·共产党志》，北京出版社 2012 年版，第 4 页。

[2] 中国社会科学院文学研究所《左联回忆录》编辑组编：《左联回忆录》（下），中国社会科学出版社 1982 年版，第 554 页。

[3] 中国社会科学院文学研究所《左联回忆录》编辑组编：《左联回忆录》（下），中国社会科学出版社 1982 年版，第 555 页。

因此，当北平学生因追悼在国民党监狱中牺牲的爱国青年郭清而与国民党军警发生冲突进而造成人员损失后，以刘少奇为代表的党的白区工作的主要领导者便无法坐视形势继续朝错误的方向发展，为此，刘少奇专门给北平的同志去信，明确表示："我们认为从这次行动中所表露出来的关门主义与冒险主义之严重性，将给北平人民的救国统一战线以极大的损害，所以我们不能不立即写这信给你们。虽然我们没有接得你们的来信，不知道这次行动是属于何方的主持与领导……不管怎样，我们觉得你们及那几个参加的同志是做了一个错误。"[①] 刘少奇在信中所指出的错误是党在"立三路线"和王明"左"倾错误影响全党时期，白区党组织普遍存在的问题。其基本表现是未能正确地把主观认识与客观的革命实际相结合，误认为全国的革命形势不断高涨、国民党的统治趋于崩溃，误认为只要共产党人和进步人士敢于发动暴动就能够取得革命的胜利。显然，这种认识反映出当时的党内存在着过高地估计了自己的实力、过低地估计了敌人的力量以及对革命的大环境作出不切实际的错误判断的情况。基于这样的思想认识而开展的革命行动，其结果只能是"会使一切民众的爱国组织完全不能公开，会使你们完全脱离广大群众，使许多组织塌台，使许多同志和先进的爱国志士被捕被杀，使汉奸法西斯蒂夺到'爱国运动'的领导地位来窒杀爱国运动。最后只能剩下你们几个布尔什维克在秘密的房子内去'抗日救国'"[②]。因此，在批评北平党组织在"郭清事件"中的错误后仅五天，刘少奇就发表了《肃清关门主义与冒险主义》一文，对"立三路线"的残余——关门主义和冒险主义进行了彻底清算。在刘少奇看来，关门主义的实质是顽固拒绝同中间阶层和同情革命的开明人士合作，其反映出

---

① 刘少奇：《论北平学生纪念郭清烈士的行动——给北平同志的一封信》，《一二九运动资料》（第二辑），人民出版社1982年版，第13页。
② 刘少奇：《论北平学生纪念郭清烈士的行动——给北平同志的一封信》，《一二九运动资料》（第二辑），人民出版社1982年版，第15页。

的是"不相信自己,恐怕那些反动派别会动摇自己,影响自己"[1];而冒险主义的实质则是革命者为追求革命的胜利心浮气躁、急于求成,"认为不必要做长期艰苦工作,不必要聚积最雄厚的革命力量就可以和敌人决斗"[2],其结果只能是"欲速则不达"地走向失败。刘少奇认为,北平党组织若要彻底肃清关门主义与冒险主义,就必须在工作方法上做出根本改变,特别是在党中央已于《八一宣言》中号召国共第二次合作、成立抗日民族统一战线,而华北地区的民族危机又日趋严重的情况下,北平党组织必须根据不断发展变化的革命实际做出相应改变。这种改变不应当是以往闭门造车式"拍脑袋"革命的继续,而应当转变为"学会领导群众的艺术,学会策略的运用,大胆放手地让我们的同志和干部到广大群众中去,把全民族抗日反卖国贼的统一战线建立起来,把国防政府、抗日联军组织起来"[3]。事实上,刘少奇的阐述宣告了我们党在白区革命路线和斗争策略的重要转变,而这一转变的要义就在于避免孤军奋战,通过"重心下移",不断融入群众、扎根群众,进而实现领导群众,从而将之前"御驾亲征"式的冲锋陷阵转变为"稳坐中军帐"式的调兵遣将。

在北平党组织必须要调整革命策略的重要关口,一二·九运动爆发了。对于中国共产党来说,一二·九运动的爆发虽然在一定程度上转移了国民党的注意力,给不断遭受打击的北平党组织赢得了喘息机会,但与此同时,它的发生也对正在经历革命策略转变的北平党组织提出了新的考验。毕竟,参加一二·九运动的主体是各高校学生,而发起这场运动的学生又多为中共党员和进步的左翼青年,因此,这场轰动全国的运动应该向何处发展、其结果如何,就会在

---

[1] 刘少奇:《肃清关门主义与冒险主义》,《一二九运动资料》(第二辑),人民出版社1982年版,第9页。

[2] 刘少奇:《肃清关门主义与冒险主义》,《一二九运动资料》(第二辑),人民出版社1982年版,第10页。

[3] 刘少奇:《肃清关门主义与冒险主义》,《一二九运动资料》(第二辑),人民出版社1982年版,第11页。

相当程度上影响北平党组织的工作开展乃至前途命运。对此，1935年12月，毛泽东在《论反对日本帝国主义的策略》中明确指出："学生运动已有极大的发展，将来一定要有更大的发展。但学生运动要得到持久性，要冲破卖国贼的戒严令，警察、侦探、学棍、法西斯蒂的破坏和屠杀政策，只有和工人、农民、兵士的斗争配合起来，才有可能。"①而共青团中央则在1935年12月20日发表的《中国共产主义青年团中央委员会为抗日救国告全国各校学生和各界青年同胞宣言》中也明确号召全国学生和青年"到工人中去，到农民中去，到商民中去，到军队中去！"②。在党中央的号召和北平党组织的安排下，参加一二·九运动的进步学生开始有组织地前往平津以及河北地区的农村开展抗日救国的宣传动员工作。

组织学生深入农村，是党中央作出的一项重大决策，也是中国共产党开始转变在白区的革命斗争策略的一次具体实践。对于青年学生来说，深入农村一方面可以把学生们所掌握的科学文化知识教授给农民，把国家面临的危急局面传递给农民，激发农民的爱国热情；另一方面，相较于农民，当时青年学生的经济条件相对较好，而通过深入农村、与农民接触也可使青年学生获得对社会、对贫苦百姓更真实、更全面的了解。因此，当党提出深入农村的主张后，北平多数进步学生对此给予了认可和支持，在学联的领导下，平津学生共组成四个宣传团，而北平大中院校的学生就组成了三个团③。

对于中国共产党来说，动员青年学生深入农村宣传抗日，是党中央和华北地区党组织深思熟虑、通盘考量后做出的慎重决定：一方面，面对国民党当局主动邀请所谓学生代表赴南京聆训、要求北

---

① 《毛泽东选集》（第一卷），人民出版社1991年版，第151页。
② 《中国共产主义青年团中央委员会为抗日救国告全国各校学生和各界青年同胞宣言》，《一二九运动资料》（第一辑），人民出版社1981年版，第13页。
③ 一团由北大等东城地区大中学校组成，由北大当团长；二团由东大、师大、中大、法商学院等西城地区大中学校组成，团长由法商学院担任；三团由清华、燕大、辅仁大学等西郊和北城地区大中学校组成，团部领导是黄华、吴承明等；四团由天津的大中学校组成。参见徐庆全《六十年后李昌首次详谈"一二·九"和民先队》，《炎黄春秋》1995年第12期。

平各校提前放假等企图扼杀学生运动的措施，党组织既不希望轰轰烈烈的抗日爱国运动仅此昙花一现、不明真相的学生被当局软化收买，也不希望看到进步学生因与当局对抗而遭到逮捕，致使革命力量遭受不必要的损失；另一方面，对于青年学生而言，他们对国家和社会未必具备客观全面的了解，如果不能客观全面地了解国家和社会，那么他们所呼喊的"爱国"便只能存在于头脑中和口号上，因此，帮助青年学生认识社会、了解农村也是党组织号召学生前往农村的考虑之一。事实上，由于当时的青年学生普遍不了解农村、不熟悉农民，而他们的宣传言说又多以自己的感知为出发点，所以在南下宣传过程中也确实出现了沟通不畅、效果不佳的情况。比如，亲历了南下宣传的王念基在回忆中就提及部分学生"在同群众接触中，缺乏阶级感情，缺少共同语言。农民群众则把他们看作是'洋学生'，有的甚至说：'大冷天，吃教的还下乡来宣传，嘴里还唱着赞美诗哩！'"① 但是，随着与农民接触的深入，青年们的阶级觉悟开始建立，对中国社会的认知也更加深刻了——"有些地主、富农出身的同学，开始醒悟到自己上学的钱是哪里来的，自己凭什么享受富裕的生活，他们的脑海里展开了激烈的思想斗争。党的组织，又有意识地引导同学们讨论这些问题，找出农民贫困的根源，找出帝国主义、官僚买办和地主阶级的内部关系。通过访贫问苦和讨论，大家开始认识到，发动群众抗日必须与反对官僚压迫和惨酷的封建剥削结合起来，认识到这些反动阶级统治的总代表就是蒋介石"②。从这一点看，毛泽东所指出的学生运动"只有和工人、农民、兵士的斗争配合起来，才有可能"的论断就体现出了重要的意义。通过南下宣传，不仅农民得到了一定程度的爱国教育，更为重要的是，青年学生真切地见识到了国民党治下农民的疾苦、农村的凋敝以及农业的落后，进而确信了中国共产党主张的正确，确信应当与广大

---

① 王念基：《到农村去——平津学生南下扩大宣传团的片断回忆》，载李昌等《"一二·九"回忆录》，中国青年出版社1961年版，第145页。
② 王念基：《到农村去——平津学生南下扩大宣传团的片断回忆》，载李昌等《"一二·九"回忆录》，中国青年出版社1961年版，第145—146页。

工农群众、与中国共产党站在一起。在决策的过程中，中国共产党作为决策者的地位和因势利导的效果便开始显现，由此，党在北平的革命事业也逐步走向正常。在一二·九运动爆发九年后，刘少奇在延安青年纪念一二·九运动的讲话中也对这一时期学生与农民相结合的政策给予了高度的评价，他指出，"单纯的学生革命运动，是不能获得胜利的，而且也不可能在反动统治之下长期坚持。革命的青年学生必须与广大的工农兵相结合，必须在共产党的领导之下，才能达到革命的目的。'一二·九'运动中的革命学生所走过的这种道路，是一个模范。'一二·九'时代的革命青年学生（特别是北平学生），已经指出了一条道路——到乡村去，到革命的武装部队中去和人民特别是农民结合起来"[①]。

第三节　知识青年开始确立追求进步、投身革命的思想指向

　　知识青年追求进步、投身革命也即意味着他们与国民党当局的决裂。伴随着左翼思想在知识青年中的传播和接受，他们与国民党分道扬镳其实已是时间问题。如果说左翼进步思想的传播和知识青年对左翼思想的接受是其开始抛弃国民党的起始，那么一二·九运动以及之后的南下宣传就成为这一发展过程中的重要"催化剂"。在知识青年的思想逐渐左翼化的过程中，我们注意到思想的发展与外部政治环境变化之间的互动日趋密切，在这双重因素的作用下，"中华民族解放先锋队"（以下简称民先队——笔者注）应运而生。民先队的成立是知识青年思想转变的直接产物和展现知识青年左翼思想表达的客观载体，而北平的知识青年无疑是其中最受瞩目者。

　　事实上，一二·九运动、南下宣传、民先队成立，三者时间相继、逻辑相通。当南下宣传团于1936年2月1日返回北平后，其成

[①] 刘少奇：《和广大工农兵相结合》，《一二九运动资料》（第一辑），人民出版社1981年版，第27页。

员便开始商讨建立新组织的事宜,而结果便是中华民族解放先锋队的成立。前文曾述及,参加南下宣传的青年大多思想进步、认同革命,经过农村艰苦生活的历练后,他们对于国家和社会有了更加清醒的认识和更加实际的思考,因而其思想的进步性和革命性也更加凸显。有人士就指出,"建队之初,全市'民先'共有五个区队、二十六个分队,队员三百余人,全部是参加南下宣传的学生"[1]。此外,较之一二·九运动和南下宣传而言更为重要的是,"'民先'的显著特点是将自己置于党的领导之下。不仅总队部自觉地接受党的领导,还规定:'民先'的各级组织除了接受上级组织领导外,也要接受同级党组织的领导。分队以上干部的选举也是在党支部领导之下进行的"[2]。对于民先而言,其建队之初就拥有队员三百余人,及至暑假,民先的发展趋势更加迅猛,"这时不仅国内各大城市,就是法国的巴黎、里昂,日本的东京都有了'民先'的组织与活动。同年8月……'民先'已经从五个区队扩大为九个区队,队员达到一千二百余人。1937年2月,'民先'在北平召开全国代表大会,有全国二十四个单位的代表参加……这时队员发展到六、七千人"[3]。

如果我们对民先的成立背景做一番考察,就会理解为何这一具有左翼进步性质的组织诞生于北平,并且在北平迅速发展起来。据介绍,民先队主要存在于"北平城内,北平西郊。队员的成分,还是以学生为主体(包括失学的),差不多要占到百分之九十九的高度比例"[4]。在第一章中笔者曾提及,国都南迁后,北京失去了其政治、经济职能,但保留了丰富的文化资源,成为名副其实的文化城。学校林立、学生众多是这一时期北平的显著特点,此时,北京大学、北平大学、北平师范大学、私立中国学院等国立、私立高校驻扎城内,燕京、清华两校扎根西郊,因此,依托高校建立的民先组织便

---

[1] 孙广:《中华民族解放先锋队始末》,《学习与研究》1985年第12期。
[2] 孙广:《中华民族解放先锋队始末》,《学习与研究》1985年第12期。
[3] 孙广:《中华民族解放先锋队始末》,《学习与研究》1985年第12期。
[4] 民先队总部:《我们的队伍》,《一二九运动资料》(第二辑),人民出版社1982年版,第393页。

体现出集中于城内和西郊的特点。另外，九一八事变发生后，国民党当局所采取的不抵抗政策使得这座学校众多、知识分子云集的文化名城沦落为国防边塞，因此，九一八事变后，北平民众（特别是青年学生）就对国民党当局"攘外必先安内"的政策和说辞颇为不满。面对日本变本加厉的侵略行径，一方是固守"攘外必先安内"的投降政策，另一方是主动呼吁建立抗日民族统一战线，国共双方，究竟孰是孰非？攘外与安内，究竟孰轻孰重？对于身处北平的人士来说，无疑感受得十分真切。因此，民先队的全称之所以是"中华民族解放先锋队"，就其宗旨而言，就是反对帝国主义、封建主义，追求民族解放。从这个意义上说，民先队的成员们显然没有将解放中华民族的希望寄托在国民党当局身上，甚至从某种程度上说，他们也将国民党视为阻碍民族解放的因素。颇为吊诡的是，虽然国民党当局对这一"非法"组织采取了"密令西郊区署及侦缉队派便衣警士严加监视相机办理"[1]等镇压措施，甚至"悍然宣布解散一切抗日救亡团体，还规定军警有权逮捕甚至枪杀所谓'危害治安'的爱国分子"[2]，但事实是民先的队伍在不断地扩大，其不仅在总部北平不断发展，而且在全国其他城市也迅速扩展、扩大影响。随着日本侵略的加深，民先队的成员们也更多、更积极地投身到抗日救亡的战场当中。据李昌回忆，1936年暑假后，"北平学生中，有些党员干部和民先队员转移到西安参加东北军的学兵队，到太原参加山西牺牲救国同盟会，还有一些同志到陕北苏区"[3]。民先队以实际行动践行着解放中华民族的誓言。

民先队的成立和发展无疑显示出左翼思想和中国共产党对包括北平知识青年在内的全国知识青年所产生的积极影响。伴随着民族危机的加深和左翼思想的发展，知识青年们开始把接受左翼思想、

---

[1] 《北平市公安局呈北平市政府文》，1936年7月30日。出自刘大成等辑《"七·七"事变前后北京地区抗日活动》，北京燕山出版社1987年版，第91页。
[2] 刘导生：《从容忆往——95岁抒怀》，北京出版社2008年版，第71页。
[3] 李昌：《回忆民先队》，载《"一二·九"回忆录》，中国青年出版社1961年版，第18页。

认可中国共产党的路线方针政策与解决民族危机联系在一起，由此，知识青年们才会义无反顾地奔赴延安，前往革命的圣地去寻找他们亟须找寻的答案。面对这一事实，当我们回顾历史，我们会感到这一切的得来实际上殊为不易：对于中国共产党来说，她必须彻底纠正在白区存在的"左"倾冒险主义和关门主义错误，放弃包括"武装保卫苏联"等在内的脱离实际的口号和目标，以便完成自我革新并向进步青年敞开胸怀，在爱国主义和马克思主义的旗帜下接纳进步的知识青年；对于知识青年来说，在国民党当局掌控政权的情况下，他们只有完整经历学习、理解并最终接受左翼进步思想和马克思主义的思想轨迹，才能够为他们与中国共产党的结合奠定最为重要的思想基础。因此，当我们在探讨知识青年追求进步、投身革命这一既定的历史结果时，我们便不应该忽略对形成这一结果的漫长而艰苦的过程的关注，因为，对于中国革命的发展进程而言，过程实在具有无比重要的地位。

结　论

有学者指出，"五四时期林林总总的学说思想，到1930年代化约为三大'主义'鼎足而立"[①]，所谓三大主义，即三民主义、自由主义和马克思主义。这三种主义虽然在1930年代各有自己的"阵地"，但是他们的影响力和发展潜能却各不相同。三民主义作为国民党的指导思想，与国民党政权紧密捆绑在一起。因此，自国民党完成形式上的统一后，三民主义就强硬地在全国推行开来。然而，由于国民党"党和团没有基层组织，没有新生的细胞，党员和团员在群众间发生不了作用，整个党的生存，差不多完全寄托在有形的武力上"[②]，所以国民党推行三民主义的能力是有限的。另外，就三民主义本身来说，虽然该理论看似无所不包，但是其本身所存在的体系杂糅、内涵模糊、理论边界不明等缺陷，使三民主义在遇到实际问题时往往无法发挥理论指导实践的功能。加之孙中山去世后，国民党军政要人又多出于自己的私利而对三民主义做出有利于自己的解释，此举更使三民主义的可信度和说服力不断下降。因此，鉴于国民党和三民主义本身所存在的难以修复的缺陷，一旦国民党政权及其建立的国家机器崩溃，那么三民主义也就难逃失败的厄运了。

如果说三民主义在国民党政权的庇护下尚能在思想领域占有一

[①] 张太原：《从思想发现历史——重寻"五四"以后的中国》，中华书局2016年版，第422页。

[②] ［美］易劳逸：《蒋介石与蒋经国（1937—1949）》，王建朗、王贤知译，中国青年出版社1989年版，第266页。

席之地，那么对于自由主义来说，它显然就更没有足够的实力和运气了。有学者指出，"相对于三民主义和共产主义，自由主义在人员、派别和纲领上，都不甚清晰。加之，实在的自由主义和自由主义者，都是千人千面，很难一视同仁。因此，自由主义只是一个宽泛的概念，代表的也是一种松散的若有若无的政治力量"①，此言甚确。虽然自由主义不存在如三民主义般随政党之兴而兴、随政党之亡而亡的依附性，但是这一思想理论却很难在现实中转化成为实际的政治力量。不仅如此，它的兴衰还深受政治和社会环境的影响，由此才可见得，随着1930年代后日本侵华的威胁不断加深，曾经的自由主义者纷纷"改头换面""另寻他就"，其思想的局限性和不稳定性暴露无遗。

与前两者相比，马克思主义有独立完整的思想体系，有信奉并推动这一思想发展的先进政党，有他国运用马克思主义取得革命胜利的成功典范，特别是它具有解决中国实际问题的立场和方法，因此，虽然马克思主义在政治上得到的支持最少、发展途径最为曲折，但是它凭借其科学的理论、立场、方法，顽强地与三民主义、自由主义并驾齐驱，并且展现出光明的前景。

此外，马克思主义能够最终逆势而上，除理论本身的科学性外，左翼的思想环境也是马克思主义能够最终上位的重要因素。具体到1930年代，当时左翼思想环境的一个重要表现就是进步的知识青年对国民党当局所表现出的带有普遍性的不满和反抗的意识。事实上，从五四运动开始，青年学生的家国责任就得到了充分的展现，本书在第三章中曾提及，由于民国时期中学及以上的学生数量较少，即便是高中学生也在事实上被视为知识精英，所以，作为知识精英，他们自然要担负起自己在脑海中构想出的对于国家和社会的责任。但是，知识青年对自己能力、责任的认知却与统治当局对青年学生的看法之间存在着距离，这一距离也预示着二者之间必然会因权力

---

① 张太原：《从思想发现历史——重寻"五四"以后的中国》，中华书局2016年版，第422页。

和话语权的分享问题产生难以调和的矛盾。对于国民党当局而言，他们不仅不可能将权力与年轻人分享，而且面对学生发起的各种爱国进步运动，其反感和反对的态度甚是明显。国民党当局对待学生的粗暴方式无疑把学生推到了自己的对立面，在民族危机、战乱、灾荒等一系列导火线的作用下，二者关系形同水火也就不难理解了。

虽然青年学生手无寸铁，但是国民党当局意图解决学生运动的"算盘"事实上是难以实现的。究其原因，与统治者相比，青年学生虽然是弱势的一方，但"弱势"的护身符却为学生们争取到了其他阶层的同情和支持。有学者研究指出，早在五卅时期，"在当时的社会差序下，工人对商人怀有信仰，而商人又对学生有所敬畏"，另外，在"士农工商"思想余荫的影响下，其他阶层依然对学生所代表的身份象征与符号构成表示尊重——"商人如此，底层的工人农民对学生更是信仰有加"①。所以，虽然从表面上看是青年学生以一己之力与国民党当局做对抗，但实际上，在青年学生的背后，其他阶层早已为其构筑起了强大的后盾。

上述分析是站在宏观层面对这段思想的历史作出的审视，如果具体到北京这座城市来说，那么情况则又有所不同。对于三大主义在北京的境遇而言，自由主义首先被淘汰出局。有学者指出，"自由主义政治制度依赖于以程序性共识为基础的自由社会，政治竞争的失败者必须愿意等待下一次竞争，成功者则必须愿意给他们这一机会"②。而当时的北平显然没有这样的条件：九一八事变后，东北沦丧致使北平成为国防边塞和抗日的最前沿，值此国家危难、城市危亡之际，北平思想界关注的核心问题已经聚焦到如何抗日上，在这种情况下，自由主义所追求的理念便不适合于现实的政治环境，因而其生存土壤受到了极大压缩，以至退出了思想界的舞台。而三民主义也遇到了在其他地方未曾遇到的情况。从历史上看，自国民党

---

① 马思宇：《无形与有形：中共早期"党团"研究》，《中共党史研究》2017年第2期。

② [美]沙培德：《战争与革命交织的近代中国（1895—1949）》，高波译，中国人民大学出版社2016年版，第209页。

完成形式上的统一后,除 1933 年至 1935 年间国民党当局对北平的统治相对强势外,其他时期国民党都未能在北平建立起强有力的统治秩序。国民党统治秩序的不稳固严重影响了三民主义在北平的传播和接受的效果,特别是 1935 年后,日本帝国主义把侵略的触角伸向华北,使华北几乎呈现半独立的状态,包括三民主义在内的国民党势力从华北撤出,北平在思想管控方面出现了真空的局面。由于外在制约迅速减少、民族危机不断加重、对救国救民道路的探索迫在眉睫,因此,在民族主义的影响下,救亡的主题与革命的意识相互叠加,从而共同推动了北平左翼思想的迅速发展及向革命实践的转化。由此我们也就可以理解,为何一二·九运动能够具有在中国近现代政治史和思想史上的划时代意义,因为它实际上揭示了左翼思想在各种思想的"竞赛"中胜出的事实,并且呈现了当时中国的年轻爱国者在救国救民问题上所作出的思想选择。因此,当我们了解了一二·九运动所蕴含的思想史意义时,也就不难理解为何全面抗战爆发后会有那么多知识青年选择奔赴延安了。

参考文献

一 民国报刊

(一) 北京(平)小报

《北辰报》

《北平新报》

《诚报》

《大路报》

《大学生新闻》

《东方快报》

《河北民报》

《觉今日报》

《每日评论》

《平西报》

《群强报》

《实报》

《实事白话报》

《世界晚报》

《曦光报》

《小小》

《新北平》

《中学生活》

《中学生新闻》

（二）一般性报纸、期刊

《北大广东同乡会年刊》

《北大图书部月刊》

《北大校友》

《北大学生周刊》

《北大旬刊》

《北大周刊》

《北国月刊》

《北京大学日刊》

《冰流》

《大公报》

《大同》

《大同半月刊》

《大同双旬刊》

《国立清华大学校刊》

《河北民国日报》

《华北日报》

《今日文学》

《开拓》

《浪花》

《南中学生》

《泡沫》

《清华副刊》

《清华暑期周刊》

《清华周刊》

《申报》

《世界日报》

《文史》

《文艺新闻》

《文艺战线》
《新晨报》
《燕大友声》
《燕大周刊》
《燕京半月刊》
《燕京大学校刊》
《燕京新闻》
《燕京月刊》
《庸报》
《育英半月刊》
《育英年刊》
《育英周刊》
《中大季刊》
《中大学生半月刊》
《中大周刊》
《中国大学年刊》
《中国大学校刊》
《中国大学周刊》

二　资料汇编

北京市第二十五中学校史编委会编辑：《育英史鉴 1864—2004》，内部资料，2004 年。

高军编：《中国社会性质问题论战（资料选辑）》，人民出版社 1984 年版。

高军等编：《中国现代政治思想史资料选辑》（上、下册），四川人民出版社，1983—1986 年。

韩剑昆：《北京革命历史文件汇集》（1922—1926），中央档案馆、北京市档案馆，1991 年版。

韩剑昆：《北京革命历史文件汇集》（1928—1936），中央档案馆、北京市档案馆，1991年版。

姜义华编：《中国现代思想史资料简编》，浙江人民出版社1983年版。

马良春、张大明编：《三十年代左翼文艺资料选编》，四川人民出版社1980年版。

强重华编著：《抗日战争时期重要资料统计集》，北京出版社1997年版。

清华大学校史研究室编：《清华大学史料选编》第一至四卷，清华大学出版社1991—1994年版。

荣孟源主编：《中国国民党历次代表大会及中央全会资料》（上、下），光明日报出版社1985年版。

宋恩荣、章咸编：《中华民国教育法规选编》（修订版），江苏教育出版社2005年版。

宋原放主编：《中国出版史料（现代部分）（第一卷上册）》，山东教育出版社、湖北教育出版社2001年版。

王健英编：《中国共产党组织史资料汇编——领导机构沿革和成员名录》（增订本·从一大至十四大），中共中央党校出版社1995年版。

王文彬编著：《中国现代报史资料汇辑》，重庆出版社1996年版。

吴惠龄、李壑编：《北京高等教育史料》（第一集近代部分），北京师范学院出版社1992年版。

姚辛编著：《左联辞典》，光明日报出版社1994年版。

中共北京市委党史研究室、中共天津市委党史资料征集委员会编：《北方左翼文化运动资料汇编》，北京出版社1991年版。

中共中央党史研究室、中央档案馆编：《中国共产党第二次全国代表大会档案文献选编》，中共党史出版社2014年版。

中共中央党史研究室、中央档案馆编：《中国共产党第三次全国代表大会档案文献选编》，中共党史出版社2014年版。

中共中央党史研究室、中央档案馆编：《中国共产党第四次全国代表大会档案文献选编》，中共党史出版社 2014 年版。

中共中央党史研究室、中央档案馆编：《中国共产党第一次全国代表大会档案文献选编》，中共党史出版社 2015 年版。

中共中央党史研究室第一研究部编：《共产国际、联共（布）与中国革命档案资料丛书（第 7—12 卷）》，中央文献出版社 2002 年版。

中国社会科学院文学研究所《左联回忆录》编辑组编：《左联回忆录》（上下），中国社会科学出版社 1982 年版。

中国社会科学院文学研究所现代文学研究室编：《"革命文学"论争资料选编》（上下），人民文学出版社 1981 年版。

中国社会科学院新闻研究所编：《中国共产党新闻工作文件汇编》（上中下），新华出版社 1980 年版。

中国左翼作家联盟成立大会会址纪念馆、上海鲁迅纪念馆编：《左联纪念集 1930—1990》，百家出版社 1990 年版。

中国左翼作家联盟成立大会会址纪念馆、上海鲁迅纪念馆编：《左联研究资料集》，内部资料，1991 年。

中央档案馆编：《中共中央文件选集》第 10 册（1936—1938），中共中央党校出版社 2005 年版。

三　代表性著作

［法］朗格诺瓦、瑟诺博司：《史学原论》，余伟译，大象出版社 2010 年版。

［法］马克·布洛克：《历史学家的技艺》（第二版），黄艳红译，中国人民大学出版社 2011 年版。

［法］米歇尔·德·塞尔托：《历史书写》，倪复生译，中国人民大学出版社 2012 年版。

［美］海登·怀特：《话语的转义——文化批评文集》，董立河译，大象出版社、北京出版社 2011 年版。

［美］汉斯·凯尔纳：《语言和历史描写——曲解故事》，韩震、吴

玉军等译，大象出版社、北京出版社2010年版。

［美］拉塞尔·雅各比：《最后的知识分子》，洪洁译，江苏人民出版社2002年版。

［美］莫里斯·迈斯纳：《马克思主义、毛泽东主义与乌托邦主义》（典藏本），张宁、陈铭康等译，中国人民大学出版社2013年版。

［美］沙培德：《战争与革命交织的近代中国（1895—1949）》，高波译，中国人民大学出版社2016年版。

［意］贝奈戴托·克罗齐：《历史学的理论和实际》，［英］道格拉斯·安斯利英译，傅任敢译，商务印书馆2009年版。

［英］柯林武德：《历史的观念》，何兆武、张文杰译，商务印书馆2009年版。

《北京市志稿·文教志》（上中下），北京燕山出版社1998年版。

北京市政协文史资料委员会选编：《杏坛忆旧》，北京出版社2000年版。

北平燕京大学新闻学系编辑出版：《新闻学研究》，1932年。

陈亚杰：《当代中国意识形态的起源：新启蒙运动与"马克思主义中国化"的生成语境》，新星出版社2009年版。

陈金龙等：《近代中国社会思潮与马克思主义中国化》，人民出版社2013年版。

陈平原：《中国大学十讲》，复旦大学出版社2002年版。

崔之清主编：《国民党政治与社会结构之演变（1905—1949）》（中编），社会科学文献出版社2007年版。

邓云乡：《文化古城旧事》，河北教育出版社2004年版。

丁守和：《中国近代思潮论》，广东人民出版社2003年版。

丁祖豪、郭庆堂、张晓华编著：《20世纪中国马克思主义哲学》，中国矿业大学出版社2002年版。

端木蕻良：《化为桃林》，上海古籍出版社2000年版。

方汉奇主编：《中国新闻事业编年史》（中），福建人民出版社2000

年版。

方汉奇主编:《中国新闻事业通史》(第二卷),中国人民大学出版社 1996 年版。

方敏:《"五四"后三十年民主思想研究》,商务印书馆 2004 年版。

傅国涌编:《过去的中学》,湖北长江出版集团长江文艺出版社 2006 年版。

高恒文:《京派文人:学院派的风采》,上海教育出版社 2000 年版。

高正礼:《民主革命时期马克思主义中国化中的论争》,安徽师范大学出版社 2013 年版。

戈公振:《中国报学史》,上海商务印书馆 1935 年版。

顾海良主编:《马克思主义发展史》,中国人民大学出版社 2009 年版。

郭刚:《中国早期马克思主义的传播——梁启超与西学东渐》,人民出版社 2010 年版。

郭湛波撰:《近五十年中国思想史》,上海世纪出版集团 2010 年版。

韩信夫、姜克夫主编:《中华民国史·大事记(第五—八卷)》,中华书局 2011 年版。

何云庵等:《苏俄、共产国际与中国革命(1919—1923)》,社会科学文献出版社 2009 年版。

贺渊:《三民主义与中国政治》,社会科学文献出版社 2002 年版。

黄进华:《马克思主义在中国东北的传播:1900—1931——基于历史学和传播学的视角》,中国社会科学出版社 2012 年版。

黄楠森等主编:《马克思主义哲学史》(5),北京出版社 1996 年版。

黄天鹏编:《新闻学论文集》,上海光华书局 1930 年版。

黄天鹏编:《新闻学演讲集》,上海现代书局 1931 年版。

黄彦编:《孙文选集》(上中下册),广东人民出版社 2006 年版。

姜德明编:《北京乎:现代作家笔下的北京(一九一九—一九四九)》(上、下),生活·读书·新知三联书店 1992 年版。

姜德明选编:《如梦令:名人笔下的旧京》,北京出版社 1997 年版。

康乐、彭明辉主编：《史学方法与历史解释》，中国大百科全书出版社 2005 年版。

李锦华、李仲诚编：《新闻言论集》，广州新启明印务公司 1932 年版。

李世涛主编：《知识分子立场：激进与保守之间的动荡》，时代文艺出版社 2000 年版。

李新等主编：《中华民国史人物传（全八册）》，中华书局 2011 年版。

李泽厚：《中国近代思想史论》，天津社会科学院出版社 2003 年版。

梁斌：《笔耕余录》，中国青年出版社 1984 年版。

梁斌：《一个小说家的自述》，中国青年出版社 1991 年版。

林林：《八八流金》，北京十月文艺出版社 2002 年版。

陆万美：《隽永的忆念》，云南人民出版社 1981 年版。

罗志田：《权势转移：近代中国的思想与社会》（修订版），北京师范大学出版集团、北京师范大学出版社 2014 年版。

马芷庠编：《北平旅行指南》，经济新闻社 1935 年版。

茅盾：《我走过的道路》（中），人民文学出版社 1984 年版。

茅家琦等：《中国国民党史》，鹭江出版社 2009 年版。

彭继红：《传播与选择——马克思主义中国化的历程（1899—1921年）》，湖南师范大学出版社 2001 年版。

彭明、程歗主编：《近代中国的思想历程（1840—1949）》，中国人民大学出版社 1999 年版。

齐红深编：《流亡：抗战时期东北流亡学生口述》，大象出版社 2008 年版。

齐如山：《北平怀旧》，辽宁教育出版社 2006 年版。

钱理群主编：《走近北大》，四川人民出版社 2000 年版。

桑兵：《治学的门径与取法——晚清民国研究的史料与史学》，社会科学文献出版社 2014 年版。

桑兵、张凯、於梅舫编：《近代中国学术批评》，中华书局 2008

年版。

桑兵、张凯、於梅舫编：《近代中国学术思想》，中华书局2008年版。

商丽浩：《政府与社会：近代公共教育经费配置研究》，河北教育出版社2001年版。

上海复旦大学三十周年纪念世界报纸展览会筹委会编：《报展纪念刊》，上海复旦大学新闻学会1936年版。

宋修见：《北京大学马克思主义传统研究（1919—1949）》，北京大学出版社2012年版。

孙席珍：《悠悠往事》，百花文艺出版社1992年版。

台湾中华文化总会、王寿南主编：《中国历代思想家·现代（第1—3册）》，九州出版社2011年版。

唐宝林主编：《马克思主义在中国100年》，安徽人民出版社1997年版。

陶亢德编：《北平一顾》，宇宙风社1938年版。

田子渝等：《马克思主义在中国初期传播史（1918—1922）》，学习出版社2012年版。

王彬、崔国政辑：《燕京风土录》（上下），光明日报出版社2000年版。

王刚：《马克思主义中国化的起源语境研究——20世纪30年代前马克思主义在中国的传播及中国化》，人民出版社2011年版。

王伦信：《清末民国时期中学教育研究》，华东师范大学出版社2002年版。

王奇生：《党员、党权与党争：1924—1949年中国国民党的组织形态》（修订增补本），华文出版社2010年版。

王奇生：《革命与反革命：社会文化视野下的民国政治》，社会科学文献出版社2010年版。

王晓渔：《知识分子的"内战"：现代上海的文化场域（1927—1930）》，上海人民出版社2007年版。

王元化：《人物·书话·纪事》，人民文学出版社 2006 年版。

王振辉：《中国民族主义与马克思主义的兴起》，台北韦伯文化事业出版社 1999 年版。

魏晓东：《契合与奇迹——中西文化碰撞中的马克思主义中国化》，开明出版社 2000 年版。

吴承仕同志诞生百周年纪念筹委会编：《吴承仕同志诞生百周年纪念文集》，北京师范大学出版社 1984 年版。

吴雁南等主编：《中国近代社会思潮（1840—1949）》第三卷，湖南教育出版社 1998 年版。

夏衍：《懒寻旧梦录》，生活·读书·新知三联书店 1985 年版。

萧超然：《北京大学与近现代中国》，中国社会科学出版社 2005 年版。

徐素华：《马克思主义哲学在中国：传播 应用 形态 前景》，北京出版社 2002 年版。

许纪霖编：《二十世纪中国思想史论》（上下卷），东方出版中心 2000 年版。

许纪霖等：《近代中国知识分子的公共交往（1895—1949）》，上海人民出版社 2008 年版。

许纪霖主编：《公共空间中的知识分子》，凤凰出版传媒集团、江苏人民出版社 2007 年版。

许杰口述，柯平凭撰写：《坎坷道路上的足迹》，华东师范大学出版社 1997 年版。

姚金果、苏杭、杨云若：《共产国际、联共（布）与中国大革命》，福建人民出版社 2002 年版。

姚锡长：《孙中山的三民主义与马克思主义中国化》，中国社会科学出版社 2011 年版。

尹德树：《文化视域下马克思主义在中国的早期传播与发展》，人民出版社 2013 年版。

俞祖华、赵慧峰主编：《中国现代政治思想史》，山东大学出版社

2009 年版。

袁殊：《学校新闻讲话》，上海湖风书局 1932 年版。

张静庐：《中国的新闻纸》，上海光华书局 1928 年版。

张军民：《对接与冲突——三民主义在孙中山身后的流变》，天津古籍出版社 2005 年版。

张申府：《所思》，生活·读书·新知三联书店 2008 年版。

张太原：《〈独立评论〉与 20 世纪 30 年代的政治思潮》，社会科学文献出版社 2006 年版。

张太原：《从思想发现历史：重寻"五四"以后的中国》，中华书局 2016 年版。

赵君豪：《中国近代之报业》，上海商务印书馆 1940 年版。

赵俪生：《篱槿堂自叙》，上海古籍出版社 1999 年版。

郑大华、邹小站主编：《思想家与近代中国思想》，社会科学文献出版社 2005 年版。

中共郑州市委党史研究室编：《谷景生与一二九运动》，中共党史出版社 2006 年版。

中共中央党校科学社会主义教研室、《社会主义思想史》编写组编：《社会主义思想史》，中共中央党校出版社 1988 年版。

中国社会科学院近代史所等编：《孙中山全集（全十一册）》，中华书局 2006 年版。

中国社会科学院近代史研究所民国史研究室、四川师范大学历史文化学院编：《一九三〇年代的中国（上、下卷）》，社会科学文献出版社 2006 年版。

钟少华：《早年留日者谈日本》，山东画报出版社 1996 年版。

钟叔河、朱纯编：《过去的大学》，长江文艺出版社 2005 年版。

四 学术/学位论文

陈方竞：《马克思主义影响与 20 世纪 30 年代左翼文学批评的理论自觉》，《江苏大学学报》（社会科学版）2011 年第 6 期。

陈峰：《20世纪30年代冯友兰学术思想的唯物史观取向》，《史学月刊》2003年第1期。

陈峰：《在学术与意识形态之间：1930年代的中国社会史论战》，《史学月刊》2010年第9期。

陈峰、汤艳萍：《唯物史观史学与实验主义史学的冲突——以李季为个案的考察》，《中共党史研究》2012年第12期。

陈廷湘：《从大历史看国民党文化选择与转变的成败》，《史学月刊》2017年第1期。

陈廷湘：《政局动荡与学潮起落——九一八事变后学生运动的样态及成因》，《历史研究》2011年第1期。

耿化敏：《何干之与二十世纪三十年代的左翼文化运动》，《中共党史研究》2012年第12期。

郭若平：《投石问路：中共党史研究与新文化史的邂逅》，《中共党史研究》2014年第12期。

何萍：《马克思主义哲学的内史与外史的书写》，《马克思主义与现实》2010年第3期。

何兹全：《九十自我学术评述》，《北京师范大学学报》（人文社会科学版）2001年第5期。

侯静：《20世纪30年代学术界对马克思主义大众化的探索和推进》，《党的文献》2011年第6期。

黄岭峻：《30—40年代中国思想界的"计划经济"思潮》，《近代史研究》2000年第2期。

黄令坦：《北平教授与一二九运动》，《北京社会科学》2016年第4期。

黄一兵：《二十世纪三十年代"新启蒙"思潮研究》，《中共党史研究》2002年第2期。

季剑青：《20世纪30年代北平大学中的左翼思潮》，《北京社会科学》2009年第2期。

季剑青：《"文学概论"与1930年代北平大学中的左翼文学课程》，

《文艺理论与批评》2008 年第 1 期。

季剑青：《大学视野中的新文学——1930 年代北平的大学教育与文学生产》，北京大学博士学位论文，2007 年。

李百玲：《马克思主义在中国的早期翻译及传播》，《江苏行政学院学报》2008 年第 5 期。

李方祥：《二十世纪三四十年代"学术中国化"与"马克思主义中国化"的思潮互动》，《中共党史研究》2008 年第 2 期。

李红岩：《20 世纪 30 年代马克思主义思潮兴起之原因探析》，《文史哲》2008 年第 6 期。

李蕾：《北平文化生态（1928—1937）与京派作家的归趋》，《中国文学研究》2009 年第 4 期。

李楠：《迥然相异的面目：京海格局中的北京（平）小报》，《中国现代文学研究丛刊》2005 年第 6 期。

李硕：《现代化进程中知识精英的政治选择——以北京大学政治系师生（1898—1937）为案例》，北京大学博士学位论文，2015 年。

李维武：《20 世纪 30 年代—40 年代马克思主义哲学与中国传统哲学结合的形态》，《中国人民大学学报》2008 年第 2 期。

李勇：《"中国社会史论战"对于唯物史观的传播》，《史学月刊》2004 年第 12 期。

刘爱章：《新民主主义革命时期马克思主义在中国传播的研究成果综述》，《实事求是》2012 年第 3 期。

卢毅：《20 世纪 30 年代的"唯物辩证法热"》，《党史研究与教学》2007 年第 3 期。

卢毅：《民主革命时期国共宣传工作比较研究》，《中共党史研究》2016 年第 8 期。

卢毅：《试析民主革命时期青年知识分子的左翼化倾向及其成因》，《中共党史研究》2010 年第 6 期。

马俊江：《二十世纪三十年代北平小报与故都革命文艺青年——以〈觉今日报·文艺地带〉为线索的历史考察》，北京大学博士学位论文，2009年。

马俊江：《革命文学在中学校园的兴起与展开——北方左联与1930年代中学生文艺的历史考察》，《中国现代文学研究丛刊》2012年第1期。

马俊江：《中学校刊与学生自治会——北方左联与1930年代中学生文艺的历史考察之二》，《中国现代文学研究丛刊》2014年第1期。

马思宇：《无形与有形：中共早期"党团"研究》，《中共党史研究》2017年第2期。

欧阳军喜：《文化自觉与理论自信：新启蒙运动中的中国共产党与马克思主义》，《马克思主义与现实》2013年第5期。

欧阳军喜：《学运与党争：以1937年北平"五四事件"为中心》，《复旦学报》（社会科学版）2008年第5期。

欧阳军喜：《一二九运动再研究：一种思想史的考察》，《中共党史研究》2014年第2期。

庞虎：《新启蒙运动与马克思主义中国化的路径选择》，《马克思主义与现实》2013年第5期。

阮兴：《20世纪20年代末30年代初的唯物史观、社会史论战与中国经济史研究》，《江西师范大学学报》（哲学社会科学版）2007年第3期。

邵成章：《马克思主义在中国传播的两个阶段》，《党史研究与教学》1997年第1期。

孙宏云、孙宏英：《学风·场域·知识——关于抗战前清华知识人的考察》，《北京大学教育评论》2007年第2期。

唐小兵：《后五四"社会科学"热与革命观念的知识建构——以民国时期左翼期刊为中心的讨论》，《史林》2022年第1期。

陶季邑：《民主革命派与马克思主义学说在中国的传播》，《暨南学报》（哲学社会科学版）1997年第3期。

田正平、陈玉玲：《国民政府初期对北平高等教育的整顿——以北平大学为中心的考察》,《高等教育研究》2012 年第 1 期。

王冠中:《中国马克思主义政治学学科初建探析》,《政治学研究》2008 年第 3 期。

王谦:《帝都,国都,故都——近代北京的空间政治与文化表征(1898—1937)》,《北京社会科学》2016 年第 6 期。

王先俊:《"新启蒙运动"期间艾思奇对"马克思主义中国化"的阐释》,《党史研究与教学》2010 年第 3 期。

王向民:《学科与学术:中国 20 世纪 30 年代政治学的建立》,《政治学研究》2008 年第 3 期。

王学典:《唯物史观派史学的学术重塑》,《历史研究》2007 年第 1 期。

吴敏超:《共识与分歧:大萧条时期中国经济学人视野中的列强侵略》,《广东社会科学》2012 年第 5 期。

吴敏超:《左翼的联合——以千家驹与"中国农村派"为中心的考察》,载章开沅、平昌洪主编《近代史学刊》第 10 辑,华中师范大学出版社 2013 年版。

吴效刚:《论 1927—1937 年间国民党政府的"查禁文学"》,《学海》2013 年第 6 期。

向燕南:《新社会科学运动(1920 年代末至 1930 年代中)与中国社会科学的发展》,《学术研究》2005 年第 4 期。

薛其林:《马克思主义唯物辩证法与民国学术》,《湘潭大学学报》(哲学社会科学版)2005 年第 6 期。

严海建:《统一战线与青年运动:一二·九运动前后中共在北平私立中国学院的发展》,《社会科学辑刊》2020 年第 6 期。

杨军红:《抗战初期青年知识分子赴延安研究》,中共中央党校博士学位论文,2015 年。

杨瑞:《北京大学法科的缘起与流变》,《近代史研究》2015 年第 3 期。

易凤林:《一个群体的革命自觉:革命知识分子对国民革命和共产主

义的回应》,《青海社会科学》2016 年第 5 期。

尹占文:《中国人为什么接受马克思主义:发生学的再思考》,《当代世界与社会主义》2014 年第 3 期。

印少云:《1930 年代"中国本位"与"全盘西化"论战对马克思主义中国化的影响》,《徐州师范大学学报》(哲学社会科学版) 2010 年第 5 期。

尤学工:《论顾颉刚对唯物史观的态度》,《史学史研究》2013 年第 3 期。

袁进:《左联文艺大众化的教训》,《社会科学论坛》2000 年第 8 期。

岳远尊:《〈东方杂志〉传播马克思主义的特点及影响》,《党的文献》2011 年第 3 期。

张德明:《燕京大学对"九一八事变"的反应》,《党史研究与教学》2013 年第 2 期。

张德明:《燕京大学与"一二·九"运动论析》,《北方民族大学学报》2013 年第 1 期。

张太原:《从"反对一切"到"联合一切":二十世纪三十年代左翼知识分子文化态度的变化》,《中共党史研究》2013 年第 1 期。

张太原:《二十世纪三十年代的马克思主义思潮》,《中共党史研究》2011 年第 7 期。

张太原:《二十世纪三十年代国民党主流报刊上的马克思学说之运用》,《中共党史研究》2014 年第 2 期。

张太原:《自由主义与马克思主义:〈独立评论〉对中国共产党的态度》,《历史研究》2002 年第 4 期。

张霞:《政治权力场域与民国左翼"自由撰稿人"作家》,《海南师范大学学报》(社会科学版) 2012 年第 6 期。

张允侯:《马克思恩格斯著作在中国的出版和传播》,《历史教学》1963 年第 7 期。

赵倩:《北平地区民众教育馆研究 (1928—1937)》,北京大学博士学位论文,2007 年。

郑大华：《"九·一八"后中国知识分子的思想取向——以"新年的梦想"为中心的考察》，《吉首大学学报》（社会科学版）2006年第1期。

郑大华：《中国近代社会主义研究的几个问题》，《教学与研究》2010年第10期。

郑大华、谭庆辉：《20世纪30年代初中国知识界的社会主义思潮》，《近代史研究》2008年第3期。

郑大华、张英：《论苏联"一五计划"对20世纪30年代初中国知识界的影响》，《世界历史》2009年第2期。

周良书：《1927年—1937年：中共在高校中的建设》，《北京党史》2006年第3期。

周良书：《中共党史研究中之历史主义》，《党史研究与教学》2015年第5期。

周良书、李燕：《"三党竞斗"：中共在高校中建党的背景分析》，《安徽史学》2011年第3期。

朱晓进：《略论30年代文学的社会科学化倾向》，《文学评论》2007年第1期。